Hannah Hope

Das kleine Hotel am Meer

Copyright © Hannah Hope
Korrektorat: Anja Karl
Lektorat: Media-Agentur Gaby Hoffmann
Coverdesign by A&K Buchcover
Verwendete Grafiken/Fotos:
Shutterstock.com: JeneSmu & ladipictures
Depositphotos.com: Frankljunior & uatp12
Grafiken im Text: Pixabay
All rights reserved
ISBN: 9798476384540

Luft, Sonne und Zitronen geben dem Arzt wenig Arbeit.

Katalanisches Sprichwort

Hannah Hope

Prolog

Ihr Herz klopfte heftig, als sie die ungeöffneten Briefe in der untersten Schublade ihrer Kommode verschwinden ließ, wo sich bereits einige dieser Schreiben befanden. Sie konnte diese Zuschriften nicht mehr öffnen, es raubte ihr jede Kraft. Wo war sie da nur hineingeraten?
Dabei hatte alles so unverfänglich angefangen, ein nettes Gespräch zwischen Nachbarn. Doch mittlerweile fühlte sie sich bedrängt, geradezu bedroht. Hinzu kam, dass sie sich in den letzten vier Wochen ständig beobachtet und selbst in ihren eigenen vier Wänden nicht mehr sicher fühlte.
Es konnte natürlich sein, dass sie sich all das nur einbildete. Überhaupt hatte sie in letzter Zeit öfter den Eindruck, sie würde den Verstand verlieren – ähnlich wie ihre Mutter.

Der Blick auf die zahlreichen Briefe in ihrer Kommode raubte ihr den Atem. Hastig legte sie wieder ihre Kleidung darüber, um diese verschwinden zu lassen. Tatsächlich hatte sie das Gefühl, schlecht Luft zu bekommen. Sie musste hier raus, an die frische Luft!

Hastig verließ sie das Zimmer, lief die Treppen hinab und schnappte sich mit einer schnellen Bewegung den Regenmantel von der Garderobe. Kurz überlegte sie, ob sie einen Regenschirm mitnehmen sollte. Schließlich regnete es in Strömen, doch der Wind würde ihr diesen ohnehin gleich entreißen und mit sich davontragen.

Sie ließ den Schirm, wo er war, zog die Kapuze ihres Regenmantels tief ins Gesicht und machte sich auf den Weg zu ihrer Lieblingsstelle. Ein erhobenes Plätzchen mit einem wunderbaren Ausblick. Fast jeden Tag ging sie dorthin. Nach einem kurzen Fußmarsch war sie dort angelangt. Der viele Regen hatte die Natur innerhalb von Stunden in eine Matschlandschaft verwandelt. Wenn es hier regnete, dann richtig.

Obwohl ihr Aussichtsplatz an diesem regenreichen Tag bei Weitem nicht so schön war wie üblich, stapfte sie über den klatschnassen Boden bis an die vorderste Stelle, um den Ausblick zu genießen.

Als sie dort stand, spürte sie, wie sie sich allmählich beruhigte. Ihr Puls war schon deutlich langsamer geworden. Bewusst atmete sie ein paar Mal tief ein und aus und sog die frische Luft in ihre Lungen. Das tat gut!

Sie blickte sich um und fühlte sich geborgen, obwohl sie sich im Freien im strömenden Regen befand. Hier war sie zu Hause, hier fühlte sie sich wohl ... zumindest bis vor ein paar Wochen.

Inständig hoffte sie, dass sie sich all dies nur einbildete und weder beobachtet noch verfolgt wurde. Allerdings bestätigten die ständigen Briefe ihre Angst. Auch wenn sie diese nicht öffnete, wusste sie, was darin stand. Die ersten drei der Schreiben hatte sie noch geöffnet und der Inhalt war immer der gleiche gewesen.

Obwohl dies kaum möglich war, fühlte es sich an, als würde der Regen noch stärker werden. Wenn man sich umblickte, verstand man den Spruch: „Es regnet Bindfäden." Vor sich sah sie keine einzelnen Tropfen mehr, die vom Himmel fielen, sondern tatsächlich Schnüre, die die ganze Umgebung in eine Wasserlandschaft verwandelten.

Als sie ihre Füße betrachtete, die in robusten Gummistiefeln steckten, merkte sie, dass diese schon ein wenig eingesunken waren. Automatisch machte sie einige Schritte rückwärts.

Hatte sie da etwas hinter sich gehört?

Gerade, als sie sich umdrehen wollte, spürte sie, dass der Boden unter ihr zu vibrieren begann. Gleichzeitig vernahm sie ein sonderbares Geräusch, das immer lauter wurde. Beides konnte sie nicht zuordnen, weder das Gefühl unter ihren Füßen noch den mittlerweile ohrenbetäubenden Lärm.

Im selben Augenblick sah sie, wie direkt vor ihr der Boden nachgab und die Landschaft, die bis eben noch ihr Lieblingsplätzchen gewesen war, einfach absackte und verschwand. Mit vor Schrecken geweiteten Augen registrierte sie, dass die Erde den Wassermassen nicht mehr standhalten konnte. Das Meer holte sich zurück, was einst ihm gehört hatte.

Kapitel 1

Niemals hätte Laura gedacht, dass die Nachricht, die sie an diesem Nachmittag in der Zeitung überflog, ihr Leben für immer verändern würde. Es war lediglich ein kurzer Artikel unter der Rubrik „Aus aller Welt", den sie flüchtig las, ohne sich groß Gedanken darüber zu machen.

Unwetter auf Mallorca fordert ein Todesopfer, lautete die Überschrift.

In den vergangenen Tagen haben sintflutartige Regenfälle dazu geführt, dass Flüsse und Bäche über die Ufer traten und für Überschwemmungen sorgten. Schlammlawinen haben Autos unter sich begraben und mehrere Erdrutsche einige Gebäude zum Einsturz gebracht. Besonders tragisch endete ein Hangrutsch im Südwesten der Insel, bei dem es zu einem Todesopfer kam. Die verunglückte Frau war Ortsansässige und wurde wohl von dem Unwetter überrascht.

Am Mittwochnachmittag hatte es im Westen von Mallorca binnen weniger Stunden 220 Liter Regen pro Quadratmeter gegeben. Selbst Meteorologen waren von den Wassermassen und der Heftigkeit des Unwetters überrascht. Der Grund hierfür war eine sogenannte Wasserhose, ein Wirbelsturm, der große Mengen an Flüssigkeit aufsaugt und dann sturzartig freigibt.

Derweil wird Kritik am Katastrophenschutz laut: Notfallpläne seien unzureichend, die Infrastruktur mangelhaft, heißt es von einigen Regionalpolitikern. Vor allem die Kanalisation sei meistenorts vernachlässigt worden, weswegen das Wasser nicht schnell genug ablaufen könne. Ebenso müsse das meteorologische Warnsystem der Insel dringend verbessert werden.

Auch Naturschützer kritisieren, dass intensive Landwirtschaft und Abholzungen die Bildung von Sturzbächen begünstigen. Nach wie vor stehe bei der Bebauung der Insel nur der Tourismus, nicht aber der Naturschutz im Vordergrund.

Laut Meteorologen müsse man angesichts des Klimawandels in Zukunft häufiger mit Unwettern dieser Art rechnen.

Solche Artikel liest man in letzter Zeit immer öfter, dachte Laura, während sie weiterblätterte, um den Feuilletonteil der Zeitung zu studieren.

Seit gestern wusste sie, dass dies ihre letzten freien Wochen waren, bevor sie ein Leben in der harten

Arbeitswelt starten würde. Laura hatte eine Zusage für ihren Traumjob als Marketingmanagerin in einer großen Softwarefirma erhalten. Ein Neuanfang, auf den sie sich überaus freute.

Laura konnte in dem Moment nicht ahnen, dass alles ganz anders kommen sollte ...

Kapitel 2

Genau eine Woche vor ihrem ersten Arbeitstag zog sie das verhängnisvolle Schreiben aus ihrem Briefkasten. Der Umschlag weckte noch keine Verwunderung in ihr, da er eine deutsche Briefmarke trug und in Heidelberg abgestempelt war, wie sie gleich erkennen konnte. Allerdings war der Absender etwas irritierend.
Warum bekomme ich ein Schreiben von einem Notar?, fragte sie sich, während sie sich mit einem Kaffee in ihr Wohnzimmer setzte, um die Post zu lesen. Wie üblich waren viele Werbesendungen darunter, die sie normalerweise einfach in den Papiermüll warf, heute jedoch aus Langeweile ein wenig studierte. Dann war da eine Postkarte ihrer Freundin Lynn, die beschlossen hatte, nach ihrem Studium erst einmal die Welt zu bereisen. Allerdings sah es so aus, als würde sie dies für längere Zeit tun, denn nun befand sie sich bereits im zweiten Jahr

ihrer Weltreise. Die Postkarte hatte sie ihr aus Afrika geschickt.

Bewundernswert, wo Lynn schon überall war, während ich nicht vom Fleck komme. Das war ein unliebsamer Gedanke, den Laura sogleich wieder beiseiteschob.

Zuletzt öffnete sie das formell wirkende Schreiben des Notars und grübelte, worum es sich wohl handeln konnte. Hatte sie falsch geparkt oder war geblitzt worden? Doch dann bekam man doch keine Post von einem Notar ...

Kurze Zeit später überflog sie den Inhalt des Briefes und staunte nicht schlecht. Sie musste ihn mehrmals lesen, um sicherzugehen, dass sie nicht träumte.

Konnte das sein oder handelte es sich um ein Missverständnis? Noch einmal las sie den Inhalt:

Sehr geehrte Frau Lichter,

hiermit beantrage ich die Eröffnung des Testaments von *Phillis Lichter*,
zuletzt wohnhaft in Carrer de Cabrera 1, 07659 Fingueras, Islas Baleares, Spanien,
verstorben am 3. März dieses Jahres.
Die Sterbeurkunde ist dem Antrag beigefügt.
Die Erblasserin *Phillis Lichter* hat folgende Erben bedacht:
Frau Laura Lichter, wohnhaft in Heidelberg.

Bitte erscheinen Sie zu der Testamentseröffnung am 22. April in unserem Notariat, Bahnhofstraße 3, 69115 Heidelberg.

Mein Gott, das kann doch nicht sein, war Lauras einziger Gedanke, während sie das Schreiben immer wieder überflog. Somit war die Testamentseröffnung bereits am morgigen Tag.
Phillis war gestorben, was automatisch ein schlechtes Gewissen bei Laura auslöste, da sie sich in den letzten Jahren wenig um sie gekümmert hatte. Zu beschäftigt war sie mit dem Abschluss ihres Studiums und den Bewerbungen für einen Job gewesen. Wobei, das waren ja alles nur Ausreden. Zeit für einen kurzen Anruf oder eine Grußkarte hatte man immer.
Tante Phillis war einer der wenigen Menschen gewesen, die Laura kannte, die es wirklich geschafft hatten, ohne Handy und die ganze moderne Technik auszukommen.
Genau genommen kannten sich die beiden noch gar nicht so lange, zumindest nicht so lange, wie man normalerweise seine Tante kannte. Genaugenommen war Phillis ihre Stiefgroßmutter, da sie die zweite Ehefrau ihres Großvaters war, Laura hatte sie aber jeher „Tante Phillis" genannt. Mit dieser Ehe hatte Phillis nicht viel Glück gehabt, da ihr Großvater nur drei Monate nach der

Eheschließung an einem Herzanfall verstorben war. Daher trugen die beiden Frauen denselben Nachnamen, hatten aber bisher nicht besonders viel Zeit gemeinsam verbracht. Insofern wunderte es Laura umso mehr, dass Phillis sie als Erbin bedacht hatte. Wenn sie jedoch näher darüber nachdachte, fielen ihr keine weiteren Verwandten ein, die sie haben könnte.

Nach Lauras Kenntnis war Phillis bei ihrer Ehe mit ihrem Opa kinderlos gewesen und hatte auch keine Geschwister. Die Hochzeit der beiden hatte im kleinen Kreis stattgefunden – aus dem einfachen Grund, weil es so wenig Verwandte gab, die daran hatten teilnehmen konnten.

Die Trauung war nun schon fast zehn Jahre her. Nach dem Tod ihres Mannes hatte Tante Phillis Deutschland den Rücken gekehrt und sich einen langgehegten Traum erfüllt. Sie war nach Mallorca gegangen, um dort eine kleine Pension zu eröffnen. Nach dem traurigen Schicksalsschlag schien sie endlich Glück gehabt zu haben, weil sie relativ schnell ein Haus gefunden hatte, das zwar in einem etwas desolaten Zustand war, sich aber perfekt als kleines Hotel eignete. Laura erinnerte sich noch gut daran, wie glücklich Tante Phillis ihr davon am Telefon berichtet hatte.

Kurz darauf hatte Laura sie dort besucht, was nun auch schon fast zehn Jahre her war und leider der einzige

Besuch blieb. Sie sah das schmucke Plätzchen direkt an der Küste, in einer wunderschönen mallorquinischen Bucht vor sich. Zwar war das Gebäude damals noch im Umbau gewesen, aber Laura konnte sich vorstellen, dass sich hier die Gäste wohlfühlen würden. Phillis zumindest hatte nur so vor Tatendrang und Euphorie gesprudelt.

Damals hatten sie ausgemacht, dass Laura bald wiederkommen würde, wobei sie sich nun im Nachhinein fragte, warum sie das nie getan hatte. So war es ja häufig im Leben ...

Anfangs hatten sie noch öfter telefoniert oder sich Briefe geschrieben, was in den letzten Jahren auch seltener geworden war.

Laura glaubte, sich daran zu erinnern, dass Phillis mit ihrem kleinen Hotel ein paar Probleme hatte. Details fielen ihr nicht mehr ein. Einer Sache war sie sich allerdings sicher: Ihre Tante hatte nur besondere Gäste bei sich aufgenommen, meist Stammgäste, die schon seit Jahren zu ihr kamen.

Phillis' Unterkunft fand man nicht auf den üblichen Plattformen im Internet. Alles lief über Mund-zu-Mund-Propaganda und es gab nur eine direkte telefonische Buchung bei der Besitzerin. Da das Hotel nur sechs Gästezimmer zu vermieten hatte, konnte Tante Phillis stets ein volles Haus vorweisen – zumindest von April bis November.

Laura dachte daran, dass Phillis in den letzten Telefonaten über die einsamen Wintermonate auf der Insel geklagt hatte. Auch von noch ein paar anderen Problemen, die ihr das Leben schwermachten, war die Rede gewesen. Angestrengt überlegte sie, was Phillis ihr damals erzählt hatte, kam aber gerade nicht darauf.

Erst nach einer Weile warf Laura einen Blick auf das beiliegende Blatt. Auf der Sterbeurkunde konnte sie keine Informationen zur Todesursache feststellen.
Noch einmal betrachtete sie die amtliche Einladung zur Testamentseröffnung. Am morgigen Tag um 9 Uhr sollte sie beim Notar erscheinen. Zum Glück hatte sie da nichts vor, war aber bereits jetzt gespannt, was sie dort erwartete.

Kapitel 3

Mit klopfendem Herzen fuhr sie am nächsten Morgen mit dem Fahrrad zum Notariat. Obwohl es in den letzten Tagen noch mal einen regelrechten Wintereinbruch gegeben hatte, verzichtete Laura auf das Auto, das sie sich mit zwei WG-Bewohnern teilte. Solange kein Unwetter über Heidelberg zog, nahm sie das Fahrrad.

An diesem Morgen war sie unsicher gewesen, was man zu solch einer Testamentseröffnung anziehen sollte. Musste sie in ein Kostüm schlüpfen?

Immerhin hatte sie nun eine Auswahl an schicker Kleidung, da sie sich für ihren Berufsstart in der nächsten Woche neu eingekleidet hatte. Ehrlich gesagt, wäre sie gar nicht auf die Idee gekommen, aber ihre Mutter hatte darauf bestanden. Zugegebenermaßen hatte es sogar Spaß gemacht, mit ihr durch die Stadt zu ziehen und ein paar schicke Anziehsachen zu kaufen, wobei sie dies als Kind immer verabscheut hatte. Einkaufengehen mit ihrer Mutter hatte stets in einem Streit geendet.

An diesem Morgen entschied sich Laura für eine Jeans, mit der sie gut Rad fahren konnte, und zwei neue Errungenschaften: eine cremefarbene Bluse und einen eleganten dunklen Blazer. So fühlte sich weder over- noch underdressed.

Die Fahrradfahrt tat ihr gut. Die Aufregung hatte sich gelegt und sie kam fast fünfzehn Minuten zu früh bei der Kanzlei an. Kurzerhand entschied sie sich, noch einen Kaffee in einer kleinen Bäckerei zu holen, vor der sie ihr Fahrrad abgeschlossen hatte, und nicht weiter zu überlegen, was sie erwarten würde. Natürlich hatte sie unentwegt gegrübelt, was in dem Testament stehen könnte, und auch ihre Eltern um Rat gefragt. Doch auch diese waren ebenso ratlos wie sie.

Ihre Eltern hatten zu Tante Phillis gar keinen Kontakt gehabt und konnten sich somit noch weniger vorstellen, was Laura zu erwarten hatte. Ihre Mutter hatte die damalige Entscheidung ihres Vaters, eine neue Frau zu heiraten, nicht für gutgeheißen, was wiederum Laura gar nicht nachvollziehen konnte.

Sie hatte sich für ihren Großvater und sein neu gefundenes Glück gefreut, das ja dann ohnehin nicht lange gewährt hatte. Im tiefsten Innern glaubte Laura, dass ihre Mutter Tante Phillis gegenüber ein schlechtes

Gewissen hatte, unter anderem, weil sie nicht zur Hochzeit erschienen war. Insofern konnten ihre Eltern ihr höchstens moralische Unterstützung geben, in der Sache an sich jedoch nicht weiterhelfen.

Überpünktlich begab sich Laura zur Anmeldung und wurde von einer etwas streng wirkenden Dame gebeten, im Warteraum Platz zu nehmen. Kurze Zeit später erschien Dr. Ernst Schwert, um sie in sein Büro zu bitten.

Dr. Schwert war ein Notar, wie man ihn sich vorstellte, sollte man dies jemals getan haben. Das etwas schüttere Haar wirkte an den Kopf geklebt, um die kahlen Stellen zu verdecken, und auf der Nase trug er eine Lesebrille, über die er mehr hinweg als hindurch blickte.

Laura schätzte ihn auf Anfang sechzig und wie man sah, war er gutem Essen nicht abgeneigt. Die Anzughose hatte er über seinen kugelrunden Bauch gezogen und mit einem Gürtel festgezurrt, was den Oberkörper viel zu kurz erscheinen ließ bei seiner ohnehin nicht gerade stattlichen Körpergröße.

Dr. Schwert bat Laura, ihm gegenüber an einem runden Besprechungstisch Platz zu nehmen, und sortierte etwas umständlich die vorhandenen Dokumente vor sich auf dem Tisch. Offensichtlich wollte er das Ganze spannend machen, so kam es Laura zumindest vor.

„Sind Sie Laura Lichter?", wollte er zuerst wissen, wobei sie sich fragte, was er tun würde, wenn sie dies mit „Nein" beantworten würde.

Nachdem Laura ihre Identität mit dem Personalausweis bestätigt hatte, schien er zufrieden und blickte lächelnd auf die Dokumente vor sich auf dem Tisch, bei denen Laura nicht erkennen konnte, worum es sich handelte.

„Woran ist meine Tante gestorben?", platze sie plötzlich heraus.

„Dazu kommen wir später."

Später? Wie lange sollte das Ganze hier denn dauern?

Laura nahm sich vor, erst einmal keine weiteren Fragen zu stellen.

„Ich verlese nun das Testament der Verstorbenen", kündigte er an, bevor er sich aufwendig räusperte und mehrmals Wasser trank, als wolle er eine Podiumsrede halten.

Mit was hatte Tante Phillis sie wohl bedacht? Sie hatte immer ihren aufwendigen und auffälligen Schmuck bewundert. Vielleicht würde sie ihr ja ein Schmuckstück zukommen lassen.

Dr. Schwert blickte sie über seinen Brillenrand hinweg an. „Sind Sie bereit?"

Schon lange, hätte Laura am liebsten gesagt, nickte aber nur zustimmend. Erneut räusperte sich ihr Gegenüber, bevor er genauestens die persönlichen Angaben der

Verstorbenen vorlas, um dann endlich auf den Inhalt des Testaments einzugehen.

„Hiermit vermache ich Frau Laura Lichter, der Enkelin meines verstorbenen Ehemanns Konrad Lichter, mein gesamtes Anwesen in der Carrer de Cabrera 1, 07659 Fingueras, Islas Baleares, Spanien, sowie den dazugehörigen Wagen. Auch darf Laura Lichter über mein Konto verfügen, sie ist meine einzige Erbin. Allerdings möchte ich sie darauf hinweisen, dass einige Reparaturarbeiten an dem Haus fällig sind und ich es ihr nicht übelnehme, wenn sie das Anwesen nach meinem Ableben verkauft. Sicherlich wird sie bald ein lukratives Angebot erhalten. Ich habe mich zeit meines Lebens dagegen gesträubt, das Anwesen zu verkaufen, doch spüre ich, dass mich dies viel Kraft gekostet hat. Fast lastet dies wie ein Fluch auf mir, den Laura hoffentlich durchbrechen kann."

Dr. Schwert machte noch einmal eine verheißungsvolle Pause und blickte sie über seine Brillengläser an. Hierauf las er erneut die genauen Namen und Adressen der Verstorbenen und der Erbin vor, was Laura allerdings kaum mitbekam.

Laura saß da wie gelähmt. Sie spürte, wie ihr Herz anfing, schneller zu schlagen, und war unfähig, etwas zu sagen. Kurz verspürte sie den Reflex, sich selbst zu kneifen, um sicherzugehen, dass sie nicht träumte. Das konnte unmöglich wahr sein.

„Geht es Ihnen nicht gut?", fragte in dem Moment der Notar und schien tatsächlich besorgt.

„Könnte ich vielleicht ein Glas Wasser bekommen?"

Lauras Kehle war wie ausgetrocknet. Hätte sie nicht gesessen, wäre sie vermutlich einfach umgekippt. Ihr Kreislauf machte diese Aufregung nicht mit. Erst im Nachhinein war ihr klar, dass sie sich in einer Art Schockzustand befand.

Eine Weile hielt sie sich an dem Wasserglas fest und nahm nur schemenhaft wahr, was um sie herum geschah. Dr. Schwert wartete geduldig, bis sie sich erholt hatte, und füllte derweil irgendwelche Dokumente aus.

„Wie ist sie gestorben?", wisperte Laura.

„Wie bitte?"

„Wie ist meine Tante ums Leben gekommen?"

„Da müssten wir einen Blick auf den Totenschein werfen", bemerkte der Notar und zog einen Umschlag aus dem Wirrwarr von Dokumenten, die vor ihm lagen. Offensichtlich kannte er sich in dem Chaos bestens aus.

Eine gefühlte Ewigkeit starrte er auf das Dokument, bevor er sie wieder über seine Lesebrille hinweg anblickte. Laura konnte sich nicht helfen, aber irgendwie ging ihr Dr. Schwert auf die Nerven.

„Einen Moment, wir haben das übersetzen lassen", meinte er dann mit gerunzelter Stirn und begann erneut, in dem Stapel Papiere herumzuwühlen. Endlich hatte er das Gesuchte gefunden, überflog es kurz und sagte dann an Laura gewandt: „Ihre Großtante kam durch einen tragischen Unfall ums Leben. Hier steht, dass sie bei einem Hangrutsch, ausgelöst durch ein starkes Unwetter, in die Tiefe gerissen wurde."
„Das Unwetter!", stieß Laura aus.
„Wie bitte?"
„Ich habe den Artikel gelesen, der über die Unwetter aus Mallorca vor ein paar Wochen berichtete, und dass eine Person dabei ums Leben gekommen war." Laura fühlte sich schlecht, dass sie dabei nicht eine Sekunde an ihre Tante gedacht hatte, die doch in der Gegend lebte.
Nun schaute Dr. Schwert sie etwas trauriger über seine Brillengläser an. „Das tut mir leid für Sie!", bedauerte er. „Geht es Ihnen gut? Sie sind so blass. Möchten Sie jemanden benachrichtigen, der Sie abholt?", wollte er geradezu fürsorglich von ihr wissen.
„Nein, nein, es geht schon." Laura rang sich ein Lächeln ab. Auf einmal wusste sie gar nicht, warum ihr Dr. Schwert so unsympathisch gewesen war. Schließlich erledigte er nur seinen Job und dies gar nicht mal schlecht. Tatsächlich hatte es den Anschein, als würde sie ihm leidtun.

„Wurde sie bereits beerdigt?", erkundigte sich Laura.
„Sie bestand auf einer Seebestattung im engsten Kreise."
„Ich verstehe ..."
„Hatten Sie ein inniges Verhältnis zu ihr?"
„Im Grunde schon, nur haben wir uns in den letzten Jahren leider ein wenig aus den Augen verloren. Doch als sie meinen Großvater heiratete, verstanden wir uns sehr gut. Einmal habe ich sie sogar auf Mallorca besucht."
„Also kennen Sie das Anwesen, das Sie geerbt haben?"
„Ja, in der Tat. Damals war es zwar noch eine ziemliche Baustelle, aber ich habe ein Bild vor Augen. Vor allem erinnere ich mich daran, an was für einer wunderschönen Bucht es gelegen ist. Ein wirklich traumhaftes Plätzchen. Ich konnte immer verstehen, dass es Tante Phillis dorthin verschlagen hatte", plauderte Laura los. Irgendwie tat es gut, sich ein paar Dinge von der Seele zu reden.
„Können Sie denn in naher Zukunft dorthin fliegen, um Ihr Erbe aus der Nähe zu betrachten?", wollte der Notar als Nächstes wissen und hatte damit den Nagel auf den Kopf getroffen.
„Ja, das ist ein wenig das Problem", begann Laura grübelnd, „in einer Woche fange ich meinen neuen Job an. Meine erste Stelle, um genau zu sein ..."
„Na, dann haben Sie doch genug Zeit", sagte Dr. Schwert leichthin, was Laura anregte, noch einmal über ihre Situation nachzudenken. Es stimmte. Theoretisch hatte

sie hinreichend Zeit, dorthin zu fliegen und sogar einige Tage vor Ort zu verbringen.

„Ihre Tante hat auch noch eine Immobilienbewertung und das Angebot eines Immobilienmaklers beigelegt. Dieser bietet Ihnen 350.000 Euro für das Anwesen."

„Ist das viel?"

„Das kann ich Ihnen nicht sagen. Ich kenne die Preise vor Ort nicht und weiß nicht, in welchem Zustand das Haus ist. Aus dem Erbe lässt sich allerdings herauslesen, dass einige Renovierungsarbeiten anstehen. Sagen wir's mal so: Dafür, dass Sie bis eben noch dachten, Sie würden nur eine alte Hutschachtel erben, sind 350.000 Euro gar nicht schlecht."

Laura musste lächeln. Dr. Schwert besaß sogar ein wenig Humor.

„Haben Sie jemanden, mit dem sie das alles besprechen können?"

„Ja, meine Eltern. Zu ihnen werde ich gleich fahren."

„Ich stehe Ihnen auch gerne mit Rat und Tat zur Seite", meinte er dann noch freundlicherweise.

Während der Notar alle wichtigen Unterlagen zusammenpackte und ihr diese gemeinsam mit dem Schlüssel zu dem Anwesen überreichte, fragte er: „Meinen Sie, Sie werden das Anwesen verkaufen?"

„Eigentlich bin ich mir ziemlich sicher, dass ich das tun werde. Was denken Sie, warum meine Tante von einem Fluch redet, der auf ihr lastete?"

„Das müssen Sie wohl vor Ort rausfinden."

Er hatte recht. Das musste sie.

.

Kapitel 4

Noch nie war Laura so schnell zu ihren Eltern geradelt. Hätte sie die Zeit gestoppt und versucht, einen Rekord aufzustellen, wäre ihr dies heute sicherlich gelungen. Trotz starkem Regen und Wind trat Laura in die Pedale, als ginge es um ihr Leben. Diese Neuigkeiten musste sie ihren Eltern gleich berichten.

„Meinst du, Tante Phillis war nicht mehr zurechnungsfähig?", fragte ihre Mutter trocken, nachdem Laura die ganze Geschichte erzählt hatte.

„Wieso das denn?", fragten ihr Vater und sie wie aus einem Mund.

„Na, das ist doch nicht normal, dass sie dir ein ganzes Haus vererbt. Sie kannte dich schließlich kaum."

„Das würde ich nicht sagen", widersprach Laura, die sich über die Behauptungen ihrer Mutter ärgerte, „ich war wohl die Einzige in unserer Familie, die ein gutes

Verhältnis zu ihr hatte. Ich habe Tante Phillis wirklich gemocht – im Gegensatz zu euch."

Während sie dies sagte, hob ihr Vater beschwichtigend seine Hände in die Höhe, als Zeichen, dass er damit nie etwas zu tun gehabt hatte. Das hatte Laura bereits vermutet, die Abneigung und die Verweigerung, an der Hochzeit teilzunehmen, das ging alles von ihrer Mutter aus ... Warum auch immer.

Doch Laura war noch nicht fertig. Richtig in Rage redete sie sich nun. „Ich habe sie sogar einmal auf Mallorca besucht, was ich euch gar nicht erzählt habe, weil mir Mamas Ablehnung schon damals auf den Zeiger ging."

„Ach, Kindchen, ich meine doch nur ...", wollte ihre Mutter gerade beschwichtigend einwerfen, doch Laura ließ sie nicht ausreden.

„Über all die Jahre hatten Tante Phillis und ich Kontakt, in den letzten beiden Jahren zugegeben etwas weniger, aber trotzdem scheine ich die Einzige gewesen zu sein, die sie als Familienangehörige bezeichnen konnte. Außerdem ist sie ja nicht an Alzheimer gestorben, sondern bei einem Unfall ums Leben gekommen."

Laura konnte nicht genau sagen, warum es sie so nervte, dass ihre Mutter behauptete, Tante Phillis hätte in geistiger Umnachtung ein völlig schwachsinniges Testament verfasst und ihr sozusagen aus Versehen das Anwesen vermacht.

„Ihr beiden, darum geht es doch jetzt gar nicht", wollte ihr Vater wie so oft die erhitzten Gemüter beruhigen, „Phillis war sicher bei vollem Verstand, als sie dies beschlossen hat. Sie war eine taffe und aufrichtige Frau."
Hierfür erntete er einen vernichtenden Blick seiner Frau. Laura hingegen freute sich, dass er endlich einmal sagte, was er von der Ehefrau seines Schwiegervaters hielt.
„Wir müssen uns überlegen, was Laura mit dem Erbe anstellen soll."
„Ich fliege so schnell wie möglich rüber und schaue mir das Ganze vor Ort an", erklärte Laura, die dies bereits beschlossen hatte.
„Soll ich mitkommen?", schlug ihre Mutter vor.
Beinahe wäre Laura ein „Bloß nicht!" herausgerutscht, doch sie meinte: „Nein, diesmal nicht. Vielleicht an anderer Stelle, wenn ich weiß, was ich mit der Immobilie mache." Laura war selbst von sich überrascht, wie diplomatisch sie die Sache anging.
„Ich habe schon ein Angebot eines Immobilienmaklers über 350.000 Euro und Tante Phillis hat in ihrem Testament extra vermerkt, dass sie es mir nicht übelnimmt, wenn ich Haus und Grund veräußere."
„350.000 Euro! Das ist ja mal ein Batzen Geld. Da könnten wir uns endlich unseren Wohnwagen davon kaufen", bemerkte ihre Mutter leichthin.

„Du scheinst zu vergessen, dass unsere Tochter das Geld erbt, nicht wir", schob netterweise ihr Vater ein und ersparte Laura einen Kommentar. Natürlich würde sie ihren Eltern etwas von dem Erbe abgeben, aber dass ihre Mutter dies so selbstverständlich voraussetzte, fand sie ein bisschen unverschämt.

Nicht zum ersten Mal merkte sie, dass die überhebliche Art ihrer Mutter ihr gehörig auf den Zeiger ging. In dem Moment beschloss sie, die Angelegenheit alleine durchzuziehen. Ehrlich gesagt, wären ihre Eltern vermutlich sowieso keine große Hilfe.

„Gut. Ich fahre nach Hause und schau mal, wann ich hinfliegen kann. Ich gebe euch Bescheid."

Als sie an der Haustür stand, flüsterte ihr Vater ihr noch zu: „Ich kann gerne Urlaub nehmen, wenn du meine Hilfe brauchst. Solche Immobilienhaie können unheimlich gerissen sein. Pass bloß auf dich auf!"

Tatsächlich schien er sich ein wenig Sorgen zu machen und umarmte sie zum Abschied, als wäre es eine Trennung für eine längere Zeit.

Wie recht er haben sollte …

.

Kapitel 5

Niemals hätte Laura an diesem Morgen gedacht, dass dies ein so ereignisreicher Tag werden würde. Sie hatte das Gefühl, seit ihrem Besuch beim Notar keine Minute still zu sitzen, sei es vor Aufregung oder weil sie so beschäftigt war.

Als sie wieder zu Hause angekommen war, konnte sie nicht umhin, noch einmal im Internet nach dem Artikel zu recherchieren, den sie vor ein paar Wochen gelesen hatte. Sie fand diesen und einige andere, die über die verheerenden Unwetter auf Mallorca Bericht erstatteten. Bei den meisten wurde von dem Opfer berichtet, dass hierbei zu Tode kam, allerdings wurde Tante Phillis nie namentlich erwähnt. Vermutlich wusste man zu dem Zeitpunkt noch nicht, um wen es sich handelte.

Arme Tante Phillis, dachte Laura immer wieder. Der Tod ihrer Tante bewegte sie zum Nachdenken und stimmte sie traurig, dass sie sich so lange nicht mehr bei ihr gemeldet hatte. Zu sehr war sie mit ihren eigenen Problemen beschäftigt gewesen. Als Erstes schrieb Laura eine Liste, bei welchen ihrer Freunde und Verwandten sie sich melden wollte. Diese würde sie nun nach und nach kontaktieren.

Anschließend machte sie sich daran, nach einem Flug zu schauen. Denn eins stand für sie fest: Sie wollte so schnell wie möglich nach Mallorca und keine kostbare Zeit verstreichen lassen.

Tatsächlich fand sie einen Flieger, der am selben Tag am späten Abend gehen sollte. Laut Internet gab es noch einen freien Platz in dem Flugzeug, was wahrscheinlich nur eine Verkaufsmasche war, aber immerhin war der Flug recht günstig. Ohne lange zu überlegen, verfrachtete sie den Hinflug in ihren Warenkorb.

Bei dem Rückflug zögerte sie etwas. Wie lange sollte sie auf der Insel bleiben? Wollte sie nur die Lage checken und sich mit dem Immobilienmakler treffen oder noch ein wenig Urlaub machen? Wie lange dauerte es, bis man ein Haus verkauft hatte?

Laura beschloss, ihre letzte freie Woche auf Mallorca zu genießen, und buchte den Rückflug für den kommenden Sonntag. Somit hatte sie fünf Tage vor Ort, an denen sie hoffentlich einiges klären konnte.

Nachdem sie das Wetter auf Mallorca geprüft hatte, begann sie ihren Koffer zu packen. Tagsüber hat es dort angenehme achtzehn Grad, nachts konnte es allerdings recht kalt werden. Noch nie hatte sie ihren Koffer so schnell gepackt und hoffte, nicht etwas Wichtiges vergessen zu haben.

Zum Mittagessen lud sie ihre langjährige Freundin Ella zu sich ein, um von den spannenden Neuigkeiten zu berichten. Die beiden kannten sich schon seit der Grundschule und vertrauten sich alles an. Ella hatte immer einen guten Ratschlag parat. Sie war bodenständig und hatte Laura bereits bei der einen oder anderen Entscheidung geholfen.

Ihre Freundin wusste, was sie wollte. Bereits in der Grundschule hatte sie den Plan gehabt, später einen Frisörladen zu eröffnen, und dies inzwischen auch umgesetzt. Somit konnte Laura gleich zwei Fliegen mit einer Klappe schlagen: Sie konnte Ella von den Neuigkeiten berichten und sich gleichzeitig einen neuen Haarschnitt verpassen lassen. Diesmal schnitt sie ihr nur ein wenig die Spitzen, da sie fand, dass ihre roten Haare gerade fantastisch aussahen.

„Daran würde ich nichts ändern. Die längeren Haare stehen dir echt gut. Du hast schöne natürliche Wellen, die bei dieser Länge besonders gut rauskommen."

Laura freute sich über das Kompliment und befolgte, was ihre Freundin ihr riet. Diese war schließlich die Expertin.

Ella war völlig aufgeregt angesichts der Neuigkeiten in Lauras Leben. Sie bot ebenfalls sofort ihre Hilfe an. „Mensch, Laura, das ist ja unglaublich. Obwohl mir das mit deiner Tanta unendlich leidtut, freue ich mich für dich. Ich komme gerne nach und helfe dir. Freitagnachmittag habe ich frei und könnte übers Wochenende zu dir kommen", überschlug sie sich.

Ellas Begeisterungsfähigkeit war richtig ansteckend. Überhaupt war es herzerwärmend, wie viele Menschen ihr in dieser Situation helfen wollten. Ein Umstand, der sie ein wenig beruhigte, denn sollte sie die Pension tatsächlich übernehmen wollen, würde sie einige Hilfe benötigen. Dies war ihr klar, ohne das Anwesen überhaupt gesehen zu haben.

Weil Tante Phillis in ihrem Testament schon erwähnt hatte, dass Renovierungsarbeiten nötig wären, hoffte sie, nicht auf eine totale Bruchbude zu treffen.

Vergebens suchte sie nach dem Hotel, das damals keinen offiziellen Namen gehabt hatte, sondern nur Phillis' Pension genannt wurde, im Internet. Zwar entdeckte sie einen Artikel über den Ort Fingueras, in dem auch über das kleine Hotel berichtet wurde, aber nirgends fand sie ein Onlineportal, in dem man ein Zimmer hätte buchen können. Lediglich eine Telefonnummer für Reservierungen sichtete sie.

Laura schloss daraus, dass ihre Tante in den letzten Monaten entweder den Hotelbetrieb ganz eingestellt hatte oder, was sie für wahrscheinlicher hielt, nach wie vor nur Stammgäste aufgenommen hatte. Laura erinnerte sich, wie Phillis ihr damals begeistert erzählt hatte, dass sie nur Gäste in ihrem Haus haben wollte, die dies auch zu schätzen wüssten. Dafür hatte sie gerne in Kauf genommen, dass einige Zimmer leer blieben. Lieber hatte sie sich mit Menschen umgeben, die sie mochte und die ihr Haus sowie die besondere Bucht, an der es lag, genauso liebten wie sie selbst.

Davon schien es einige zu geben, denn wie Laura sich erinnerte, war das Hotel damals, trotz der Bauarbeiten, gut besucht gewesen.

Nachdem Ella gegangen war, flitzte Laura noch einmal in die Stadt, um sich einen Reiseführer über Mallorca zu holen. Wenn sie dort schon ein Haus geerbt hatte, wollte sie schließlich Näheres über die Insel erfahren. Bestückt mit drei Handbüchern über die Balearische Insel kam sie aus der Buchhandlung zurück.

Trotz ihres überstürzten Aufbruchs fühlte sie sich relativ gut vorbereitet, als sie gegen 16 Uhr ihre Wohnung verließ.

Bald merkte sie, dass ein Montag Ende April eine äußerst günstige Reisezeit war. Zumindest saß sie in einem fast leeren Shuttle, und auch am Flughafen war kaum etwas los. Laura konnte nicht fassen, dass sie in nur wenigen Stunden in einer völlig anderen Welt sein würde. Denn das hatte Tante Phillis immer betont: Auf Mallorca liefen die Uhren langsamer. Das Leben dort war entschleunigt und man konnte sich auf das Wesentliche besinnen.

Kapitel 6

Nach einem äußerst angenehmen und überraschend kurzen Flug, auf dem Laura nicht einmal einen Bruchteil ihrer Reiselektüre hatte lesen können, landete sie in Palma, das gerade von den letzten Sonnenstrahlen erleuchtet wurde.

Ella hatte ihr den Tipp gegeben, sich gleich am Flughafen einen Mietwagen zu nehmen. Überhaupt hatte ihre Freundin so einige Ratschläge parat gehabt, dass man meinen könnte, sie sei ständig auf Achse. Dabei bewegte sich Ella meist nur in einem Radius von zweihundert Kilometern um Heidelberg herum. Fliegen konnte sie gar nicht leiden.

Erst jetzt fiel Laura auf, wie heroisch daher ihr Vorschlag gewesen war, ihr zu helfen und nach Mallorca zu kommen. Im Grunde sollte sie dieses Angebot annehmen, damit Ella mal etwas anderes zu sehen bekam. Den Mietwagen hatte sie von Deutschland aus reserviert, denn vor Ort wurde man oft über den Tisch gezogen, wie ihre Freundin zu berichten hatte. Am Flughafen lief alles wie am Schnürchen. Ohne lange Wartezeit übergab man ihr einen kleinen, aber feinen Fiat 500 mit Faltdach, der aussah, als wäre sie überhaupt die erste Fahrerin des Wagens. Tatsächlich hatte er nur knapp tausend Kilometer auf dem Tacho. Im Grunde war Laura nicht so wichtig, in welchem Zustand das Fahrzeug war, Hauptsache das Navi funktionierte, denn sie hatte keine Ahnung, wie sie zur Pension gelangen sollte.

Der zuvorkommende und perfekt Deutsch sprechende Mitarbeiter der Autovermietung erklärte ihr geduldig, wie man das Navigationsgerät bediente, und gab ihren Zielort ein.

„Fingueras ist ein sehr schöner Ort!", meinte er und machte ein Daumenhochzeichen.

Lauras Vorfreude steigerte sich minütlich, allerdings merkte sie, dass sie gleichzeitig immer aufgeregter wurde. Das mochte vor allem daran liegen, dass es bereits dämmerte und vermutlich stockdunkel sein würde, bis sie bei dem Haus ankam.

Die Fahrt zur Pension dauerte etwas länger als eine Stunde, doch bereits jetzt war die Sonne hinter dem

Horizont verschwunden und nur ein paar letzte Strahlen gaben noch Licht. Ihre Strecke führte sie nur ein kurzes Stück über die Autobahn und von da an über eher kleine, teilweise recht holprige Straßen. Eines stand fest: Ohne das Navi wäre sie völlig aufgeschmissen gewesen.
Während sie die immer kleiner werdenden Landstraßen entlangfuhr, schwirrten ihr Tausende von Gedanken durch den Kopf: Hatte sie überhaupt den richtigen Schlüssel dabei? Gab es in dem Haus Wasser und Strom? In welchem Zustand würde sie das Hotel vorfinden? Hatte jemand den Müll entsorgt und den Kühlschrank ausgeräumt? Würde sie ein Bettlaken finden und noch wichtiger ein Bett? Und sollte sie sich entschließen, nicht in der Pension übernachten zu wollen, würde sie so spät in einem anderen Hotel einchecken können?
Laura hatte das Gefühl, je dunkler es wurde, umso mehr stieg ihre Nervosität. Als ihr Navi anzeigte, dass sie in zehn Minuten am Zielort sei, war ihr mulmig zumute und sie verfluchte sich, überhaupt hierhergekommen zu sein.
„Das habe ich alles diesem Notar zu verdanken. Er hat mir das eingeredet", schimpfte sie leise vor sich hin. Denn in der Tat wäre sie ohne seine Frage, ob sie nicht gleich dorthin fliegen wolle, vermutlich niemals auf die Idee gekommen – zumindest nicht jetzt. Auch seine Behauptung, fünf Tage würden völlig ausreichen, um hier

alles zu klären, hatten ihren Beschluss, den sie gar nicht selbst gefällt hatte, bestärkt.

„Oh, mein Gott", sagte sie dann laut, als das Navi behauptete, sie habe das Ziel erreicht. Sie stand vor einem verschlossenen mit Efeu bewachsenem Tor. Zugegeben sah das, was sie bisher von dem Örtchen wahrgenommen hatte, durchaus nett aus, nur schien das Hotel etwas abseits zu liegen. Sie hatte hier noch keine Menschenseele gesehen.

In Fingueras wurden offensichtlich die Bürgersteige um 20 Uhr hochgeklappt, wenn sie überhaupt jemals runtergeklappt wurden im April. In den Sommermonaten war hier sicherlich mehr los.

Laura beschloss, keine voreiligen Schlüsse zu ziehen, und nahm den Schlüsselbund aus ihrer Tasche. Sicherheitshalber ließ sie den Motor des Wagens laufen, während sie einen der beiden Schlüssel für das Tor ausprobierte. Logischerweise musste dies der Größere sein, dem man ansah, dass er für ein Gartentor oder eine Garage bestimmt war.

„Simsalabim dreimal schwarzer Kater", flüsterte sie, während sie versuchte, das Tor zu öffnen, und musste dabei kichern. Offensichtlich war sie überfordert mit der Situation. Schon zu Schulzeiten war sie dann immer etwas albern geworden.

Tatsächlich konnte sie kurz darauf die Pforte mit einem gehörigen Quietschen aufmachen. Schnell sprang sie in ihren Fiat, fuhr durch das Tor, spurtete wieder hinaus und verschloss das Tor sorgfältig.

Zwar war Laura froh, schon mal auf dem Grundstück zu sein, doch nun lag eine dunkle Einfahrt vor ihr und sie hatte keine Ahnung, was sie erwartete. Als wolle man sie in ihren Gedanken bestätigen, raschelte und knackste es ständig neben ihr am Wegesrand im Gebüsch.

Vermutlich waren dort nur einige Kleintiere unterwegs, doch Laura fand es mehr als unheimlich. Dazu heulte ein Uhu oder eine Eule, um das Ganze noch geheimnisvoller zu machen.

Übertrieben hastig setzte sie sich wieder ins Auto und schlug die Tür so fest zu, dass sie kurz befürchten musste, das ganze Gefährt würde auseinanderfallen.

„Das mache ich nur für dich, Tante Phillis", flüsterte sie, als sie die dunkle Auffahrt entlangfuhr.

Kapitel 7

In der Tat konnte sich Laura an viele Details nicht mehr erinnern, wie etwa, dass die Pension etwas außerhalb lag. Zwar war die Einfahrt doch nicht so lang, wie zuerst vermutet, aber Nachbarhäuser sah sie keine, wenigstens in der Dunkelheit nicht.

Sie parkte den Fiat direkt vor der Eingangstür zum Hotel und ließ die Scheinwerfer an, während sie die Tür aufschloss. Wieder ließ sie den Motor laufen, falls sie schnell die Flucht ergreifen müsste. Laura gab es ungern zu, aber das ganze Manöver war mehr als unheimlich.

Warum hatte sie niemanden mitgenommen? Ihre Eltern hatten es ihr doch angeboten.

Noch besser wäre eine starke männliche Begleitung gewesen. Automatisch schweiften ihre Gedanken zu Alex, von dem sie sich vor gut drei Monaten getrennt hatte. Die beiden waren nach vier Jahren im Guten

auseinandergegangen, wie man so schön sagte, mit der Option, sich wieder zusammenzuraufen und es noch einmal zu probieren. Doch dann hatte Alex nicht einmal eine Woche später eine Neue gehabt.
„Warum denke ich jetzt an diesen Idioten?", schimpfte sie laut und versuchte, sich wieder auf die Situation zu konzentrieren.
Auch die Eingangstür quietschte etwas beim Öffnen, aber immerhin ließ sie sich aufmachen. Insgeheim hatte sie Angst gehabt, dass keiner der Schlüssel passen würde. Laura trat über die Schwelle und stand tatsächlich in dem kleinen Hotel, dass sie nun ihr Eigen nennen konnte. Wäre es nicht so dunkel und unheimlich gewesen, hätte sie sich in diesem Moment bestimmt mehr darüber gefreut.
Zum Glück musste sie nicht viel länger in der Dunkelheit stehen, sondern fand recht schnell den Lichtschalter, der zumindest den Eingangsbereich erleuchtete. Ein weiterer Schalter betätigte die Außenlampen, einige davon in der Einfahrt. Nun sah es hier schon nicht mehr ganz so gespenstisch aus, wohlfühlen tat sie sich allerdings noch nicht. Das Haus schien viel größer, als sie es in Erinnerung hatte. Nun musste sie es erst einmal durchsuchen, ob alle Zimmer leer waren, und dann für sich ein Plätzchen zum Schlafen finden.

Obwohl es erst kurz nach 22 Uhr war, fühlte Laura sich hundemüde. Die Reise und vielmehr noch die Aufregung hatten ihr etwas zugesetzt. Gleichzeitig schlug ihr Herz bis zum Hals, weil sie so gespannt war, was sie hier erwarten würde. Der Eingangsbereich sah zumindest schon einmal gut aus. Nicht verwahrlost oder heruntergekommen, wie sie befürchtet hatte.

Mehr noch: Der Empfangsbereich wirkte richtig einladend, mit einer kleinen Rezeption zu ihrer linken Seite und einer gemütlichen Lounge auf der rechten. Der Boden war aus urigen Terrakottafliesen, die Wandfarbe in einem warmen Orangeton passend dazu gewählt. Viele Topfpflanzen, vor allem kleine Palmen machten den Raum besonders heimelig.

Kurz blickte Laura zwischen ihrem Wagen und den noch im Dunklen liegenden Räumen vor sich hin und her. Ihre Nervosität hatte sich etwas gelegt. Auch hatte sie nicht mehr das Gefühl, gleich in den Mietwagen springen zu müssen, um zu flüchten. Daher entschied sie, ihren Koffer zu holen und sich weiter im Haus umzuschauen.

Nachdem Laura die Eingangstür gewissenhaft verschlossen hatte, war sie bereit für eine Erkundung des Hauses. Gleich war ihr aufgefallen, dass an dem Schlüsselbrett hinter der Rezeption nicht nur sechs, sondern sechzehn Schlüssel hingen, alle durchnummeriert. Somit musste es mittlerweile einige Zimmer mehr geben.

Man sah auf den ersten Blick, wie sehr Tante Phillis ihr kleines Hotel am Herzen gelegen hatte. Auch wirkte es, als hätte sich in der Zwischenzeit jemand darum gekümmert, zumindest die Pflanzen musste irgendwer gegossen haben.

Vorsichtig und mit aufmerksamem Blick bewegte Laura sich fort. Langsam kam die Erinnerung an damals wieder, wobei gerade dieser Bereich noch im Umbau gewesen war. Vor allem suchte Laura ein Plätzchen, wo sie sich hinlegen konnte. Am besten mit einer gut verschließbaren Tür und einem bequemen Bett. Dann würde sie sich am nächsten Tag alles genauer ansehen.

Als Laura etwas weiter den Flur entlangging, entdeckte sie auf der rechten Seite den Eingang zur Küche. In dem Moment fiel ihr ein, dass sie darin unbedingt nach dem Rechten sehen musste. Schon auf den ersten Blick erkannte sie, dass hier irgendjemand aufgeräumt hatte. Die Küche war blitzblank geputzt, der Kühlschrank leer und sauber. Dieser Jemand hatte gute Arbeit geleistet.

Die Restaurantküche war beeindruckend, auch hier hatte Phillis an nichts gespart. Laura erinnerte sich, was für eine hervorragende Köchin ihre Tante gewesen war. Sie konnte sich gut vorstellen, dass sie ihre Gäste selbst bekocht und bewirtet hatte.

Nach und nach betätigte Laura die Lichtschalter und bald war der ganze untere Bereich hell erleuchtet. Auf der gegenüberliegenden Seite befand sich das Restaurant, oder eher der Essbereich. Damals hatte Phillis das Hotel wie ein Bed and Breakfast geführt.

Laura konnte sich erinnern, dass vor dem Essensraum eine Terrasse lag, von der aus man einen fantastischen Blick auf die Bucht mit dem türkisblauen Wasser hatte. Diese würde sie sich am nächsten Tag anschauen.

Laura war überrascht, wie groß das Restaurant war. Den ganzen unteren Bereich des Hauses, der zum Meer hinführte, nahm dieses ein. Offensichtlich war es Tante Phillis wichtig gewesen, dass ihre Gäste eine schöne Aussicht beim Essen hatten. Trotz der Größe war der Saal unheimlich gemütlich.

Fürs Einrichten hatte sie wirklich ein Händchen, dachte Laura, während sie sich einmal im Kreis drehte. Der Raum hatte Holzbalken an der Decke, die vom Braunton her perfekt zu den Terrakottakacheln passten. In der Mitte des Raumes befand sich ein massiver Holztisch, an dem locker zwölf Personen Platz hatten. Laura konnte sich gut vorstellen, wie die Gäste hier gemeinsam den Abend ausklingen ließen. Auf Anhieb sah sie etwa zehn weitere Sitzgelegenheiten verschiedener Größe, alle Tische waren aus demselben edlen Holz gefertigt.

Die linke Seite, die zum Meer hinführte, war durchgängig mit Fenstern versehen, an der rechten befand sich ein großer Kamin, der mit hübschen mallorquinischen Kacheln eingefasst war. Die türkisblauen Kacheln wiederholten sich mehrmals im Raum, etwa in den Regalen oder über der Anrichte. Auch die Deko in dem Raum war stimmig. Über dem Kamin hingen einige Pfannen aus Kupfer, vermutlich um Paella zuzubereiten. In den Regalen, die geschickt in die Wand eingelassen waren, sah sie verschiedene Bretter und Schüsseln aus Olivenholz, die wohl beim Essen zum Einsatz kamen, außerdem ausgefallene Dekantiergefäße und eine Sammlung aus allen möglichen farbigen Flaschen. Auf dem Boden stand ein übergroßes Glasgefäß, das mit Weinkorken gefüllt war. Laura musste schmunzeln, als sie zwischen all der typisch katalanischen Dekoration eine Schwarzwälder Kuckucksuhr entdeckte.

Eine kleine Erinnerung an die Heimat musste wohl doch sein, dachte Laura und setzte ihre Erkundungstour fort.

Auf der gegenüberliegenden Seite des Restaurants befand sich eine Glastür mit der Aufschrift „Unidades de spa y bienestar". Ein wenig verfluchte sie sich, dass sie kein Wort Spanisch sprach. Katalanisch erst recht nicht. In ihrem Reiseführer hatte sie gelesen, dass die katalanische Sprache zur spanischen recht unterschiedlich war. Offiziell sprach man hier Castellano, also Spanisch, und

Català, das Katalanische. Beides waren amtlich anerkannte Sprachen, wobei jeder Katalane auch Spanisch sprach, aber nicht jeder Spanier, der in Katalonien lebte, auch Katalanisch. Also wäre sie vermutlich auch mit ihren Spanischkenntnissen nicht weit gekommen.

Neugierig blickte Laura hinein und sah einen gut ausgestatteten Fitnessbereich vor sich. Auf einer weiteren Tür im Inneren konnte sie die Aufschrift „Wellness y masaje" erkennen.

„Nicht schlecht, sogar Massagen gab es hier", flüsterte Laura. Sie war angenehm überrascht, was Phillis in den letzten Jahren aus dem Hotel gemacht hatte. Richtig edel wirkte es und war alles andere als heruntergekommen, wie sie es angenommen hatte. Vermutlich hatte Phillis das Testament bereits vor Längerem verfasst. Auch musste sie einige Angestellte haben. Was war mit denen wohl nach ihrem plötzlichen Tod geschehen?

Bereits in diesem Moment wurde Laura klar, dass das kleine Hotel mehr war als nur ein Haus, das es zu verkaufen galt. An dem Anwesen hing viel mehr, wie zum Beispiel die Arbeit von Phillis der letzten zehn Jahre, aber auch das Einkommen einiger Menschen, die vermutlich eine Familie zu ernähren hatten.

Wie hatten diese in den letzten Wochen ihren Unterhalt bestritten?

Vor allem aber war es die Liebe zum Detail, die diese Unterkunft zu etwas Besonderem machte.

Langsam stieg Laura die Treppe empor, die neben dem Wellnessbereich lag. Wenn sie sich recht erinnerte, befanden sich im oberen Stockwerk die sechs Gästezimmer und die Wohnung von Phillis. Sie hatte recht, hier oben hatte sich zumindest auf den ersten Blick nicht viel verändert. Natürlich waren auch hier die Gästezimmer zum Meer hin ausgerichtet und die Wohnräume der Inhaberin, deren Eingang mit „Privado" gekennzeichnet war, führten zur Landseite hin.

Laura konnte nicht sagen, warum sie erst an die Tür klopfte, bevor sie diese öffnete. Wenn sich jemand im Haus befinden sollte, hätte sich diese Person ja mittlerweile bemerkbar gemacht ... hoffte sie zumindest.

Während sie die Tür langsam öffnete, lief ihr erneut ein Schauder über den Rücken. Warum mussten auch alle Türen in diesem Hotel so unheimlich quietschen?

Als Laura in dem kleinen Wohnbereich ihrer Tante stand, überkamen sie auf einmal ihre Gefühle und sie musste weinen. Vermutlich war es auch die Überforderung mit der ganzen Situation, denn Laura hatte keine Ahnung, was sie als Nächstes tun sollte.

Warum war sie nicht auf das Angebot eingegangen und hatte ihre Eltern mitgenommen? Zumindest ihr Vater hätte sicherlich einen guten Rat gehabt. Auch den dicken Notar könnte sie nun an ihrer Seite gebrauchen.

„Ich muss es ja nicht gleich entscheiden", redete sie mit sich selbst, als sie das Schlafzimmer ihrer Tante betrat. Die Wohnung war genauso gemütlich eingerichtet, wie der Rest der Pension und auch hier hatte Phillis ihre Liebe zum Detail bewiesen. An einer Wand hingen einige gerahmte Fotografien, die Laura näher betrachtete. Es war ein Foto von der Hochzeit mit ihrem Großvater, auf dem beide glücklich in die Kamera lächelten. Ein weiteres Bild zeigte Laura und Phillis hier auf Mallorca bei einer Wanderung, die sie unternommen hatten. Es rührte sie, dass sie dieses Foto gerahmt und aufgehängt hatte.

Die Einrichtung des Schlafzimmers war eher bescheiden, mit nur den nötigsten Möbeln. In dem Zimmer standen lediglich ein Bett, ein Schrank und eine Kommode. Was brauchte man auch mehr? Auch hier war das schmückende Beiwerk ein Hingucker. Phillis hatte hübsche mallorquinische Kunstwerke aufgehängt, die dem Raum etwas Fröhliches verliehen.

Kurz öffnete Laura den Kleiderschrank und war froh, darin Bettzeug zu entdecken. Als sie die Überdecke aufschlug, sah sie, dass es noch bezogen war. Vermutlich hatte zuletzt ihre Tante darin geschlafen, bevor sie den schrecklichen Unfall hatte.

Kurzerhand öffnete Laura die Tür, die auf den Balkon führte, und trat hinaus. Von hier aus hatte sie einen Blick auf den Vorplatz vom Hotel und die Einfahrt. Unten sah sie ihren kleinen Fiat stehen. Etwas abseits erspähte sie ein weiteres Auto, das musste vermutlich der Wagen sein, der Tante Phillis gehört hatte.

Erneut war sie verwundert, keine Lichter von anderen Häusern erkennen zu können, auch war es überraschend still. So abgelegen war das Haus nun auch nicht. Wieder hörte sie nur das Heulen der Eule und ein paar Grillen zirpen, nicht einmal Autogeräusche konnte sie vernehmen.

Doch da war noch etwas im Hintergrund, dass sie vernehmen konnte. Als ihr klar wurde, dass dies das gleichmäßige Rauschen der Wellen war, hätte sie erneut losheulen können. Für Laura gab es kein schöneres Geräusch als Wellenrauschen.

Kurz überlegte Laura, ob sie hier in der Wohnung oder in einem der Gästezimmer übernachten sollte, entschied sich dann jedoch für dieses Zimmer. Ein Blick auf die Uhr sagte ihr, dass es nun zu spät war, um ihre Eltern noch einmal anzurufen. Zwar hatte sie ihnen vom Flughafen eine kurze Textnachricht geschrieben, hätte aber gerne noch mehr berichtet.

Nachdem auf ihre Nachricht „Seid ihr noch wach?" keine Antwort kam, entschied sie sich, morgen mit ihnen zu sprechen. Was blieb ihr auch anderes übrig.

Gerade als Laura das Zimmer verlassen wollte, um ihren Koffer zu holen, vernahm sie ein lautes Klopfen an der unteren Eingangstür. Augenblicklich schlug ihr Herz schneller.

Wer konnte das sein? Laura beschloss, erst einmal vom Balkon aus zu prüfen, wer sie so spät besuchte.

Zu ihrer Überraschung stand dort eine junge Frau, die ihr freudig zuwinkte und „Hola Laura!" zurief. Woher wusste diese Frau, wie sie hieß?

Kapitel 8

Nachdem Laura die Tür geöffnet hatte, stellte sich die Frau mit dem Namen Olivia vor, reichte ihr die Hand und strahlte sie an. Laura fand Olivia auf Anhieb sympathisch.

In diesem Moment fiel Laura zum ersten Mal auf, dass es etwas mit dem Lächeln der mallorquinischen Menschen auf sich hatte. Sie lächelten nicht nur mit dem Mund, sondern mit den Augen. Das machte einen großen Unterschied. Ihr Lächeln wirkte echt. Bald sollte sie herausfinden, dass Mallorquiner nur lächeln, wenn sie dies auch so meinten.

Zum Glück sprach Olivia Deutsch und so konnte Laura sie fragen, woher sie ihren Namen kannte.

„Señora Phillis hat oft von Ihnen gesprochen. Sie waren ihre einzige Verwandte. Zu Beginn dachte ich, Sie wären ihre Tochter."

Diese Worte trafen Laura mitten ins Herz. Nun hatte sie noch ein schlechteres Gewissen, dass sie sich in den letzten beiden Jahren so wenig bei Phillis gemeldet hatte. Mit einem Mal fing Olivia an zu weinen. Laura wusste zuerst nicht, wie sie reagieren sollte, doch als sie Olivia in die Arme nahm, flossen auch bei ihr ein paar Tränen.

Kurzerhand bat sie Olivia, sich mit ihr in die Lounge zu setzen und alles zu erzählen, was ihr auf dem Herzen lag.

Sie musste eine Weile warten, bis sich ihr Gegenüber wieder gefangen hatte. Laura schätzte, dass Olivia etwa in ihrem Alter war. Sie war eine hübsche, schlanke Frau, die aus einfachen Verhältnissen zu kommen schien. Zumindest trug sie ein schlichtes Kleid, das schon recht verschlissen wirkte, und keinerlei Make-up oder Schmuck. Allerdings hätte sie dies auch gar nicht gebraucht, denn durch ihre gebräunte Haut und die langen dunklen Haare war sie eine natürliche Schönheit. Niedlich war die Zahnlücke zwischen den Schneidezähnen, die man nicht übersehen konnte, wenn sie lächelte.

Nachdem Olivia eine Weile erzählt hatte, stellte Laura fest, dass sie genau die Position innehatte, die sie vermutet hatte. Olivia Sanchez war das Mädchen für alles in Phillis' Hotel. Angefangen hatte sie als Zimmermädchen, zuerst alleine, zuletzt mit Unterstützung von zwei weiteren Damen. Außerdem war sie Köchin, Bedienung, oder Rezeptionistin, je nachdem, was Phillis an dem Tag für Hilfe benötigt hatte.

Natürlich war auch sie es gewesen, die in den letzten Wochen alles in Schuss gehalten hatte. Sie hatte nicht nur die Pflanzen gegossen und das Hotel sauber gehalten, sondern auch Gäste von dem traurigen Schicksal der Hotelbesitzerin unterrichtet und gebuchte Reservierungen abgesagt. Dies war bestimmt keine einfache Aufgabe gewesen.

Olivia berichtete, dass sie seit Tag eins dabei gewesen war und sich sogar an Lauras Besuch damals erinnerte. Leider musste Laura zugeben, dass sie sich nicht an sie erinnern konnte, was diese nur mit einer Handbewegung abtat.

Wie es sich anhörte, schien es nur wenige Menschen zu geben, die Tante Phillis besser gekannt hatten als die junge Spanierin. Als sie erzählte, wie sie von dem Tod ihre Arbeitgeberin, die sie offensichtlich als Freundin betrachtete, benachrichtigt wurde, war sie erneut den Tränen nahe.

„Ich wusste, dass Sie bald herkommen werden, weil Señora Phillis Ihnen das Haus vererbt hat. Das hat sie mir öfter gesagt, dass Sie es Ihnen vermachen will. Daher habe ich auf Sie gewartet", meinte sie und schenkte ihr wieder dieses entzückende Lächeln.

„Es freut mich, so nett von Ihnen empfangen zu werden. Außerdem sprechen sie ein hervorragendes Deutsch."

„Meine Mutter kommt aus Deutschland. Sie hatte sich damals bei einem Urlaub Hals über Kopf in einen Mallorquiner verliebt und alles stehen und liegen lassen, um für ihn hierherzukommen. Leider ging dies nicht gut. Deutsche und Mallorquiner sind nur selten eine passende Kombination", fügte sie mit einem traurigen Lachen an.

„Das tut mir leid", meinte Laura, der gerade nichts Besseres einfiel.

Obwohl Laura noch viele Fragen hatte, merkte sie, dass sie langsam zu müde wurde, um all die Informationen richtig zu verarbeiten. Daher sagte sie zu Olivia: „Können wir uns morgen wieder treffen und weiterreden? Ich bin ein bisschen müde."

„Gerne", gab diese zur Antwort und bot ihr, ganz in ihrer Rolle, Hilfe an, das Bett zu machen.

„Das schaffe ich schon", meinte Laura und verabschiedete sich von ihrer neuen Bekanntschaft.

Kurz blickte sie Olivia hinterher, wie diese in der Dunkelheit verschwand. Mit einem Mal fiel ihr ein, dass sie sie gar nicht gefragt hatte, wo sie wohnte. Weit weg konnte es zumindest nicht sein. Lautlos, wie sie erschienen war, war sie wieder gegangen.

Immerhin hatte der späte Besuch von Olivia bewirkt, dass sich Laura etwas heimeliger fühlte.

Sie hatte den ersten netten Menschen aus Phillis' Umfeld kennengelernt und war sich sicher, dass es davon einige mehr gab.

Erschöpft, aber zufrieden, dass sie sich auf den Weg hierher gemacht hatte, bezog Laura das Bett und machte sich in dem hübschen kleinen Bad frisch. Der Raum glich einer Schmuckdose, wie sie fand. Hier hatte Phillis nicht an mallorquinischen Kacheln gespart. Es war das farbenfrohste Badezimmer, das Laura jemals gesehen hatte.

Laura war sich sicher, noch lange wach zu liegen, um all das Geschehene zu verarbeiten. Doch als sie sich in das bequeme Bett legte, fühlte sie sich wie zu Hause und war kurz darauf eingeschlafen.

Irgendetwas gab ihr das Gefühl, angekommen zu sein.

Kapitel 9

Als Laura am nächsten Morgen aufwachte, fühlte sie sich überraschend erholt und ausgeschlafen. In letzter Zeit hatte sie öfter Schlafprobleme gehabt. Etwas, das sie von sich bisher gar nicht kannte.
Insgeheim wusste sie, dass dies von der neuen Herausforderung herrührte, die ab nächster Woche auf sie zukam. Sie redete sich die ganze Zeit ein, dass sie bei dem Vorstellungsgespräch etwas hoch gestapelt hatte und daraufhin viel zu viel Verantwortung übertragen bekommen hatte. Zum Beispiel hatte sie behauptet, bei ihrem Job an der Uni schon mal ein Team geleitet zu haben, was schlichtweg gelogen war. Auch hatte sie die Frage, ob sie sich zutraue, ein gewisses Geldbudget selbst zu verantworten, ohne mit der Wimper zu zucken mit Ja beantwortet. Dabei wusste sie, dass es hierbei vermutlich

nicht um ein paar Cent ging, sondern um einiges mehr. Diese und noch ein paar andere Lügen, oder sagen wir mal Übertreibungen, raubten ihr den Schlaf, dessen war sie sich sicher.

Andererseits war es grandios, dass ein paar Stunden auf Mallorca dieses Problem schon beseitigt hatten. Sie hatte geschlafen wie ein Baby und stellte erschrocken fest, dass es bereits 9 Uhr war, als sie aufwachte. Sie hatte doch so viel zu erledigen!

Schnell schlüpfte sie in ihr gelbes Sommerkleid, das ihre roten Haare so gut zur Geltung brachte, und betrachtete sich im Spiegel. Ihr gefiel, was sie sah. Da es noch etwas frisch war, warf sie ihre halblange Strickjacke über und begab sich auf dem Weg zu ihrem nächsten Erkundungsgang.

Als sie die Zimmertür hinter sich schloss, fiel ihr auf, dass es nach Essen roch. Gerade hatte sie festgestellt, was für einen Kohldampf sie hatte, und überlegt, wo sie wohl etwas Obst und vor allem einen Kaffee herbekommen könnte.

Doch im Flur roch es tatsächlich nach frisch gebrühtem Kaffee und etwas Gebratenem.

Kann man eine Fata Morgana von Essen haben, wenn man hungrig ist?, fragte sie sich, während sie Treppenstufen hinabstieg. Vielleicht bildete sie sich den leckeren Geruch nur ein.

Laura hatte sich nicht geirrt. In der Küche fand sie eine gut gelaunte Olivia, die etwas in der Pfanne brutzelte.
„Guten Morgen", rief ihr diese freudig entgegen, während sie nach einer Tasse griff, um Laura Kaffee einzuschenken. Laura konnte nicht fassen, dass Olivia bereits Frühstück für sie zubereitet hatte.
„Das ist aber lieb. Vielen Dank!", meinte Laura und stellte sich neben Olivia, um ihr über die Schulter zu schauen. Sie war neugierig, was es zum Frühstück geben würde.
„Das ist eine spanische Tortilla. Kennst du das?"
„Ja, natürlich", frohlockte Laura. Sie liebte das typisch spanische Kartoffelomelette. Damals hatte sie dies fast jeden Tag gegessen. Sie konnte sich daran erinnern, wie Tante Phillis ihr erklärt hatte, dass Tortilla zwar wie ein simples Gericht wirkte, jedoch gar nicht so einfach zuzubereiten war. Die perfekte Tortilla zumindest, wie sie immer betonte. Damals hatte sie ihr berichtet, dass es sogar Wettbewerbe gab, bei denen die beste Tortilla bejubelt und gekürt wurde. Auch wurde oft diskutiert, ob Zwiebeln in das Rezept gehörten oder nicht.
Wie Olivia ihr verriet, gehörten in ihr Rezept selbstverständlich Zwiebeln. Neben Kartoffeln und Eiern fügte sie kleingeschnittene Tomaten und eine Handvoll Oliven hinzu. Alleine die Aufzählung der Zutaten ließ Laura das Wasser im Mund zusammenlaufen.

Während Olivia die Tortilla gekonnt wendete, erkundigte sie sich nach Lauras Befinden. Wie schön es war, nicht alleine in der leeren Küche herumgeistern zu müssen, um etwas Essbares aufzutreiben. Vermutlich hätte sich Laura dann mit einer Dose Thunfisch oder Mais aus der Vorratskammer abgeben müssen. Vielleicht hätte sie auch eine Orange im Garten gepflückt, zumindest erinnerte sie sich, dass es hier damals Orangen- und Zitronenbäume gegeben hatte.

Die Tortilla roch vielversprechend und der Kaffee schmeckte vorzüglich, was sie ihrer privaten Köchin gleich mitteilte. Nachdem Olivia das Kartoffelomelette geschickt auf einen großen Teller verfrachtet hatte, forderte sie Laura auf, ihr zu folgen, und ging voraus in den Frühstücksraum.

Als Laura diesen betrat, war sie gerührt, dass die Mallorquinerin bereits einen Tisch am Fenster für sie gedeckt hatte.

Doch noch etwas ließ sie innehalten: Es war der Blick aufs Meer, den sie zum ersten Mal genießen konnte. Wie gebannt starrte sie auf die einzigartige Aussicht. So bezaubernd hatte sie es definitiv nicht in Erinnerung gehabt. Vor ihr lag eine Meeresbucht mit türkisgrünem Wasser zwischen Felsklippen, auf denen windschiefe Pinien und unzählige Palmen wuchsen.

Würde man das perfekte Bild einer malerischen Bucht suchen, müsste man lediglich hier ein Foto machen. Die Aussicht war einfach atemberaubend.

„So bezaubernd hatte ich es gar nicht in Erinnerung", raunte sie Olivia zu, während sie sich zu ihr setzte. Kein Wunder, dass dieses Hotel ein Geheimtipp war.

„Essen Sie erst mal, dann zeige ich Ihnen den Rest", meinte Olivia.

„Wir können ruhig du zueinander sagen", schlug Laura vor. Aus irgendeinem Grund kam es ihr vor, als würde sie Olivia schon länger kennen. Vermutlich lag das daran, dass sie einiges miteinander verband.

Olivia erwies sich als perfekte Gastgeberin und wollte ihr eine ordentliche Portion auf den Teller laden. Als Laura ihr Zeichen machte, dass sie erst einmal eine kleinere Portion haben wollte, sagte ihr Gegenüber: „Du musst gut essen, denn du brauchst starke Nerven für das, was noch kommt."

Erschrocken blickte Laura sie an. „Was meinst du?"

„Ach, nur so", behauptete Olivia schulterzuckend, doch Laura konnte ihr ansehen, dass sie dies nicht einfach nur so gesagt hatte. Ihre Sinne waren geschärft.

Olivia hatte sie daran erinnert, dass sie nicht hier war, um eine köstliche Tortilla zu essen und den schönen Ausblick zu genießen.

Sie hatte eine Aufgabe, und die hatte es in sich!

Kapitel 10

Kurze Zeit später wusste Laura, warum Olivia dies gesagt hatte. Gemeinsam waren sie zur Rezeption gegangen und Olivia reichte ihr die angefallene Post der letzten Wochen. Es war so viel, dass man damit fast einen ganzen Wäschekorb hätte füllen können. Langsam schwante Laura, dass ihre Aufgabe hier etwas umfassender war und eine echte Herausforderung werden würde. Schon jetzt bezweifelte sie, dass sie das alles in sechs, nunmehr fünf Tagen erledigen konnte.

Zwar war bei der Post viel Werbung dabei, aber sogleich fielen Laura die Schreiben der Immobilienfirma ins Auge. Diese Briefe legte sie zur Seite und zählte am Ende fünf Stück. Die Firma schien hartnäckig zu sein.

Gemeinsam mit Olivia sortierte sie die Post. Die unwichtigen Sachen kamen gleich in den Papiermüll, doch blieb ein beachtlicher Teil an wichtiger Post übrig. Ein Großteil davon waren Zuschriften von Gästen, die den Verlust von Phillis bedauerten und ihr Beileid bekundeten. Viele der Schreiben waren an Olivia oder Pepe adressiert.

„Wer ist Pepe?", wollte Laura daher von ihr wissen.

„Pepe kümmert sich hier so gut wie um alles. Du wirst ihn später kennenlernen."

„Prima. Da freue ich mich drauf."

„Möchtest du auch noch andere Hotelangestellte treffen?"

„Sehr gerne."

Hierauf machte sich Olivia eine Notiz in einem kleinen Heftchen, das sie bei sich trug. Es schien so etwas wie ihr Organizer zu sein.

„Wir könnten heute Abend eine Paella machen", schlug sie vor, was Laura mit Begeisterung aufnahm. Es war eine nette Vorstellung, gemeinsam mit den Leuten zu essen, die Phillis zur Seite gestanden hatten. Es hörte sich an, als wären sie ein wirklich gutes Team gewesen.

„Ich bereite in der Küche schon mal Sachen vor. Wenn du fertig bist mit der Post, zeige ich dir den Rest vom Hotel", tat Olivia kund und zog sich zurück.

Laura war klar, dass sie dies tat, damit sie die letzten Briefe alleine öffnen konnte. Mittlerweile waren nur noch die Schreiben der Immobilienfirma übrig, somit wollte

Olivia nicht neugierig wirken und Laura beim Öffnen dieser Zuschriften über die Schulter schauen.

Das erste Schreiben war bereits vom 5. März, nur zwei Tage nach dem Tod ihrer Tante verfasst. Allerdings hatte Phillis sogar in ihrem Testament erwähnt, dass Laura sicherlich bald ein lukratives Angebot auf dem Tisch haben würde. Vermutlich hatte sie auch zu Lebzeiten solche Post bekommen. Die Immobilienfirma „Immo Mallorquina" schien alle zwei Wochen ein Kaufangebot an sie abzuschicken.

Ganz schön hartnäckig, dachte Laura, während sie den dritten Brief öffnete.

In den ersten drei Schreiben änderte sich das Angebot nicht. Der Immobilienhai bot ihr 350.000 Euro für das Anwesen.

Ihr Vater hatte sie daran erinnert, dass sie sicherlich einiges an Erbschaftssteuer würde zahlen müssen, wofür vermutlich ein Großteil des Verkaufspreises draufgehen würde. Schon jetzt war Laura klar, dass sie noch einmal Dr. Schwert aufsuchen musste, um seinen Rat einzuholen. Natürlich würde er dies auch nicht umsonst tun. Bei solch einer Angelegenheit konnten einige Anwaltskosten zusammenkommen. Auch würde sie in nächster Zeit öfter hin- und herfliegen müssen. Denn die Illusion, all dies in den kommenden Tagen abwickeln zu können, hatte sie mittlerweile bereits begraben.

Somit war klar, dass unter dem Strich einiges an Kosten auf sie zukommen würde. Von dem ganzen Stress mal abgesehen. Bisher war es zwar keine körperliche Strapaze, sondern eher emotionaler Stress, was sie fast als schlimmer empfand.

Gerade hatte sie das dritte Schreiben geöffnet, in dem das Immobilienunternehmen den Kaufpreis um 25.000 Euro erhöht hatte. Im letzten Angebot, das vom vorletzten Tag stammte, hatten sie ihren Preis auf insgesamt 400.000 Euro aufgestockt.

„Nicht schlecht", murmelte Laura halblaut vor sich hin. Eigentlich wäre sie eine Idiotin, dies abzulehnen. Gerade weil Tante Phillis in ihrem Testament ausdrücklich darauf hingewiesen hatte, dass es für sie in Ordnung wäre, wenn sie ihren Besitz veräußern würde.

Allerdings hatte sie da auch von einem Fluch gesprochen, den sie nicht durchbrechen könnte. Ein Umstand, den Laura nach wie vor etwas beunruhigend fand. Phillis war alles andere als abergläubisch gewesen.

Schnell rannte Laura in ihr Zimmer im ersten Stock, um die Briefe auf die Kommode zu legen. Sicherlich wusste Olivia, worum es ging. Obwohl Laura dies noch nicht konkret gesagt hatte, musste ihr klar sein, dass ein Verkauf des Anwesens im Raum stand.

Ehrlich gesagt wunderte sich Laura, dass Phillis ihre treue Mitarbeiterin in ihrem Testament nicht bedacht hatte.

Das musste einen Grund haben. Unmöglich konnte sie Olivia danach fragen, aber die Sache beschäftigte sie.
War Olivia vielleicht doch nicht so eine enge Vertraute, wie sie vorgab?
Ihr Vater hatte sie gewarnt, niemandem zu trauen und auf der Hut zu sein. Besonders vor den Immobilienmaklern sollte sie sich in Acht nehmen. Das würde sie tun, denn ihr war klar, dass diese ihr gehörig auf die Pelle rücken würden.

Kapitel 11

Gerade hatten die beiden Frauen die Besichtigung des oberen Stockwerks abgeschlossen. Erneut war Laura begeistert, mit wie viel Liebe und gutem Geschmack Phillis die Gästezimmer eingerichtet hatte. Jedes der sechs Zimmer hatte einen Balkon, von dem aus man einen umwerfenden Ausblick auf die Bucht hatte. Die Meeresbucht Cala Fingueras war nach dem alten Fischerörtchen benannt, an dem sie lag.

Alle Gästezimmer waren in einer unterschiedlichen mallorquinischen Farbe gehalten, von Gelb über Orange bis hin zu den kräftigen Blau- und Türkistönen, die für diese Region so typisch waren. Die Farben spiegelten sich in allen Details wider, sei es in der Bettwäsche, den Handtüchern, den Kacheln im Badezimmer oder verschiedenen Dekoartikeln.

Jeder Raum war einzigartig und ein kleines Kunstwerk, wie Laura fand. Auch die Bilder an den Wänden hatte Phillis mit Bedacht gewählt, wobei die meisten von einem ansässigen Künstler stammten, wie Olivia ihr verriet.

Diesen Teil des Hotels hatte Laura damals schon kennengelernt und konnte sich teilweise noch gut daran erinnern. Doch nun wollte Olivia ihr den Rest des Anwesens und den Außenbereich zeigen.

Gespannt folgte Laura ihr, als sie das Haus über die Terrasse vor dem Restaurant verließen. Man sah auf den ersten Blick, dass auch im Garten, oder eher Park, ein Profi am Werk gewesen war. Äußerst gepflegt wirkte dieser. Überall waren kleine Wege angelegt, die zu romantischen Aussichtsplätzchen in der Bucht führten oder direkt zum Strand.

Gemeinsam folgten sie einem dieser Pfade, um einen besseren Ausblick zu haben. Von hier aus konnte Laura den wunderschönen Privatstrand betrachten, der zum Hotel gehörte. Sie sah, dass sich dort unten so etwas wie eine kleine Bar befand, und konnte sich gut vorstellen, wie es sich die Hotelgäste dort gutgehen ließen.

Im Moment herrschte kein reges Treiben am Strand, wie man es sich von Mallorca vorstellte, sondern eher gähnende Leere. Nur vereinzelt sah sie Spaziergänger, eine Frau, die Yoga machte, und eine Familie mit zwei spielenden Kindern.

Im Meer konnte Laura nur einen einzigen Schwimmer ausmachen, der professionell seine Runden drehte. Kein Wunder, denn um diese Jahreszeit betrug die Wassertemperatur lediglich um die fünfzehn Grad. Schweigend beobachteten die beiden den Schwimmer eine Weile. Es hatte etwas Beruhigendes, wie er gleichmäßig seine Bahnen in dem kaum bewegten Wasser zog. Auf Anhieb erkannte man, dass es ein sehr guter Schwimmer war. Zumindest beherrschte er die Kraultechnik perfekt.

Die beiden Frauen beobachteten, wie der Sportler seine Schwimmrunden beendete und aus dem Wasser kam. Er trug eine knallrote Badehose und hatte einen äußerst durchtrainierten Körper. Kein Wunder bei diesem morgendlichen Fitnessprogramm. Das breite Schwimmerkreuz war unverkennbar. Laura glaubte, ein Tattoo an seinem rechten Schulterblatt auszumachen, während er sich mit einem Handtuch die Haare trocknete. Ein bisschen fühlte sich Laura wie eine Spannerin.

„Das ist Ben", kommentierte Olivia emotionslos.

„Wer ist Ben?", wollte Laura wissen, denn so wie Olivia es gesagt hatte, wirkte es, als müsse sie ihn kennen.

„Ihm gehört das Restaurant *La Paella* im Ort."

„Aha", erwiderte Laura nur, da sie nicht recht wusste, was sie darauf sagen sollte.

„Zuerst haben sich Ben und Phillis gar nicht gut verstanden, aber das ging von ihm aus. Er sah in ihr so etwas wie eine Konkurrenz. Aber deine Tante ging mit offenen Armen auf ihn zu und das Kriegsbeil war in null Komma nichts begraben."

„Schön, dass Tante Phillis keine Feinde hatte", sagte Laura gedankenverloren, während sie immer noch Ben beobachtete, wie dieser sich ein T-Shirt überzog, in seine Flipflops schlüpfte und sich mit seinem Hund auf den Weg machte.

„Na ja, ganz so ist das nicht ...", ließ Olivia in dem Moment verlauten, was Laura aufhorchen ließ.

„Wie? Tante Phillis hatte Feinde?"

„Nicht direkt ... Aber die Besitzer von dem Hotel gegenüber haben ihr ein wenig das Leben schwergemacht."

Der Gebäudekomplex auf der anderen Seite der Bucht war Laura natürlich schon aufgefallen. Zugegeben war er das einzig Hässliche weit und breit. Zwar hatte sich der Architekt bemüht, das große Gebäude im mallorquinischen Stil zu halten, aber trotzdem zerstörte es die Natürlichkeit dieses besonderen Fleckchens Erde. Mit den sechs Stockwerken wirkte es einfach zu wuchtig und passte gar nicht zu dem ursprünglichen Fischerdörfchen.

Immerhin war die Bucht ansonsten weitestgehend naturbelassen, was Laura als großes Plus einschätzte und was bestimmt auch die Touristen hierherzog. Wer wollte im Urlaub schon den Blick auf eine hässliche Hochhäuserfront haben?

„Wie haben sie ihr denn das Leben schwer gemacht?"

„Die Besitzer wollten Phillis ihr Anwesen abkaufen, um ihr Hotel zu vergrößern und die ganze Bucht in Beschlag nehmen zu können. Als sie dies vehement ablehnte, haben sie versucht, ihr das Leben schwer zu machen."

Gerne hätte Laura mehr darüber erfahren, doch in dem Moment hörten sie ein lautes „Hola!" hinter sich und beide drehten sich um.

„Pepe!", rief Olivia begeistert und ging auf den Neuankömmling zu, um ihn zu umarmen.

Laura wurde Pepe vorgestellt, den sie auf Anhieb sympathisch fand. Zugegeben war sie davon ausgegangen, Pepe sei, wie Olivia, etwa in ihrem Alter, doch er schien eher der Jahrgang von Phillis zu sein.

Pepe war ein älterer Katalane, wie man ihn sich vorstellte. Von kleiner Statur, dünn und braun gebrannt mit einer Haut, die etwas Lederartiges hatte. Man sah ihm an, dass er viel bei Wind und Wetter und vor allem in der Sonne unterwegs war. Seine grauen Haare standen ihm leicht zerzaust vom Kopf ab und wenn er lachte, zeigten sich ein paar Zahnlücken. Allerdings sah man auch, dass er viel und gerne lachte, was ihn gleich liebenswert machte. Das verrieten die kleinen Fältchen, die seine strahlend blauen Augen umrandeten. Pepe war ein cooler Typ, das sah man sofort.

Zu dritt setzten sie den Rundgang fort. Im Gegensatz zu Olivia schien Pepe nur ein paar Worte Deutsch zu sprechen. Wenn er etwas erklären wollte, redete er auf Katalan auf Olivia ein, die es dann für Laura übersetzte.

So bahnten sie sich ihren Weg durch das Grundstück, wobei man Pepe anmerkte, wie stolz er auf seine Gartenarbeit war. Nun gelangten sie zu dem Teil des Anwesens, den Laura noch nicht kannte.

Ein etwas breiterer Weg, der hübsch von Hecken eingefasst war, führte zu einem Schwimmbad, in dem allerdings kein Wasser war. Pepe redete wie ein Wasserfall auf Olivia ein, die kaum hinterherkam, alles zu übersetzen.

Bald wusste Laura, dass der Pool erst im letzten Jahr gebaut worden und nie ganz fertiggestellt worden war. Sie erfuhr, dass es immer ein großer Traum von Phillis gewesen war, ihren Gästen auch ein Schwimmbad zu bieten. Anscheinend hatte sie sich diesen Wunsch noch kurz vor ihrem Tod verwirklicht, allerdings waren im Winter die Bauarbeiten zum Stillstand gekommen, was mit diesem fast fertigen, etwas traurig wirkenden Pool geendet hatte.

Anschließend führte Pepe die beiden Frauen an dem zweiten Gästehaus vorbei bis an das Ende der Bucht, wo das unfassbare Unglück geschehen war. Bereits von Weitem erkannte Laura das rote Absperrband, das Wanderer von einem erneuten Unfall abhalten sollte.

Als sie näher kamen, sah sie, dass einige Blumen vor der Unglücksstelle abgelegt worden waren. Während sie dort standen und aus etwas Entfernung auf die Stelle schauten, legte Olivia einen Arm um ihre Schultern. Sie alle schwiegen eine Weile und hingen ihren Gedanken nach.

Anscheinend hatte sich die Natur nach dem Unwetter schnell wieder erholt, ganz im Gegensatz zu den Menschen. Hätte Laura nicht gewusst, dass hier vor ein paar Wochen der Hang abgerutscht war, hätte sie dies niemals erkannt.

Die Menschen sind so klein neben den Urgewalten der Natur, dachte sie betrübt. Laura beschloss, in den nächsten Tagen auch Blumen für ihre Tante abzulegen, und machte Pepe ein Zeichen, dass sie weitergehen konnten. Kurz darauf wendeten sie sich von der Unglücksstelle ab, um ihre Erkundungstour fortzusetzen.

Laura merkte, dass Pepe versuchte, sie etwas aufzuheitern, als er berichtete, dass Phillis dieses Gebäude in einem Anflug von Größenwahnsinn hatte bauen lassen. In dem Nebenhaus befanden sich die weiteren zehn Gästezimmer, was die sechzehn Schlüssel an der Rezeption erklärte.

Doch auch hier waren die Bauarbeiten ins Stocken geraten. Dieses Gebäude glich vom Stil her dem Haupthaus, war aber etwas schlichter gehalten. Es sah aus wie ein unauffälliges mallorquinisches Haus mit den typisch blauen Fensterläden.

Im Inneren konnte Laura erkennen, dass das Erdgeschoss bereits fertiggestellt und wohl auch schon von Gästen genutzt worden war.

Fragend blickte sie Pepe an, der erklärte: „Eigentlich hätte sie das Geld gehabt, um das Obergeschoss fertigzustellen, aber ich glaube, es wären ihr dann zu viele Gäste gewesen."

Geduldig wartete er, bis Olivia dies übersetzt hatte, und lachte danach. Sowie Laura ihre Tante kannte, konnte sie sich das gut vorstellen. Wenn Pepe von ihr sprach, lag etwas Trauriges in seinem Gesicht. Man merkte, wie sehr er sie gemocht hatte.

„Den unteren Bereich hat sie bereits vor vier Jahren fertiggestellt", bemerkte Olivia, während sie die Gästezimmer betrachteten, die ebenso geschmackvoll eingerichtet waren, wie die im Haupthaus.

Laura rechnete. Wäre die Pension mit allen Zimmern im Sommer voll belegt, wären vermutlich dreißig bis fünfunddreißig Gäste im Haus, wenn sie kleine Kinder hatten, schätzungsweise noch mehr. Immerhin waren das dreimal so viel Hotelgäste, wie es Tante Phillis gewohnt war. Vermutlich hatte sie sich mit dem Neubau etwas übernommen und festgestellt, dass sie nicht mehr Gäste bewirten konnte oder wollte. Immerhin war sie bei Fertigstellung des unteren Stockwerks schon über siebzig gewesen. Laura konnte ihre Entscheidung nachvollziehen, obwohl es schade war um das leerstehende obere Stockwerk.

Dieses wollten sie sich nun zusammen anschauen. Gemeinsam gingen sie in das obere Stockwerk, um die zusätzlichen Räume zu begutachten.

Laura war überrascht, wie weit der Umbau bereits war. Es fehlte nicht mehr viel, um die Räume fertigzustellen. Teilweise standen sogar Möbel in den Räumen, die mit Plastikfolien abgedeckt waren, und es sah aus, als wäre die ganze Elektrik verlegt, da stellenweise bereits Lampen an den Wänden hingen. Auch die Badezimmer sahen fast fertig aus. Zwar konnte sich Laura noch kein Urteil erlauben, da sie nicht wusste, wie viel Geld ihre Tante auf dem Konto hatte, aber es sah tatsächlich so aus, als wäre die Investition überschaubar, um das Gebäude fertigzustellen.

Das Haus erstreckte sich fast bis zum äußersten Teil der Bucht, und wieder hatte man von allen Zimmern eine fantastische Aussicht. Als sie im letzten Zimmer auf den Balkon traten, deutete Olivia auf ein kleines Haus, das etwas weiter unten lag. Von hier aus konnte man nur das

Dach und ein Fenster erkennen, der Rest war von übergroßen Oleanderbüschen verdeckt.

„Dort wohne ich", erklärte sie, wobei man ihr anmerkte, wie glücklich sie darüber war.

„Das Haus hat Phillis damals für mich bauen lassen."

Langsam fügte sich das Bild für Laura zusammen. Das erklärte zumindest, warum Olivia in dem Testament nicht bedacht worden war: Phillis hatte ihr bereits zu Lebzeiten ein Vermächtnis gemacht.

„Ich bin ihr unendlich dankbar. Sie hat so viel für mich getan und, ob du es glaubst oder nicht, in gewisser Weise hat sie mir das Leben gerettet", meinte sie und bekreuzigte sich.

Als Laura sie nur fragend anblickte, ergänzte sie: „Phillis hat mich damals vor meinem Mann, der immer gewalttätiger wurde, gerettet, indem sie mich aufgenommen und angestellt hat. Dafür werde ich ihr mein Leben lang dankbar sein."

Hierauf wandte sie sich ab, als Zeichen dafür, dass sie nicht mehr darüber sprechen wollte. In ihren Augen schimmerten Tränen, die sie offensichtlich versuchte, krampfhaft zu unterdrücken.

Intuitiv nahm Laura sie in den Arm, woraufhin Pepe sie beide in seine Arme schloss. Vermutlich konnte er sich denken, worum es ging. Auch ihm merkte man an, dass er seine Chefin schmerzlich vermisste.

Eine Weile schwiegen sie und blickten auf die gleichmäßigen Wellenbewegungen. Die Wolken am Himmel deuteten an, dass sich das Wetter ändern würde.
„Wohnst du dort alleine?", unterbrach Laura die Stille.
„Nein, ich lebe dort mit meiner Mutter und meinen beiden Kindern."
Wieder war Laura überrascht, denn von hier oben sah das Haus gar nicht so groß aus, um Platz für eine ganze Familie zu bieten. Vermutlich hatte es, wie viele Häuser, die am Hang gebaut waren, ein unteres Stockwerk, das man von hier aus nicht sehen konnte.
Mit einem Mal ergriff Olivia wieder der Tatendrang und sie redete länger mit Pepe, wovon Laura nichts verstand. Lediglich den Namen „Phillis" und das Wort „Paella" hörte sie ein paar Mal heraus. Sie schien Pepe von ihrem Plan für den heutigen Abend zu berichten.
„Ich muss nochmal in die Stadt, um für später einzukaufen. Möchtest du mitkommen?", fragte sie dann an Laura gewandt.
„Nichts lieber als das!" Laura brannte darauf, endlich das Dorf zu sehen, in dem sich ihr Anwesen befand. Bestens gelaunt machte sie sich mit Olivia auf den Weg, nicht ahnend, was für ein Debakel dies werden würde.

Kapitel 12

Gleich im ersten Laden merkte Laura, dass etwas nicht stimmte. Gemeinsam waren die beiden Frauen ins Dorf gefahren. Da Olivia zuerst ein Rezept beim Arzt für ihre Mutter abholen wollte, trennten sie sich erst einmal. Laura konnte das kleine Städtchen alleine erkunden.
Gezielt steuerte sie auf einen Verkaufsladen zu, der vorwiegend touristische Artikel anbot. Da Laura ihre Sonnenbrille vergessen hatte, wollte sie sich hier eine neue zulegen. Doch auf irgendeine Weise reagierte die Verkäuferin, vermutlich die Besitzerin des Ladens, komisch auf sie. Anstatt auf sie zuzukommen, um sie zu fragen, ob sie Hilfe benötigte, zog sie sich hinter ihren Tresen zurück und sprach sie mit keiner Silbe an. Fast wirkte es, als hätte sie Angst vor ihr.
Aus dem Augenwinkel beobachtete Laura, wie sie ihre Kollegin aus einem hinteren Raum zu sich rief, mit ihr

redete, zu Laura hinüberblickte und sich dann bekreuzigte.

Laura war äußerst irritiert von dem Verhalten der beiden. Die zweite Frau tat es der ersten gleich, blickte zu Laura hinüber, faltete die Hände vor ihrer Brust und sprach etwas vor sich hin. Fast sah es so aus, als würde sie ein letztes Stoßgebet gen Himmel schicken.

Leicht verwirrt beschloss Laura, die Sonnenbrille sein zu lassen und in einen anderen Laden zu gehen. Schließlich gab es davon in der kleinen Einkaufsstraße genug. Zumindest zwei oder drei solcher Läden hatte sie auf Anhieb gesehen.

Doch im nächsten Geschäft spielte sich etwas Ähnliches ab. Dass man nicht direkt vor ihrer Nase den Rollladen runterließ oder die Türen verrammelte, war alles. Auch hier verließ sie den Laden unverrichteter Dinge.

Lag es an ihr oder waren die Mallorquiner ein so unfreundliches Volk?

Laura beschloss, sich ein Eis zu holen und das Verhalten des Eisverkäufers zu testen. Auch dieser war alles andere als freundlich. Normalerweise hätte man erwartet, dass der Eisverkäufer einen flotten Spruch auf den Lippen hatte, ein Kompliment oder etwas Ähnliches. Doch dieser nahm ohne jegliche Regung ihre Bestellung entgegen und setzte völlig versteinert die Kugel Zitronensorbet in die Waffel.

„Sauer macht lustig", scherzte Laura, in der Hoffnung, dass der Mann Deutsch verstand.

Tatsächlich huschte kurz der Ansatz eines Lächelns über sein Gesicht, was Laura zeigte, dass er sie verstanden hatte.

„Können Sie mir sagen, was hier los ist?"

„Was meinen Sie?"

„Warum sind alle im Ort so unfreundlich?"

„Das weiß ich nicht", behauptete ihr Gegenüber, doch Laura glaubte, den Grund zu kennen.

„Wissen Sie, wer ich bin?", fragte sie daher.

„Sind Sie die neue Besitzerin von dem kleinen Hotel?"

Daher wehte also der Wind. Die Leute wussten, wer sie war. Doch viel schlimmer war, dass die Dorfbewohner offensichtlich irgendetwas gegen sie hatten.

Als sie seine Frage mit Ja beantwortete, bekreuzigte auch er sich.

Das war doch zum Verrücktwerden! Die Leute in dem Dorf schien alle einen Knall zu haben. Laura drehte sich auf dem Absatz um. Sie war so sauer, dass sie am liebsten ihr Zitronensorbet in die nächste Mülltonne geschmissen hätte. Doch sie hielt sich zurück. Schließlich konnte sie jemand beobachten bei diesem Wutausbruch, was sie sicher nicht in ein positiveres Licht rücken würde.

Just in dem Moment entdeckte sie das Schild über einer Eingangstür ein paar Häuser weiter, aus dem sie gerade

Olivia kommen sah. Das Schild hatte die Form einer Pfanne, auf der sie den Schriftzug „La Paella" erkennen konnte. Das musste das Restaurant von diesem Ben sein, den sie vorhin am Strand gesehen hatten.

Von Weitem winkte sie Olivia zu und beschleunigte ihren Schritt. Sie musste zugeben, dass sie neugierig war, wie Ben aus der Nähe aussah und was es mit seinem Restaurant auf sich hatte.

Anscheinend hatte sich Olivia noch ein paar wichtige Zutaten von ihm geholt, zumindest trug sie einen Sack Reis auf dem Arm, wie Laura erkennen konnte, als sie näher kam.

„Das ist der beste Reis, um Paella zu machen", erklärte die Köchin gleich.

„Was ist daran so besonders?"

„Es ist ein Redonoreis, ein spezieller Rundkornreis, der sich am besten für Paella eignet, wie der Fachmann sagt", hierbei deutete sie auf den Eingang des Restaurants, wo Ben stand.

Beinahe hätte Laura erschrocken Luft eingezogen, obwohl sie gar nicht sagen konnte, warum. Vielleicht war sie so sensibilisiert wegen der komischen Reaktionen der Dorfbewohner zuvor oder weil sie einfach nicht damit gerechnet hatte. Zumindest schlug ihr Herz einen Takt schneller.

„Hola", begrüßte sie ihn etwas zurückhaltend.

„Hallo", meinte er nicht viel euphorischer.

„Ben kommt übrigens auch aus Deutschland", versuchte Olivia, die Situation etwas zu retten.

Wieder war es sonderbar, wie er reagierte. Normalerweise hätte er doch auf sie zukommen müssen, um sie zu begrüßen, etwas Nettes zu sagen und sie am besten gleich zum Essen einladen können. Doch nada! Es kam absolut nichts von ihm.

Vor lauter Befangenheit musste Laura kichern.

„Was ist denn so lustig?", erkundigte sich Ben streng.

„Ach nichts, es ist nur so, dass alle Dorfbewohner unglaublich abweisend zu mir sind", knallte Laura den beiden die Wahrheit vor die Füße.

„Ach, ist das so?"

„Ja, das ist so", äffte sie seinen Ton nach, wobei ihr völlig egal war, was er von ihr dachte. Adoniskörper hin, Adoniskörper her. Zugegeben sah er zu diesem Astralkörper auch noch fantastisch aus, auf zehn Meter Entfernung zumindest.

„Dann sollten dich die Dorfbewohner vielleicht besser kennenlernen. Wie wäre es, wenn wir einige von ihnen heute Abend dazu einladen", schlug Olivia in ihrer positiven Art vor.

„Hast du schon etwas vor?", fragte sie Ben.

„Ja, ich muss arbeiten", kam es trocken zurück, „und übrigens, kann ich Ihnen sagen, was die Leute im Dorf gegen Sie haben ..."

„Ben, nun lass das doch!", ermahnte ihn Olivia, „gib ihr eine Chance!"

Als Ben hierauf verstummte, protestierte Laura: „Ich will aber wissen, was hier los ist. Warum sind alle so unfreundlich zu mir?", rief sie so laut, dass sich ein paar Leute auf der Straße umdrehten.

„Frag Olivia", kam es pampig von Ben zurück, der wieder in seinem Restaurant verschwand und die Tür hinter sich zuknallte, ohne ein Wort des Abschieds.

„Lass uns erstmal nach Hause gehen. Vielleicht kann ich dir dort einiges erklären", sagte Olivia seufzend.

Laura fühlte sich wie vor den Kopf gestoßen. Der Tag hatte so gut angefangen, doch schien er sich langsam in eine Katastrophe zu verwandeln.

Nach dem Debakel mit Ben schlug Olivia vor, dass Laura schon einmal mit den Lebensmitteln zum Hotel zurückfuhr, während sie versuchen würde, einige Dorfbewohner zum Paellaessen einzuladen. Sie wollte noch einmal genau von Laura wissen, wer so unfreundlich gewesen sei, und machte sich dann auf den Weg.

Zwar war Laura unglaublich dankbar für Olivias Einsatz, die Vorurteile der Mallorquiner zu beseitigen, doch war ihr klar, dass dies eine schwierige Aufgabe werden würde.

Auf der Rückfahrt erlebte sie eine Berg- und Talfahrt ihrer Gefühle. Einmal war sie richtig sauer, so abweisend von den Menschen behandelt zu werden, obwohl sie sie gar nicht kannten, kurz darauf wurde sie unglaublich traurig über diesen Zustand.

Als sie nach der kurzen Fahrt vor ihrem Hotel ankam, hätte sie wieder losheulen können. Vielleicht musste sie einsehen, dass diese Aufgabe eine Nummer zu groß für sie war.

Kapitel 13

Nachdem Laura die Lebensmittel in der Küche verstaut hatte, klingelte das Telefon an der Rezeption.
Kurz überlegte sie, wie sich melden sollte, um dann den Hörer mit einem knappen „Hallo" abzunehmen. Zugegeben, eine nicht besonders geistreiche Begrüßung.
„Mit wem spreche ich?", wollte eine tiefe Männerstimme wissen.
„Hier ist das kleine Hotel am Meer", antwortete Laura daraufhin und war sofort begeistert von dem Namen. Sie fand ihn äußerst passend für Phillis' Pension.
„Hier spricht Arturo von der Firma Immo Mallorquina", obwohl sich der Mann am anderen Ende bemühte, freundlich zu sein, rutschte Laura das Herz in die Hose. Jetzt hatte sie die aufdringliche Immobilienfirma auch noch an der Strippe.
„Spreche ich mit Frau Laura Lichter?"

Während Laura dies bejahte, fragte sie sich, woher er ihren Namen kannte. Alle Schreiben waren bisher an ihre Tante gerichtet gewesen. Es bereitete ihr Unbehagen, dass die Firma so gut über alles informiert war.
„Ich begrüße Sie auf Mallorca, Frau Lichter", sagte Arturo daraufhin schleimig in überraschend gutem Deutsch. „Hatten Sie schon die Gelegenheit, unsere Post zu lesen, oder soll ich Ihnen noch einmal einen Brief zukommen lassen?"
In Lauras Gehirn fing es an zu rattern. Was zur Hölle sollte sie darauf antworten?
Als sie in dem Moment Olivia die Einfahrt entlangkommen sah, war sie erleichtert, gleichzeitig stellte sie fest, wie aufgeschmissen sie alleine war. Mit diesem Problem konnte Olivia ihr leider nicht helfen.
„Sind Sie noch da?", hakte Arturo nicht mehr ganz so freundlich nach.
„Ja, natürlich", fing sich Laura wieder, die allerdings nicht die geringste Lust hatte, sich nun mit dem aufgesetzt freundlichen Immobilienmakler abzugeben.
„Ihre Post habe ich allerdings nicht bekommen, wenn Sie mir diese noch einmal zukommen lassen könnten?", behauptete sie daher, um Zeit zu gewinnen.
„Gerne. Das werde ich tun. Auf Wiederhören." Arturo hatte bereits aufgelegt, worüber Laura nicht unglücklich

war. Dies würde ihr ein oder zwei Tage Zeit geben, um über das Angebot nachzudenken.

„Eben war ein Immobilienhai am Telefon", erklärte sie Olivia, als diese das Hotel betrat. Ihrem Gesichtsausdruck konnte sie entnehmen, dass etwas nicht stimmte. Vermutlich war ihre Einladungsaktion wenig erfolgreich gewesen.

„Und?", wollte Laura unnötigerweise wissen.

„Leider konnte ich die Dorfbewohner nicht dazu bewegen, heute Abend hierherzukommen. Es tut mir leid", berichtete sie mit gesenktem Blick. Es schien ihr etwas peinlich zu sein, wie stur und unfreundlich sich ihre Landsleute verhielten.

„Aber warum ...", setzte Laura gerade an, als das Telefon erneut klingelte.

Als sie eine Stimme vernahm, die ihr entgegenrief: „Hier ist I&M Immobilien Mallorca, haben Sie einen Moment Zeit?", legte sie einfach wieder auf.

„Warum verkaufe ich diese Hütte nicht einfach, wenn mich hier sowieso keiner haben will?", schimpfte sie darauf trotzig wie ein kleines Kind vor sich hin.

„Das hat andere Gründe." Olivia bedeutete ihr, ihr zu folgen. „Ich erzähle dir alles in Ruhe."

Gemeinsam gingen sie in die Küche, wo Olivia wie selbstverständlich anfing, Sandwiches zu belegen. Erst jetzt bemerkte Laura, wie hungrig sie war. Vermutlich wollte Olivia ihr wieder erst Nervennahrung geben, bevor sie ihr die nächste Hiobsbotschaft übermittelte.

Sie setzten sich an das schöne Plätzchen im Restaurant und aßen die Brote. Dazu gab es selbst eingelegte Oliven und Aiolicreme.

„Die Leute hier haben nichts gegen dich direkt ...", begann Olivia nach einer Weile. „Es geht um das große Interhotel von gegenüber ..."

Als es in dem Moment laut an die Eingangstür klopfte, zuckte Laura zusammen.

„Wer ist das nun schon wieder?"

„Keine Ahnung, aber das wirst du ja gleich sehen", meinte Olivia.

Als Laura auf die Eingangstür zuging, schwante ihr bereits, was nun kommen würde. Vor dem Hotel standen ein Mann und eine Frau, bei denen es sich offensichtlich um deutsche Touristen handelte. Mit jeweils einem Koffer in der Hand und Strohhüten auf dem Kopf strahlten sie Laura an. Hinter ihnen wartete noch das Taxi, das sie hergebracht hatte, und vermutlich gleich wieder mitnehmen musste, wie Laura dachte.

„Das ist ja toll, dass Sie wieder geöffnet haben", frohlockte der Mann gleich, der eine Kamera vor seinem Bauch baumeln hatte.

„Wir sind jedes Jahr um diese Zeit hier", ergänzte die Frau.

„Aber wir haben gar nicht geöffnet", brachte Laura nur heraus, während sie aus dem Augenwinkel beobachtete, wie das Taxi davonfuhr.

„Meinen Sie das ernst? Als wir gehört haben, dass wieder Leben in unsere geliebte Pension einkehrt, haben wir uns sofort bei unserer anderen Unterkunft abgemeldet und sind hierhergekommen", berichtete der Mann aufgelöst.

„Bitte sagen Sie, dass das nicht wahr ist. Wir möchten doch nur drei Tage bleiben", flehte die Frau geradezu. Die beiden waren Laura sympathisch, aber was sollte sie tun?

„Laura, kann ich dich kurz sprechen?", vernahm sie da aus dem Hintergrund Olivias Stimme.

Nachdem sie die hoffnungsvollen Hotelgäste kurz vertröstet hatte, ging sie schnellen Schrittes zu Olivia, um sich mit ihr in der Küche zu besprechen.

„Mein Gott, die armen Leute! Sie tun mir leid, weil ich sie wieder wegschicken muss."

„Das müsstest du eigentlich nicht ...", bemerkte Olivia. „Ich kenne die beiden natürlich, das ist das Ehepaar Schirmer, und sie sind wirklich sehr treue Stammgäste. Ich hätte innerhalb von zehn Minuten ihr Lieblingszimmer fertiggemacht. Etwas zu essen haben wir auch für sie." Sie wies auf die Einkäufe vom heutigen Morgen.

Olivias Worte machten Sinn. Es war nur Laura, die völlig überfordert war mit dieser Situation. Sie konnte doch jetzt nicht einfach Hotelgäste empfangen. Daran hatte sie im Traum nicht gedacht, irrwitzig eigentlich, wenn man bedachte, dass sie ein Hotel geerbt hatte.

„Und die Buchführung und das ganze Drumherum?", warf sie verzweifelt ein.

„Darin bin ich Profi", behauptete Olivia selbstbewusst und klopfte ihr aufmunternd auf die Schulter.

„Gib dir einen Ruck, Laura. Es wären die ersten Gäste in deinem Hotel", während sie dies aussprach, zwinkerte sie ihr zu. Kurz umarmte Laura ihre Motivationshilfe und begab sich wieder zu den wartenden Gästen.

„Ich habe mich kurz mit Olivia, die Sie ja vermutlich kennen, besprochen und wir haben beschlossen, dass wir Sie aufnehmen können, Herr und Frau Schirmer."

An ihrer Rede musste Laura noch etwas arbeiten, es hörte sich an, als würde sie die beiden in ein Ferienlager mit Feldbetten aufnehmen.

Gerührt beobachtete Laura, wie sich das Ehepaar vor Freude so heftig umarmte, dass beide Strohhüte zu Boden segelten.

„Wenn Sie hier noch kurz Platz nehmen können, bis Ihr Zimmer fertig ist?"

Mein Gott, warum bin ich denn so verkrampft? Geht das nicht etwas lockerer, dachte Laura, während sie sich hinter der

Rezeption positionierte, ohne zu wissen, was sie dort tun sollte.

„Ehrlich gesagt, habe ich keine Ahnung, wie das hier alles funktioniert", sagte sie dann geradeheraus zu ihren Gästen und fühlte sich sofort ein bisschen besser.

„Das ist kein Problem. Wir haben Zeit." Frau Schirmer lächelte ihr glücklich zu.

Laura war heilfroh, als tatsächlich nicht einmal zehn Minuten später Olivia verkündete: „Willkommen Herr und Frau Schirmer. Ich habe Ihr Lieblingszimmer Nummer zwei für Sie vorbereitet."

„Das ist lieb von Ihnen!", bedankte sich Frau Schirmer bei Olivia und an ihren Mann gewandt sagte sie: „Josef, das ist das türkisfarbene Zimmer, das uns so gut gefällt!"

Gerührt blickte Laura dem Ehepaar hinterher, das von Olivia in den ersten Stock geführt wurde. Zuvorkommend nahm diese Frau Schirmer ihren Koffer ab.

Gefühlt hundert Mal hatten sich die beiden bei ihr bedankt und das Strahlen in ihren Augen zeigte ihr, wie glücklich sie waren.

Mit einem Mal verstand Laura, warum diese Pension Phillis' Ein und Alles gewesen war. Es gab einen ganz einfachen Grund: Sie machte die Menschen glücklich.

Kapitel 14

Mit einem guten Gefühl im Bauch, zumindest Ehepaar Schirmers Wunsch erfüllt zu haben, setzte sich Laura wieder in das Restaurant und aß das von Olivia zubereitete Mittagessen. Zwar war ein Sandwich kein Hexenwerk an Kochkunst, aber es schmeckte ganz vorzüglich.

Olivia hatte das Baguette mit Serranoschinken und Manchego Mallorquin, einem aus der Region stammenden Käse, belegt. Das Ganze hatte sie mit ein paar Tomatenscheiben, etwas Rucola und natürlich ihrer spezielle Aiolicreme verfeinert. Ein wahrer Leckerbissen!

Gerade kam Olivia zurück und fragte sie, ob sie ein Glas Wein zum Essen haben wollte.

„Lieber nicht", lehnte sie dankend ab, „ich muss einen klaren Kopf bewahren. Aber erzähl bitte weiter ..."

Wieder ertönte das Telefon von der Rezeption, doch diesmal ignorierten sie es.

„Gibt es einen Anrufbeantworter?", wollte Laura wissen.

„Eigentlich schon, aber momentan ist dieser ausgeschaltet."

„Egal. Die Leute sollen später nochmal anrufen. Es ist wahrscheinlich sowieso wieder nur eine nervige Immobilienfirma."

„Darum geht es auch", ließ Olivia dann verlauten.

„Wie bitte?"

„Ich habe doch vorhin gemeint, dass die Dorfbewohner nichts gegen dich persönlich haben, sondern ihre Abneigung richtet sich gegen das Interhotel auf der anderen Seite der Bucht."

Diesmal unterbrach Laura Olivia nicht, denn sie war zu gespannt, wo dies hinführen würde.

„Die Betreiber des Interhotels versuchen seit Jahren, Señora Phillis dieses Hotel abzukaufen. Zuerst hat sie sich sogar auf Gespräche eingelassen, ich glaube, sie wusste selber nicht, warum, vermutlich aus Höflichkeit. Doch dann wurden die Forderungen immer hartnäckiger. Die Firma *Immo Mallorquina* ist übrigens von ihnen beauftragt worden, die Sache abzuwickeln."

„Aber warum hat es nicht gereicht, dass Phillis einmal nein gesagt hat?"

Auf diese Frage hin lachte Olivia kurz auf. Es war ein bitteres Lachen.

„Weil es denen nur um Profit geht. Stell dir mal vor, wenn ihnen dieses Anwesen mit dem ganzen Land gehören würde. Sie könnten in der Cala Fingueras tun und lassen, was sie wollen."

„Was wäre das denn beispielsweise?", wollte Laura unschuldig wissen, die gerade ein bisschen auf dem Schlauch stand. Vermutlich konnte sie sich einfach nicht vorstellen, dass Menschen so geldgierig sein konnten.

„Zufällig war einmal der Hotelbesitzer vom Interhotel mit einem Architekten bei Ben im Restaurant essen und während sie draußen eine Zigarette rauchten, konnte er einen Blick auf den Bauplan erhaschen."

„Und?", wollte Laura neugierig wissen, während Olivia eine Olive in ihren Mund verschwinden ließ.

„Es war unbeschreiblich, was Ben da gesehen hat. Sie planen, unzählige Bäume zu fällen, uralte Pinien und Palmen. Dann wollen sie eine neue Straße mit einem Parkplatz direkt am Strand bauen und natürlich dieses Hotel komplett abreißen, um so einen Klotz wie gegenüber hinzustellen. Auch eine Anlegestelle für größere Schiffe ist geplant, was eine Katastrophe für die gesamte Unterwasserwelt wäre. Überhaupt würden nicht nur die Menschen, sondern noch mehr die Tiere leiden.

Du glaubst nicht, wie viele wilde Tierarten es auf diesem Grundstück gibt."

Wie, um dies zu bezeugen, stand auf einmal eine Katze auf der Terrasse und miaute, als wolle sie sie begrüßen.

„Siehst du, das ist Charlie, eine von fünf Straßenkatzen beziehungsweise Katern, entschuldige Charlie, um die sich Señora Phillis gekümmert hat. Sie hat die Tiere gut erzogen, sie bleiben immer draußen und kommen niemals ins Hotel. Also, verstehst du, was das Problem ist …?", kam sie wieder auf das eigentliche Thema zu sprechen.

„Das ist unglaublich. Ich bin völlig entsetzt, dass Leute nur an ihren Gewinn denken können. Steht das Grundstück nicht unter Naturschutz?"

Hierauf winkte Olivia nur ab. „Bei so viel Geld lässt sich die Politik doch schmieren. Natürlich hat auch Señora Phillis dies oft diskutiert. Es stehen angeblich lediglich drei Pinien ganz am Ende der Bucht unter Naturschutz. Zwei davon sind allerdings dem Erdrutsch zum Opfer gefallen. Alles andere könnte gefällt werden. Mein Haus würde bei dieser Aktion übrigens ebenfalls draufgehen."

„Mein Gott …", stieß Laura aus, der langsam das Ausmaß des Komplotts klar wurde. Noch viel schlimmer war, dass sie in einer Zwickmühle steckte.

Würde sie, wie geplant, das Hotel an die Immobilienfirma verkaufen, würde sie damit eine ganze Reihe von negativen Entwicklungen starten. Nicht nur würden viele ihre Arbeit und ihr Zuhause verlieren, unzähligen Tieren würde der Lebensraum geraubt und der Ort Fingueras wäre nicht mehr das, was er vorher einmal war. Anstatt eines Fischerdörfchens mit einer beschaulichen Meeresbucht wäre es das Dorf mit dem hässlichen Hotelkomplex, das jeglichen Charme verloren hätte.

„Was haben die Leute unternommen, um meine Tante unter Druck zu setzen?"

„Außer, dass sie sie mit Schreiben und Anrufen belästigt, fast schon bedroht, haben, haben sie tatsächlich einen Schnüffler hier eingeschleust. Er arbeitete mit mir in der Küche. Mein Gott, niemals wäre ich darauf gekommen, dass es sich bei Eduardo um einen Spitzel des Interhotels handeln könnte. Dieser horchte uns aus, gab alles brühwarm weiter und ging sogar so weit, die Speisen zu verderben, damit die Gäste ausbleiben sollten. Dies gelang ihm natürlich nicht. Señora Phillis hatte äußerst treue Gäste, die ihr sogar ein völlig versalzenes Essen verziehen. Dann habe ich ihn bei einem Telefonat belauscht und alles ist aufgeflogen. Aber wer weiß, wie weit er noch gegangen wäre."

„Das ist ja kriminell!" Laura spürte, wie die Wut in ihr hochkochte.

„Tja, meine Liebe, danach hat Señora Phillis natürlich jeden Mitarbeiter erstmal genauer unter die Lupe genommen. Und das ist auch der Grund, warum die Dorfbewohner dir gegenüber so zurückhaltend sind."

„Zurückhaltend nennst du das? Wenn sie nicht wollen, dass ich das Hotel verkaufe, müssten sie doch gerade das Gegenteil tun: Mich willkommen heißen, ihre Hilfe anbieten oder einfach nur freundlich sein. Das macht doch keinen Sinn."

„So sind sie nun mal. Die Katalanen sind ein ganz besonderer Schlag", meinte Olivia schulterzuckend.

Als in dem Moment das Ehepaar Schirmer den Raum betrat, war dies eine willkommene Ablenkung. Die beiden waren mit Neoprenanzügen gekleidet und trugen Flossen sowie Schnorchel bei sich.

„Die Cala Fingueras ist die beste Bucht zum Schnorcheln", schwärmte Frau Schirmer, während sie an ihnen vorbeiging.

„Toll, die zwei", kommentierte Laura, als sie auf dem Pfad zum Meer verschwunden waren, obwohl sie etwas lustig aussahen in ihrer vollen Montur.

„Möchtest du auch schnorcheln? Wir haben alles hier und heute sind perfekte Bedingungen mit einer besonders ruhigen See."

„Ich weiß nicht ... würdest du mitkommen?"

„Ich muss leider erst mal nach Hause und nach meinen Kindern schauen, die gleich aus der Schule kommen."

„Wie alt sind die beiden denn?"

„Juan ist zehn und Luna neun Jahre alt."
„Wow, dann hast du hier mit zwei Kleinkindern angefangen zu arbeiten?"
„Ja, das war damals ehrlich gesagt meine Rettung."
„Wie meinst du das?"
„Das erzähle ich dir lieber ein anderes Mal ...", vertröstete sie Olivia, die es auf einmal eilig zu haben schien.
„Wo finde ich die Schnorchelsachen?" Laura hatte beschlossen, die Gelegenheit beim Schopf zu packen.
Hierauf zeigte Olivia ihr einen Raum, der hinter der Rezeption lag. Im vorderen Raum war ein Büro, der hintere war gefüllt mit Sachen, die sich die Hotelgäste ausleihen konnten. Selbstverständlich kostenlos, wie Olivia betonte.
Vor sich sah Laura einige Neoprenanzüge in den verschiedensten Größen, Taucherbrillen, Schnorchel, Flossen, aber auch Sonnenschirme und aufblasbare Luftmatratzen in den unterschiedlichsten Formen. Phillis' Sammlung konnte sich sehen lassen.
Leider gab es den Neoprenanzug in ihrer Größe nur in Quietschgrün, während die anderen dezent in Dunkelblau oder Schwarz gehalten waren. Die Flossen waren knallgelb, Taucherbrille und Schnorchel rot.
Zugegeben kam sie sich etwas lächerlich in dieser Aufmachung, die sie stark an das Sams erinnerte, vor, aber Olivia versicherte ihr, dass das Meer mit gerade mal

vierzehn Grad sehr kalt sei. Kälter, als sonst zu dieser Jahreszeit, was an den vielen Unwettern in den letzten Wochen lag.

Sie musste Laura nicht lange überreden, in der kunterbunten Aufmachung loszuziehen. Schließlich wollte Laura nicht zimperlich sein.

Sie würde schon niemandem begegnen, den sie kannte.

Kapitel 15

Kurze Zeit später stand Laura etwas unschlüssig am Strand, der nun eine Spur belebter war. Einige Kinder spielten im Wasser und vereinzelt hatten es sich Leute im Sand bequem gemacht.

Tatsächlich konnte sie das Ehepaar Schirmer ausmachen, die weit draußen schnorchelten. Soweit raus wollte Laura sich nicht wagen, obwohl sie eine gute Schwimmerin war, hatte sie Respekt vor dem offenen Meer.

Am Ufer machte sie alles, wie Olivia es ihr erklärt hatte. Sie spuckte in die Taucherbrille, damit diese nicht beschlug, zog ihre Flossen an und lief rückwärts Richtung Wasser.

Gerade, als die erste Welle ihre Beine umspülte und sie kurz die Luft anhielt, weil das Meer tatsächlich unverschämt kalt war, sah sie, wie jemand am Strand auf sie zukam.

Leider war ihre Brille trotz Spucke so stark beschlagen, dass sie nicht erkennen konnte, wer es war. Doch unverkennbar blickte die Person, die einen Hund dabei hatte, in ihre Richtung. Bald stand diese nur ein paar Meter von ihr entfernt und beobachtete sie oder schaute versonnen aufs Meer, das vermochte sie nicht zu sagen.

Rein aus Neugierde hob sie die Tauchbrille an, um zu sehen, wer da stand.

Als sie erkannte, dass es Ben war, hätte sie sich am liebsten ein Loch in den Sand gebuddelt, um darin zu verschwinden. Schnell zog sie die Taucherbrille wieder runter, in der Hoffnung, dass er sie nicht erkannte.

Das durfte doch nicht wahr sein, dass sie ausgerechnet ihn in dieser idiotischen Aufmachung traf. Um dem Ganzen noch eins drauf zu setzen, kam in dem Moment unbemerkt eine Welle, die sie so heftig traf, dass sie ungeschickt nach vorne fiel.

Immerhin eilte Ben ihr nun zu Hilfe. Er war barfuß und nur mit Shorts bekleidet und rannte auf sie zu, um ihr eine Hand zu reichen und sie aus dem Wasser zu ziehen.

Wie es aussah, hatte er sie zuvor nicht erkannt, denn als er sagte: „Ach, Sie sind das!", hatte Laura kurz das Gefühl, er würde sie am liebsten wieder ins Wasser plumpsen lassen.

„Helfen Sie mir trotzdem?", fragte Laura genervt.

Ohne darauf zu antworten, zog er sie ein Stück den Strand hinauf, bevor die nächste Welle sie erwischen konnte.

„Sie müssen am Rand ins Wasser gehen, dort sind weniger Wellen, und Sie können sich an den Felsen festhalten", gab er ihr netterweise als Tipp und schaute sie direkt an.

Zum ersten Mal sah sie sein Gesicht aus der Nähe. Er sah definitiv gut aus, aber was sie völlig faszinierte, waren seine Augen. Selten hatte sie so etwas gesehen. Ben hatte tatsächlich zwei verschiedenfarbige Augen, das linke war so blau wie die See, das rechte olivgrün.

„Sind Sie soweit?", hakte er nach, da Laura nicht reagierte, die ihn immer noch anblickte. Sie war wie gebannt von seinen Augen und konnte einfach nicht wegschauen.

„Ja, das mache ich. Danke", fing sie sich wieder und begab sich watschelnd wie eine Ente auf den Weg zum Rand der Bucht. Selten war sie sich so dämlich vorgekommen.

Etwas tollpatschig versuchte sie, so schnell wie möglich im Wasser zu verschwinden, um der peinlichen Situation zu entkommen. Wenn sie gewusst hätte, dass sie ausgerechnet Ben in ihrem apfelgrünen Wasseroutfit beggegnen würde, wäre sie sicherlich im Hotel geblieben.

Noch einmal schaute sie zurück und sah, dass Ben nach wie vor in ihre Richtung blickte. Wollte er beobachten, wie ungeschickt sie sich anstellte oder sichergehen, dass ihr nichts geschah.

Wohl eher Ersteres, dachte Laura betrübt und tauchte ihren Kopf unter Wasser. Augenblicklich war sie in einer anderen Welt und hatte alles um sich herum vergessen. Die Natur wollte sie von der Blamage ablenken, dessen war sie sich sicher.

Gleich erkannte sie, dass die dunkleren Flecken in dem türkisgrünen Meerwasser von filigranem Seegras herrührten, dass einigen Meeresbewohnern als Versteck diente. Zuerst fielen ihr recht große Fische auf, die nah am Strand unterwegs waren. Durch ihre helle Farbe waren sie perfekt getarnt. Es war faszinierend, diese zu beobachten, denn je nach Lichteinfall glänzten ihre Bauchflossen in den schönsten Blautönen.

Als sie etwas weiter schwamm, sah sie kleine gestreifte Fische direkt vor sich, die genauso neugierig waren, wie sie selbst. So konnten sie sich in aller Ruhe gegenseitig beobachten.

Erst nach einer Weile erkannte sie, dass die länglichen dunklen Flecken auf dem Boden keine Steine, sondern Seegurken waren. Wenn man sie länger betrachtete, konnte man sogar erkennen, wie sie sich langsam bewegten. Faszinierend war auch die Pflanzenwelt unter

Wasser: Gräser und moosbewachsene Steine, die Seeanemonen als Heimat dienten. Auch entdeckte sie einige Seesterne und Seeigel, bei denen nur die Vorstellung, in diese hineinzutreten, bereits wehtat.

Ganz in ihrer Unterwasserwelt gefangen, schwamm sie an der Klippe entlang und entdeckte immer mehr faszinierende Dinge, bis auf einmal Flossen vor ihr auftauchten.

Erschrocken fuhr sie hoch und sah sich dem Ehepaar Schirmer gegenüber, die sie freundlich begrüßten. Als sie erkannten, dass es Laura war, gaben sie ihr einige Tipps, an welchen Stellen es besonders viele Fische zu sehen gab.

Kaum zu glauben, dass Laura innerhalb so kurzer Zeit so weit hinausgeschwommen war. Mit den Flossen war man um einiges schneller unterwegs und durch den Neoprenanzug fühlte man die Kälte nicht. Beides hielt einen auch über Wasser, sodass man kaum Erschöpfung spürte. Laura war begeistert und war sich sicher, dass dies nicht ihr letztes Mal war.

Von hier aus versuchte sie zu erkennen, ob Ben noch immer am Strand war, doch sie war zu weit weg und mittlerweile befanden sich einige Leute an dem Badestrand, sodass sie ihn in der Menge nicht ausmachen konnte.

Nach einer Weile beschloss Laura, zurückzuschwimmen, da sie jedes Zeitgefühl verloren hatte und noch eine Menge Arbeit auf sie wartete. Erst an Land merkte sie, dass sie doch etwas entkräftet war. Glücklich ließ sie sich in den Sand fallen. Von ihr aus könnte jeder Tag so sein. Sie verstand Tante Phillis. Das Leben hier war einfach herrlich!

Als sie wieder zurück zum Hotel gehen wollte, registrierte sie aus dem Augenwinkel, dass Ben in etwas Entfernung unter einer Pinie stand und sie beobachtete. Oder bildete sie sich das nur ein?

Ohne zu ihm zu blicken, ging sie weiter zu dem kleinen Pfad, der zur Pension führte. Dort angelangt, schaute sie sich noch einmal um, doch nun war Ben verschwunden.

Hatte er gewartet, bis sie sicher wieder an Land war?

Kapitel 16

Wieder im Hotel angekommen, nahm sich Laura Zeit, mit ihren Eltern zu telefonieren, was sie allerdings gleich bereute.

„Wie, du hast Gäste aufgenommen? Darfst du das überhaupt? Ich denke, du willst das Hotel so schnell wie möglich verkaufen? Warum triffst du dich nicht gleich mit der Immobilienfirma, dann hast du alles unter Dach und Fach? Du willst doch nicht etwa das Haus behalten, das ist doch nur ein Klotz am Bein", diese und ähnliche Fragen sowie Kommentare hörte sie von ihren Eltern; vor allem ihre Mutter steckte voller Zweifel.

Um es sich einfacher zu machen, behauptete Laura: „Gleich morgen rufe ich die Immobilienfirma an und natürlich möchte ich das Hotel nicht behalten." Sie brauchte noch etwas Zeit, um sich Klarheit darüber zu verschaffen, wie es weitergehen sollte.

Eines wusste sie allerdings schon jetzt: Sie musste sichergehen, dass das Anwesen nicht in den Besitz des *Interhotels* überging. Allein die Vorstellung, dass in der Bucht ein Anlegeplatz für große Schiffe gebaut werden sollte, brach ihr das Herz. Auch die Planung einer Straße und eines Parkplatzes erschien ihr wie ein Verbrechen an der Natur.

Also musste sie einen anderen Käufer finden. Doch wer sollte das sein?

Nachdem Laura sich kurz ausgeruht hatte, wollte sie Olivia in der Küche helfen, was diese erst nach einigem Überreden duldete. Immerhin ließ sie Laura ein paar Tomaten schneiden und gab ihr dann die Aufgabe, den großen Tisch im Esszimmer zu decken. Hierfür zeigte sie ihr einen Schrank, in dem es von ausgefallenen Dekoartikeln nur so wimmelte.

Laura wählte eine türkisfarbene Tischdecke, die sie mit getrockneten Oliven und Rosmarinzweigen verzierte. Dazu legt sie einige Muscheln auf den Tisch und stellte hübsche bunte Flaschen, die als Teelichter fungierten, dazu.

Als sie wieder in die Küche kam, roch es bereits köstlich nach Knoblauch und verschiedenen Gewürzen. Olivia war eine hervorragende Köchin, das wusste Laura, obwohl sie das Essen noch nicht einmal probiert hatte.

„Wie viele kommen denn nachher?"

„Ich weiß nicht genau, aber wir werden zwölf bis fünfzehn Personen sein."

Tatsächlich erschienen am frühen Abend alle ehemaligen Mitarbeiter von Phillis. Nach und nach stellte Olivia ihr diese vor. Da waren Maria und Paula, die beiden Zimmermädchen, die noch sehr jung waren. Gemeinsam mit Pepe erschienen ein weiterer Gärtner namens Rodolfo und die Aushilfsköchin Carla. Als Nächstes wurde ihr Sofia vorgestellt, die Phillis manchmal bei der Abrechnung und Buchhaltung half, sowie Hugo, der Lebensmittellieferant, und Mario, der ein Shuttleunternehmen betrieb und die Hotelgäste vom Flughafen abholte. Zu guter Letzt kam Pablo, ein Elektriker, der in der Nähe wohnte und öfter aushalf.

Das waren sie. Vor ihr standen zehn Menschen, deren Einkommen ganz oder teilweise von ihr abhing. Natürlich war auch Olivias Familie anwesend. Ihre Mutter, die aus der Nähe von Stuttgart stammte, was man unverkennbar am Dialekt erkennen konnte und ihre beiden Kinder, die sich hier wie zu Hause fühlten und ihrer Mutter in der Küche halfen.

Laura versuchte, sich den Abend nicht davon verderben zu lassen, dass so viel von ihrer Entscheidung abhing. Man spürte, dass sich alle im Raum schon länger kannten und bereits nach kürzester Zeit herrschte gute Stimmung.

Auch Ehepaar Schirmer gehörte zu der Runde, und die beiden schienen alle Anwesenden zu kennen.

Olivias Paella war ein Festschmaus und der Wein floss in gehörigen Mengen. Laura wusste nicht, wer von den Eingeladenen Sangria mitgebracht hatte, aber in dieses Getränk hätte sie sich reinlegen können. Es war gefährlich, denn obwohl es so fruchtig schmeckte, hatte es einen hohen Alkoholgehalt, wie Laura nach Kurzem merkte.

Nachdem sie die Paella verspeist hatten, setzten sie sich auf die Terrasse, wo Pepe ein Feuer in einer eigens dafür vorgesehenen Feuerstelle entzündete und seine Gitarre auspackte. Die Stimmung hätte nicht besser sein können. Bereits nach kurzer Zeit wurde mitgesungen, gelacht und getanzt. Laura fühlte sich herrlich. Innerlich ärgerte sie sich, dass sie Phillis nicht noch einmal zu Lebzeiten besucht hatte. Sie hätten sicherlich eine fantastische Zeit gemeinsam gehabt.

Während sie die gut gelaunten Menschen beobachtete, fragte sie sich, was hier anders war. Warum konnte man hier das Leben in vollen Zügen genießen, wogegen man zu Hause nur an Job und Karriere dachte? So war es zumindest bei ihr.

Natürlich gab es das Argument, dass es jedem im Urlaub so ging, deswegen fuhr man ja weg, um zu entspannen, alle Viere von sich zu strecken und Fünfe mal gerade sein zu lassen.

Aber warum konnte man das nicht öfter tun?

Als sich die Gäste langsam verabschiedeten, wurde Laura klar, dass dieser gemeinsame Abend es ihr nicht leichter machen würde, ganz im Gegenteil. Sie fand jeden der ehemaligen Bediensteten ganz entzückend, hatte einiges über ihre Lebensgeschichten erfahren, wie zum Beispiel von Pablo, der seine alte Mutter pflegte, oder Sofia, die alleine Zwillinge durchfüttern musste, oder Mario, der gerade eine Bypassoperation hinter sich hatte.

Eine weitere Option für Laura wäre, das Hotel zu verkaufen und jedem von ihnen einen Anteil abzugeben. Der Erlös, geteilt durch die Anzahl der anwesenden Personen, wäre sicherlich ein gutes Vorsorgepaket für jeden Einzelnen, mit dem sie einiges anfangen konnten, gerade hier, wo die Preise teilweise noch niedrig waren.

Doch wären diese Menschen glücklich, wenn sie Geld auf dem Konto, aber ihr ursprüngliches Fischerdorf verloren hätten?

Laura fragte zwar nicht in die Runde, da sie dieses Thema heute nicht ansprechen wollte, aber sie war sich sicher, dass jeder das Dorf dem Geld vorziehen würde.

Trotz der vielen Gedanken, die Laura durch den Kopf gingen, legte sie sich an diesem Abend mit einem guten Gefühl ins Bett. Irgendetwas sagte ihr, dass sie das

Richtige tun würde. Zwar hatte sie noch keine Entscheidung gefällt, aber wenn der Zeitpunkt gekommen war, würde sie eine gute Lösung für alle finden, das hoffte sie zumindest.

Laura fand es äußerst beruhigend, in dieser Nacht nicht mehr ganz alleine in dem großen Haus zu sein. Zum Glück hatte sie das Ehepaar Schirmer nicht wieder weggeschickt, sondern auf Olivia gehört.

Die Vorstellung, dass alle Gästezimmer mit Jung und Alt belegt wären, die hier jede Minute genossen, fand sie herrlich.

Sie spürte, dass ihr mit jedem Tag, den sie hier verbrachte, ein Entschluss schwerer fallen würde. Das hieß, sie musste sich schnell entscheiden.

Kapitel 17

Am nächsten Morgen wachte Laura in aller Frühe auf und schlich barfüßig auf die untere Terrasse, um das Meer zu betrachten. Sie liebte die beruhigende Wirkung, die es hatte.

Die Sonne war gerade an einem gänzlich blauen Himmel aufgegangen. Lediglich kleine Schleierwolken deuteten auf die Wetterveränderung hin, die für heute Vormittag vorhergesagt worden war. Ein Sturm sollte aufziehen. Noch konnte Laura sich dies gar nicht vorstellen. Es wehte kein Lüftchen und das Meer war spiegelglatt mit nur leichten Wellenbewegungen.

Hatte der Wetterbericht sich getäuscht?

Da Olivia noch nicht rübergekommen war, beschloss sie, selber ihr Glück in der Küche zu versuchen und Kaffee zuzubereiten. Nachdem sie die übergroße professionelle Kaffeemaschine eine Weile studiert hatte, musste sie zugeben, dass sie keine Ahnung hatte, wie diese funktionierte.

Ein Earl Grey Tee wird es auch erst mal tun, dachte sie, während sie eine Packung Teebeutel auf der Anrichte entdeckte. Mit kochendem Wasser war dieser schnell zubereitet.

„Idiotensicher", flüsterte Laura und musste kurz lachen. Es überraschte sie, dass sie so frohen Mutes war, obwohl ihr solch ein schwerer Entschluss bevorstand. Laura hatte das Gefühl, dass man an diesem Fleckchen Erde einfach nicht schlecht gelaunt sein konnte. Wenn sie allerdings an die Dorfbewohner dachte, verflog ihr Frohsinn augenblicklich. Da hatte sie gleich das erste Problem, das sie baldmöglichst in Angriff nehmen sollte.

Als sie mit ihrer Tasse Tee und einem Stück Brot vom gestrigen Abend wieder auf die Terrasse trat, hatte sich das Wetter bereits verändert. Über dem Meer zogen dunkle Wolken auf und Laura konnte mitansehen, wie sich diese immer mehr zusammenschoben.

Innerhalb von Minuten braute sich eine bedrohliche Wolkenfront über der Bucht zusammen, in der Ferne sah sie Blitze über das Wasser zucken und der Wind hatte binnen kürzester Zeit enorm zugenommen. Mit einem Mal wusste sie, warum die Pinien so windschief gewachsen waren.

Laura blickte zum Strand, der menschenleer vor ihr lag. Nur ein einzelner Schwimmer war im Wasser zu sehen. Ihr war klar, dass dies Ben sein musste.

Ein wenig ärgerte sie sich darüber, dass bei dem Gedanken an ihn keine Wut in ihr aufkam, sondern eher Neugierde. Obwohl er so abweisend zu ihr gewesen war, würde sie ihn gerne besser kennenlernen.

Was war seine Geschichte? Warum war er hier? War er schon als Kind hierhergekommen? Gefiel es ihm, hier zu leben? Wie war es, als Deutscher zwischen all den Mallorquinern zu leben?

Noch etwa hundert solcher Fragen wären ihr auf Anhieb eingefallen.

Besorgt beobachtete sie, wie die Blitze immer näher kamen. War es nicht unheimlich gefährlich, sich im Wasser aufzuhalten, während ein Gewitter aufzog?

Am liebsten hätte sie ihm zugerufen, gefälligst aus dem Wasser zu kommen, doch natürlich würde er sie nicht hören.

Mittlerweile waren richtige Schaumkronen auf dem Meer, die wütend an Land peitschten, geradeso, als wollten sie dem Ausdruck verleihen, was sie von den Machenschaften der Hotelbetreiber hielten.

Zum ersten Mal sah sie die Ziegen an der Klippe. Gemütlich standen sie dort, an einer Stelle, wo es eigentlich völlig unmöglich war, vier Füße zu platzieren, und ließen sich von dem Unwetter keineswegs beeindrucken.

Auch diese Ziegen würden bei dem Umbau ihren Lebensraum verlieren, war ihr trauriger Gedanke.

Laura liebte die Bucht und den Garten, den Phillis so liebevoll angelegt hatte. Noch nie hatte sie so viele verschiedene Palmen gesehen in einem saftigen Grün, das selbst ihre Zimmerpalme blass aussehen ließ. Die Blumenpracht erstreckte sich von Hellgelb bis Dunkellila, wobei manche Blumen sogar zweifarbig blühten. Die Natur hier war ein wahres Wunder.

Erleichtert beobachtete sie, wie Ben seine Schwimmrunde beendete und aus dem Wasser kam. Diesmal trug er eine dunkelblaue Badehose, doch auch ohne das Tattoo an seiner Schulter hätte Laura ihn gleich erkannt. Erst jetzt sah sie, dass sein Hund am Strand auf ihn wartete. Dieser schien mehr Respekt vor dem Meer zu haben als sein Herrchen.

Laura lächelte, als sie beobachtete, wie Ben liebevoll seinen Schäferhund begrüßte. Die beiden waren ein gutes Team, das war ihr bereits gestern aufgefallen.

Erschrocken fuhr sie zurück, als er in dem Moment direkt zu ihr hinaufblickte. Gerade so, als hätte er gespürt, dass sie hier stehen würde. Kurz hatte sie den Reflex, ihm zuzuwinken, hielt sich aber zurück. Schließlich hatte er ihr mehr als einmal gezeigt, dass er sie nicht leiden konnte.

Als Laura hierauf zum *Interhotel* hinüberblickte, das ihr so große Sorgen bereitete, sah sie ihn zum ersten Mal. Auf der Terrasse, direkt unter dem Schriftzug des Hotels, stand ein Mann in schwarzer Kleidung und starrte zu ihr hinüber.

Hatte er dort schon die ganze Zeit gestanden? Aus der Ferne konnte sie nicht allzu viel erkennen, doch war klar, dass es sich nicht um einen Touristen handelte. Ein Urlauber wäre wohl kaum im dunklen Anzug unterwegs, um an den Strand zu gehen. Es musste ein Angestellter, wenn nicht sogar der Besitzer des Hotels sein.

Vermutlich stand er dort und schmiedete Pläne, wie er diese traumhafte Bucht zerstören konnte, um mehr Geld zu scheffeln.

Als Laura wieder zu der Stelle blickte, wo Ben eben mit seinem Hund gestanden hatte, war dieser nicht mehr zu sehen. Verwundert stellte sie fest, dass sie darüber ein wenig enttäuscht war.

„Du bist ja schon wach", vernahm sie in dem Moment Olivias Stimme hinter sich.

„Ja, ich beobachte, wie sich das Wetter verändert. Sehr faszinierend dieser Anblick. Und ehrlich gesagt, freue ich mich schon auf deinen Kaffee." Laura lächelte ihrer neuen Freundin zu. Auch wenn sie Olivia erst zwei Tage kannte, wusste sie, dass sich eine Freundschaft zwischen ihnen entwickeln würde. Sie hatte die junge Spanierin bereits ins Herz geschlossen.

„Schau mal, da drüben steht ein Typ, der uns beobachtet", meinte sie in dem Moment und deutete zu dem Hotel rüber. Doch auch er war verschwunden.

Kapitel 18

„Komm, lass uns den heutigen Tag besprechen. Es gibt einiges zu organisieren", sagte Olivia ungewohnt ernst und ging voran in die Küche. Diesmal ließ sich Laura die monströse Kaffeemaschine erklären und musste feststellen, dass diese auch nicht viel anders funktionierte, als ihre kleine zu Hause.

Gemeinsam setzten sie sich wieder an ihren Tisch im Esszimmer, da es mittlerweile angefangen hatte zu regnen. Ein richtiges Unwetter fegte über die Cala Fingueras. Laura beobachtete, wie sich zwei Katzen schutzsuchend unter einem Liegestuhl verkrochen.

Reflexartig war sie aufgestanden, um die Tür zu öffnen und die beiden hereinzulassen.

„Das würde ich nicht tun", riet ihr Olivia.

„Warum nicht? Die armen Kätzchen tun mir so leid."

„Ich weiß, dass es einige Gäste gibt, die eine Katzenallergie haben. Außerdem hat deine Tante sie zwar gefüttert, aber nicht gegen Flöhe behandelt."

„Okay", gab sich Laura schnell geschlagen und schloss die Tür wieder.

Offensichtlich waren die Katzen gewohnt, draußen zu sein, denn sie hatten keinerlei Anstalten gemacht, ins Haus zu kommen.

„Heute solltest du nach Palma fahren", begann Olivia, „denn dort ist die Zentrale der Bank von Señora Phillis."

Hiermit sprach sie gleich ein unliebsames Thema an. Laura hatte mit ihrem Testament die Vollmacht zum Konto von Phillis und keine Ahnung, was sie dort erwartete.

Am gestrigen Abend hatte ihr Vater noch eindringlich auf sie eingeredet: „Wenn Phillis Miese auf dem Konto hat, musst du die Erbschaft ausschlagen. Du hast sechs Wochen Zeit dafür, ich habe mich bereits informiert. Aber am besten machst du das dann gleich."

„Wenn du das Konto behalten möchtest und dich entschließt, das Hotel fortzuführen, was wir natürlich alle hoffen", begann Olivia und Laura merkte, dass sie ein wenig aufgewühlt war, während sie dies sagte, „müsstest du in Palma eine sogenannte NIE-Nummer beantragen."

„Was ist das?"

Um diese Frage zu beantworten, zog Olivia ein Blatt aus dem Ordner, den sie mitgebracht hatte, und las vor: „Die NIE-Nummer bedeutet número de identificación para extranjeros und dient als Identifizierungsnummer für Ausländer. Man braucht diese Nummer für den Erwerb oder Verkauf einer Immobilie in Spanien, Eintragungen des Eigentums ins Grundbuch, bei Antritt einer Erbschaft, Betreiben eines Gewerbes und Eröffnen eines Kontos."

„Ich verstehe ...", erwiderte Laura, die Olivia unendlich dankbar für ihre Hilfe war. Da sie Hals über Kopf aufgebrochen war, hatte sie sich mit dem Organisatorischen bisher kaum beschäftigt.

Nun zog Olivia den nächsten Zettel aus ihrem Ordner.

„Wir haben übrigens zwei weitere Anfragen von Hotelgästen, beides Stammgäste, die bis Sonntag bleiben möchten", meinte sie und blickte Laura hoffnungsvoll an.

„Klar, warum nicht?", entschied sie, ohne lange darüber nachzudenken.

Wenn das Ehepaar Schirmer schon hier war, konnten auch weitere Gäste kommen.

„Es handelt sich um eine Familie mit zwei kleinen Kindern, die gern in dem anderen Gästehaus in einem der großen Zimmer sind, und um Spanier vom Festland, die mehrmals im Jahr herkommen."

„Prima. Wenn du das alles organisieren könntest, wäre ich dir dankbar. Vielleicht kann ich dir bei den Buchungen ja über die Schulter schauen."

„Genau das wollte ich auch gerade vorschlagen."

Als in dem Moment Olivias Mobiltelefon klingelte, blickte sie erst auf das Display und begrüßte den Anrufer: „Guten Morgen, Ben."

Augenblicklich horchte Laura auf. Was wollte er so früh am Morgen?

Kurz hörte Olivia ihm zu und fragte dann an Laura gewandt: „Ben fährt heute zum Fischmarkt nach Palma und möchte wissen, ob er uns etwas mitbringen soll."

Kurz blickten sich beide Frauen in die Augen und Laura ahnte, was Olivia vorhatte. Automatisch schüttelte sie den Kopf, doch ihr Gegenüber hatte es bereits ausgesprochen.

„Ben, kannst du Laura mit nach Palma nehmen?"

Zufrieden beendete sie das Gespräch und nickte Laura zu.

„Er nimmt dich mit", erklärte Olivia nur knapp, was ihr allerdings gar nicht recht war.

„Jetzt hast du mich ihm aber aufgedrängt, das ist mir wirklich unangenehm."

„Ach was, das macht er doch gerne", behauptete Olivia leichthin, wobei Laura genau wusste, dass dem nicht so war.

„Glaube mir, das ist perfekt. Er schmeißt dich bei der Bank raus und fährt zum Fischmarkt, dann trefft ihr euch in einem Café wieder. Es ist äußerst schwierig, dort einen Parkplatz zu finden, du wirst froh sein, nicht selber fahren zu müssen."

„Und diese NIE-Nummer?"

„Das musst du dann ein anderes Mal machen, das dauert länger. Aber ich kenne jemanden, der dort arbeitet, den rufe ich mal an und frage, ob wir einen Termin ausmachen können."

„Wann treffe ich Ben?"

„In fünfzehn Minuten ist er hier."

„Was? Schon?"

„Ja, klar, auf dem Fischmarkt muss man früh sein, und auch bei der Bank schadet es nicht, wenn du die erste Kundin bist."

Laura war bereits aufgestanden, um auf ihr Zimmer zu gehen und sich schnell fertigzumachen. Was sollte sie nur anziehen? Wieder ärgerte sie sich, dass sie ein wenig aufgeregt war.

Wenn sie an die lange Fahrt nach Palma dachte, wurde ihr ganz anders. Was sollte sie mit dem Miesepeter bloß die ganze Zeit über reden?

Kapitel 19

Exakt fünfzehn Minuten später stand Ben in einem kleinen Lieferwagen, der schon bessere Zeiten gesehen hatte, vor der Eingangstür. Laura hatte wieder ihr sommerliches gelbes Kleid angezogen und trug diesmal ein hübsches Tuch über den Schultern.

Zu gerne hätte sie einen passenden Hut zu dem Kleid gehabt. Vielleicht würde sie in Palma einen finden, wobei sie sich sicher war, dass Ben schnellstmöglich wieder zurückwollte.

„So schnell sieht man sich wieder", meinte Ben als Begrüßung. Immerhin huschte kurz ein Lächeln über sein Gesicht, während er dies sagte.

Laura setzte sich etwas umständlich auf den Beifahrersitz und spürte, wie angespannt sie war. Warum, vermochte sie nicht zu sagen.

„Darf ich dir vorstellen, das ist Emma." Ben deutete auf den Rücksitz, wo der Schäferhund saß, den Laura schon ein paar Mal am Strand gesehen hatte.

Immerhin schienen sie sich von nun an zu duzen, was schon mal ein Schritt in die richtige Richtung war.

„Hallo, Emma", sagte Laura etwas steif und spürte, dass sie sich unbehaglich fühlte. Insgeheim fragte sie sich, ob Emma die einzige Frau in seinem Leben war.

„Ist es denn für dich okay, dass du mich mit nach Palma nimmst?" Im nächsten Moment bereute sie diese Frage. Er konnte schließlich schlecht das Gegenteil behaupten, wenn sie bereits bei ihm im Auto saß.

„Na klar", antwortete er leichthin und begann auf dem Vorplatz des Hotels zu wenden. Bei einem Blick auf ihren gemieteten Fiat fiel ihr auf, dass sie diesen bisher kaum genutzt hatte.

Ihre Fahrt nach Palma führte sie zuerst über holprige, kleine Landstraßen. Der Lieferwagen von Ben schien schon einige Kilometer auf dem Buckel zu haben und seine Federung war nicht mehr die beste.

Gleich, als sie losfuhren, schaltete Ben das Radio ein, was Laura als Zeichen wertete, dass er sich nicht mit ihr unterhalten wollte. Krampfhaft überlegte sie, ob sie den Anfang machen sollte, doch ihr fiel nichts ein, worüber sie mit ihm reden könnte. Das ärgerte sie. Sie war doch sonst nicht so auf den Mund gefallen.

„Fährst du oft zu dem Fischmarkt?", überwand sie sich dann schließlich. Nicht die schlauste Frage, aber immerhin.

„Ja, zwei oder drei Mal die Woche, je nachdem, wie viel bei uns los ist. Eigentlich solltest du mit dorthin kommen, der Markt ist wirklich sehenswert."

Das war ja geradezu nett von ihm. Hatte er sie gerade eingeladen, mit ihm dorthin zu gehen?

„Äh ... aber ich muss erst zur Bank", stammelte sie. Mein Gott, sie wirkte nicht auf den Mund, sondern auf den Kopf gefallen. Was war nur mit ihr los?

„Wenn das bei der Bank nicht allzu lange dauert, können wir gerne zuerst zum Fischmarkt und dann zu deiner Bank fahren."

Laura war hin- und hergerissen, einerseits wäre sie wirklich gerne mit ihm auf diesen Markt gegangen, andererseits hatte sie die Befürchtung, dass es ewig bei der Bank dauern könnte. Sie sah Ben vor sich, wie er mit einem Laster voller stinkender Fische vergeblich auf sie wartete.

„Leider habe ich keine Ahnung, wie lange so etwas dauert."

„Was musst du denn bei der Bank machen?", fragte er, ohne neugierig zu wirken.

„Das Konto meiner Tante auflösen", erklärte sie nur knapp, was nicht ganz stimmte.

Eigentlich wollte sie nur wissen, ob sie mit ihrem Erbschein an das Konto herankam und ob Phillis Schulden bei der Bank hatte.

„Du kannst ja ein anderes Mal mitkommen ...", erwiderte er leichthin, was man immerhin als zweite Einladung deuten konnte.

Nachdem sie etwa eine halbe Stunde schweigend weitergefahren waren, gab Laura sich einen Ruck.

„Was haben eigentlich all die Leute im Dorf gegen mich?"

Im gleichen Moment musste Ben eine Vollbremsung machen, da plötzlich eine Ziege auf der Straße stand. Auf der kurvenreichen Fahrbahn hatte Ben diese erst in letzter Sekunde gesehen.

Besorgt blickte er zu Emma, die vom Rücksitz gerutscht war, und fasste Laura an den Arm, um zu prüfen, ob alles okay war.

Langsam bewegte sich die Ziege von der Straße, während Ben immer noch ihren Arm berührte.

Was für warme Hände er hat, dachte Laura, die die Luft anhielt und seine Berührung äußerst prickelnd fand. Wieder war sie von ihrer Reaktion irritiert. Alles in ihr sträubte sich dagegen, diesen Mann zu mögen, doch ihr Körper zeigte ihr etwas völlig anderes.

„Geht es dir gut?", wollte er von ihr wissen, bevor er wieder losfuhr.

Seine Stimme hörte sich besorgt an.

„Alles okay."

Nachdem sie eine Weile geschwiegen hatten, war sich Laura sicher, dass er ihre Frage nicht gehört hatte. Doch dann sagte er: „Du kannst dir doch bestimmt denken, warum die Dorfbewohner so abweisend sind."

Ja, das konnte sie. Laura wollte es aber von ihm hören, daher schwieg sie.

„Den Menschen im Ort ist klar, dass du das Hotel vermutlich verkaufen wirst, was das Leben von uns allen von Grund auf verändern wird. Der Hotelkomplex würde nicht nur unsere Bucht zerstören, sondern den Lebensraum vieler Tiere und den Lebensunterhalt vieler Menschen."

„Aber würden dann nicht mehr Touristen in euren Ort kommen?", fragte Laura, obwohl dies das Letzte war, woran sie dachte. Natürlich war ihr all das, was er gerade gesagt hatte, auch klar.

„So können nur Menschen denken, die aus der Stadt kommen und mit dem Dorfleben nichts am Hut haben", spuckte er geradezu aus und war wieder der alte Ben, der sie durch seine harsche Art einschüchterte.

„Mir ist all das bewusst, was du gerade gesagt hast", wurde Laura nun auch lauter, „und glaube mir, wenn ich könnte, würde ich das Hotel gerne behalten. Aber vorgestern wusste ich noch nicht einmal, dass ich

Besitzerin eines Hotels bin. Das Ganze hat mich völlig überrollt. Und ehrlich gesagt, wäre es nett, wenn mich die Dorfbewohner etwas unterstützen würden, statt mir noch mehr Steine in den Weg zu legen!" Ihre letzten Worte waren in einem Schluchzen untergegangen. Laura konnte nicht anders, sie war von ihren Gefühlen völlig überrannt und musste einfach heulen.

Sie merkte gar nicht, dass Ben am Straßenrand angehalten hatte. Tröstend legt er seine Hand auf ihre Schulter. „Es tut mir leid, ich habe das nicht so gemeint."

Als sie in seine wunderschönen Augen blickte, wäre es beinahe um sie geschehen gewesen und sie wäre ihm um den Hals gefallen. Sie konnte sich gerade noch zurückhalten.

„Danke", murmelte sie daher nur und machte sich auf die Suche nach einem Taschentuch in ihrer Handtasche.

Irgendetwas hatte dieser Gefühlsausbruch verändert. Obwohl die beiden nicht mehr sprachen, bis er sie vor der Bank ablieferte, spürte Laura, dass etwas anders war. Auch wenn Ben ihre Situation sicherlich nicht nachvollziehen konnte, verstand er nun vielleicht, in was für einer Zwickmühle sie steckte.

Sie bedankte sich noch einmal bei ihm für die Fahrt und machte sich auf den Weg in das Gebäude, das von außen kaum als Bank zu erkennen war.

Zielstrebig ging sie zu einem Schalter und erklärte der Frau dahinter auf Englisch, was sie wollte.

Die Dame schien weder Deutsch noch Englisch zu sprechen und deutete ihr an, kurz zu warten. Etwa fünf Minuten später kam ein geschniegelter Mann im Anzug auf Laura zu und bat sie, ihm zu folgen. Kurze Zeit später saßen sie in einem kleinen, etwas muffigen Büro.

Brav schilderte Laura noch einmal, worum es ging, und zog alle Dokumente, die sie bei sich hatte, aus der Tasche und breitete diese vor dem Bankangestellten auf dem Tisch aus.

Es dauerte eine Weile, bis er alles erfasst und die Papiere überflogen hatte. Dann ließ er die Finger über die Tastatur seines Computers fliegen und verkündete ohne große Umschweife: „Auf dem Konto von Señora Phillis Lichter befinden sich momentan 21.355 Euro und acht Cent. Was möchten Sie damit tun?"

„Im Moment noch gar nichts. Können Sie mir noch sagen, was ich benötige, um ein Konto zu eröffnen?"

Nun erfuhr sie noch einmal, wie man eine NIE-Nummer beantragte, um ein Bankkonto zu eröffnen. Laura bedankte sich recht herzlich und verließ die Bank. Zumindest konnte sie nun beruhigt sein, nicht einen Haufen Schulden geerbt zu haben. Somit war allerdings auch die Option, dass Erbe abzulehnen, hinfällig.

Es sah so aus, als würde ihr eine Entscheidung nicht abgenommen werden, denn die Erbschaft wegen zu hoher Schulden auszuschlagen, war keine Alternative.

Laura beschloss, die restliche Zeit zu nutzen, um einen passenden Sonnenhut zu ihrem Kleid zu finden. Immerhin befand sie sich mitten in der Altstadt von Palma, in der es von kleinen Läden nur so wimmelte. Zuerst schickte sie Ben eine Textnachricht, dass sie bereits fertig sei. Bevor sie getrennte Wege gingen, hatten sie noch ihre Telefonnummern ausgetauscht. Wäre dies aus einem romantischeren Grund gewesen, hätte Laura sich glatt darüber freuen können.

Eine zweite Nachricht schickte sie an ihren Vater, um ihm mitzuteilen, dass mit dem Konto alles in Ordnung war.

Während sie durch die malerischen Gassen von Palma schlenderte, fragte sie sich, wo sich wohl der Fischmarkt befand. Vielleicht konnte sie dorthin laufen.

Nach einer kurzen Suche auf ihrem Smartphone wusste sie, dass sie tatsächlich nur zehn Minuten vom Markt entfernt war. Auf ihrem Weg dorthin kam sie an einer kleinen Boutique vorbei, die einen perfekten Hut in der Auslage hatte. Ein klassischer dunkler Strohhut mit breiter Krempe und einem gelben Band. Der Hut war wie gemacht für ihr Kleid. Selten hatte Laura so flink einen Einkauf erledigt.

Schnellen Schrittes spazierte sie weiter und hatte die Markthalle bald erreicht. Bei dem *Mercat de l'Olivar* handelte es sich nicht ausschließlich um einen Fischmarkt, sondern hier gab es Köstlichkeiten aller Art zu kaufen.

Nachdem sie kurz durch ein paar Gänge gewandert war, entdeckte sie ihn! Da stand Ben und redete mit einem Verkäufer, deutete auf einen Fisch, sagte etwas und lachte dann herzlich.

Warum musste er nur so gut aussehen?

Von ihrer Position aus konnte Laura ihn unauffällig beobachten. Ihr gefiel, dass er so natürlich war, nicht gestylt und eingebildet wie viele Männer, die sie kannte. Wobei er sich auf sein Aussehen durchaus etwas hätte einbilden können. In einem ausgewaschenen grauen T-Shirt, einer abgeschnittenen Jeans und Flipflops stand er da. Die Haare wirkten leicht zerzaust, rasiert hatte er sich zumindest heute und gestern nicht. Die Sonnenbrille hatte er locker auf den Kopf geschoben. Seine gebräunte Haut zeigte, dass er viel draußen war. Wie er so dastand, hätte er glatt als Mallorquiner durchgehen können, dachte Laura.

Irritiert stellte sie fest, dass sie nur positive Gedanken mit ihm verband. Um ehrlich zu sein, himmelte sie ihn geradezu an, obwohl sie tunlichst vermeiden wollte, ihn zu mögen.

Ben schien seinen Einkauf beendet zu haben. Gerade reichte ihm der Verkäufer ein gut verpacktes Paket mit dem Fisch, und Ben übergab ihm im Gegenzug einige Euroscheine.

Nun war der richtige Zeitpunkt zu ihm zu gehen, bevor sie ihn wieder aus den Augen verlor, denn in der Markthalle war einiges los.

Langsam hielt sie auf ihn zu und nahm sich vor, genau zu beobachten, welche Reaktion sie auf seinem Gesicht ablesen würde.

Noch redete er mit dem Fischverkäufer, als Laura sich einfach neben ihn stellte. Kurz schweifte sein Blick zu ihr hinüber, erst flüchtig, doch dann blickte er sie überrascht an.

Was sie in dem Augenblick in seinen Augen sah, gefiel ihr. Es war definitiv alles andere als Abneigung.

Hierauf stellte er sie sogar dem Fischverkäufer vor, fast stolz wirkte er dabei. Sein Spanisch war perfekt, zumindest hörte es sich für sie so an. Sie konnte zwar nicht viel verstehen, außer ihrem Namen, dem Wort „Hotel" und Fingueras.

Wie sie allerdings der Verkäufer daraufhin anstrahlte, verriet ihr, dass er etwas Positives über sie gesagt haben musste.

„Laura, das ist ja eine Überraschung!", sagte er dann an sie gewandt und schien sich wirklich zu freuen. „Komm mit, ich zeige dir, wo es die besten Muscheln gibt", frohlockte er und schritt voraus, wie ein aufgeregter Junge. Es hätte gerade noch gefehlt, dass er sie an der Hand nahm.

Ben schien ganz in seiner Welt zu sein. Beflissen erklärte er ihr, worauf man beim Muschelkauf achten musste. Auch die Garnelen wählte er mit Bedacht aus. Laura machte es Spaß, ihn bei der Arbeit zu beobachten.

„Was hat Olivia bei dir bestellt?", wollte sie wissen.

„Oktopus und frische Kartoffeln, ein klassisches mallorquinisches Gericht." Ben deutete auf ein Paket, das er in seinem Einkaufskorb hatte.

Die Verkäuferin packte seine Order in Papier ein und überreichte sie ihm. Ben schien großen Wert darauf zu legen, wenig Plastikmüll zu produzieren, wie ihr angenehm auffiel.

„Dein neuer Hut gefällt mir", lobte Ben sie, als sie gemeinsam zurück zum Auto gingen.

„Vielen Dank." Laura spürte, wie sie rot anlief, was sie ärgerte. Sie war überrascht, dass ihm der neue Hut aufgefallen war. Sie erinnerte sich an Alex, der nie bemerkt hatte, wenn sie etwas Neues hatte, sei es ein frischer Haarschnitt, lackierte Fingernägel oder ein Kleidungsstück.

Gut, ein Hut war auch recht auffällig, aber Ben wirkte, als würde er auf Details achten, das war ihr schon beim Fischkauf aufgefallen.

Mehr oder weniger schweigend fuhren sie wieder zurück, doch diesmal war es eine andere Stille. Sie verstanden einander – auch ohne Worte.

Kapitel 20

Als die beiden wieder in Fingueras ankamen, war es bereits Mittagszeit. Ben schien in Eile zu sein, die frisch gekauften Sachen auf den Herd zu bringen. Unter der Woche hatte sein Restaurant nur abends geöffnet, wie er ihr verriet. In der Hauptsaison auch mittags.

Die letzten Minuten ihrer Fahrt wurde Ben auf einmal gesprächig und erzählte ihr, wie es ihn hierher verschlagen hatte. Als seine Eltern nach Mallorca ausgewandert waren, um das *La Paella* zu eröffnen, war er zehn Jahre alt gewesen. Für seine Eltern war es damals ein Sprung ins kalte Wasser gewesen, da sie niemals zuvor ein Restaurant geführt hatten. Doch dieser Sprung hatte sich gelohnt.

„Ähnlich wie Phillis."

„Genau", pflichtete er ihr bei, „meine Eltern mochten sie sehr und standen ihr immer mit Rat und Tat zur Seite."
Laura erfuhr weiter, dass sich seine Eltern mittlerweile fast vollständig aus dem Geschäft zurückgezogen hatten und nur sein Vater gelegentlich aushalf, wenn er Lust dazu hatte. Aus dem, was er erzählte, konnte Laura folgern, dass er ungefähr Mitte dreißig sein musste.
Kurz hielt Ben vor seinem Restaurant, um den Fisch ins Eisfach zu legen. Während Laura wartete, beobachtete sie Luna und Juan, die gerade von der Schule nach Hause zu kommen schienen. Gut gelaunt liefen sie die kleine Straße durchs Dorf, bis sie in die Einfahrt zum Hotel abbogen.
Sie mochte die beiden und war froh, dass Phillis Olivia damals aufgenommen hatte. Wie es sich anhörte, musste es damals eine schwierige Zeit für sie gewesen sein – mit einem Kleinkind und hochschwanger.
„Weiter geht`s", unterbrach Ben ihre Gedanken, der sich wieder hinter das Steuer setzte. Im Grunde hätte sie das letzte Stück auch laufen können, denn so weit abseits lag das Hotel gar nicht.
Als sie auf die kleine Straße abbogen, die zu ihrer Pension führte, sah sie ihn wieder: Er stand etwas abseits, verdeckt von einem Baum, in der Nähe der Einfahrt. Diesmal konnte sie ihn besser erkennen. Der Anzug war ein dunkler Jogginganzug und der Hut eine Baseballkappe.

„Da ist er wieder!", rief Laura aus, worauf Ben zusammenzuckte und anhielt.

„Wer?"

„Dieser komische Mann. Ich glaube, er beobachtet mich!"

Doch als sie in die Richtung deutete, wo er eben noch gestanden hatte, war nichts zu sehen, außer Bäumen und Sträuchern.

„Du denkst bestimmt, ich spinne, aber ich bin mir ganz sicher, dass dieser Typ mich heute schon vom Interhotel aus beobachtet hat."

„Das denke ich keineswegs. Du glaubst nicht, wie sehr diese Hotelbesitzer an deinem Anwesen interessiert sind. Auch deine Tante hätten sie beinahe in die Knie gezwungen."

„Wie meinst du das?", wollte Laura wissen, während Ben langsam weiterfuhr.

„Ich weiß, dass sie sich gegen Ende beschattet fühlte. Beobachtet und sogar bedroht. Genauso hat sie es meiner Mutter gesagt und auch mir gegenüber äußerte sie etwas Ähnliches. Deine Tante hatte schlichtweg Angst vor den Hotelbetreibern und den Immobilienhaien, die sie auf sie ansetzten."

„Das ist ja furchtbar", entfuhr es Laura entsetzt. Sie konnte nicht glauben, was sie da hörte. „Meinst du, ich werde tatsächlich beschattet?"

„Vorstellen könnte ich es mir. Mich wollten sie vor einiger Zeit auch einschüchtern, da sie ebenfalls ein Fischrestaurant in ihrem Hotel aufmachen wollten. Ein Plan, den sie mittlerweile zum Glück aufgegeben haben", erzählte Ben und parkte seinen Wagen direkt vor dem Eingang.

„Die Ganoven gingen so weit, dass sie mir meinen besten Koch abwarben und im Internet massenhaft schlechte Beurteilungen zu meinem Restaurant verbreiteten. Doch bald merkten sie, dass ich ein hartnäckiger Gegner bin, und gaben auf, wie ich zumindest hoffe. Aber seit einigen Monaten ist Ruhe. Dafür hatten sie sich umso mehr auf deine Tante eingeschossen."

Hierauf blickte er sie direkt an. „Du musst auf dich aufpassen, Laura!"

Plötzlich hatte Laura einen Kloß im Hals, der sie daran hinderte, zu antworten.

„Ich werde versuchen, bei den Dorfbewohnern ein gutes Wort für dich einzulegen."

Diesmal konnte sich Laura nicht zurückhalten, sondern fiel ihm tatsächlich um den Hals.

„Vielen Dank!", meinte sie und genoss die Umarmung, die nur wenige Sekunden dauerte. Ben versprühte eine angenehme Wärme, außerdem roch er gut ... nach Abenteuer und Natur, sie konnte förmlich das Salzwasser auf seiner Haut riechen.

Völlig selbstverständlich trug er den Einkauf zu Olivia in die Küche, die ihm Geld gab, und verabschiedete sich. Erschrocken fiel Laura auf, dass sie gar nicht daran gedacht hatte, ihn zu bezahlen. Das war wirklich peinlich.

„Olivia, ich glaube, du musst mir dringend erklären, wie hier alles funktioniert. Lass mich dir das Geld zurückgeben."

„Das brauchst du nicht. In der Hotelkasse ist noch einiges übrig. Lass mich nur den Oktopus einlegen, dann erkläre ich dir unser Buchungs- und Abrechnungssystem."

Gerade, als Olivia ihr im Büro erläuterte, wie der Buchungskalender funktionierte, trafen die nächsten Gäste ein.

„Das ist die perfekte Übung", sagte Olivia, „das ist Familie Kramer. Die kannst du nun in Empfang nehmen."

Hierauf schob sie Laura aus dem Büro hinter die Rezeption und schloss die Tür wieder. Nun war sie auf sich gestellt, musste allerdings feststellen, dass sie es ganz natürlich fand, hier zu stehen und die Gäste zu empfangen. Zwar hatte sie ihre Ausbildung im Marketingbereich gemacht, aber hinter die Kulissen eines Hotels zu schauen, fand sie genauso spannend. Es gab einige Dinge, die sie interessierten.

Familie Kramer war überglücklich, hier zu sein. Vor allem die Kinder überschlugen sich vor Freude. „Sind die Ziegen noch da?", wollte der etwa fünfjährige Sohn von ihr wissen. „Gibt es die Katzen noch?", fragte seine etwas jüngere Schwester.

Es war herzerwärmend, zu sehen, wie glücklich die Menschen waren, hier zu sein. Ohne Probleme checkte Laura die Familie ein, übergab ihnen ihren Schlüssel, reichte ihnen Utensilien für den Strand und begleitete sie zu ihrem Zimmer, das Olivia in der Zwischenzeit vorbereitet hatte.

Nur ein paar Minuten später sah sie die vier perfekt ausgerüstet den kleinen Pfad zum Strand hinunterlaufen.

Laura war wissbegierig und wollte alles lernen. Nach der ersten Einweisung in das Abrechnungssystem schaute sie bei der Zubereitung des Oktopus über die Schulter. Ein typisch katalanisches Essen, das köstlich schmeckte. Dazu reichte Olivia gebratene Kartoffeln und Aiolicreme, die es zu fast jedem Essen gab. Auch die Gäste schienen völlig zufrieden, obwohl die Essensauswahl momentan nicht gerade groß war, dafür aber umso leckerer.

Für die Kinder bereitete Olivia Tintenfischringe und Pommes frites vor und war extra noch einmal in die Stadt gegangen, um Eis zu holen. Eines hatte Olivia sich von Phillis abgeschaut oder schon immer im Blut gehabt: Sie wollte alle Gäste glücklich sehen.

Kapitel 21

Die nächsten Tage war Laura sehr beschäftigt. Mittlerweile waren vier Gästezimmer belegt, und sie besprach mit Olivia und Pepe, die sie als die Geschäftsführer des Hotels betrachtete, wie es nach ihrer Abreise weitergehen sollte. Ein Ehepaar, das erst am Freitag anreiste, wollte neun Tage bleiben, und es widerstrebte Laura, diese rauszuwerfen, nur weil sie nach Deutschland zurückkehren musste.

Ein weiteres unliebsames Thema. Zwar hatte sie sich seit Wochen auf ihren ersten Arbeitstag gefreut, doch momentan konnte sie sich keinen schlechteren Zeitpunkt vorstellen.

Donnerstag brach sie in aller Frühe nach Palma auf, um sich die besagte NIE-Nummer zu besorgen. Im Grunde kein schwieriges Unterfangen, nur ein langwieriges. Mehrere Stunden stand sie bei der Ausländerbehörde an, um die Nummer zu bekommen. Olivia hatte einen Freund, der bei der Behörde arbeitete, der ihr zwar ein paar hilfreiche Tipps geben, sie aber nicht bevorzugen konnte, was ihr ohnehin unangenehm gewesen wäre.

Anschließend ging sie wieder zur Bank in Palma, um ein Konto zu eröffnen. Irgendwie fühlte es sich komisch an, das gesamte Geld von Phillis auf ihr Konto zu überweisen, somit beließ sie es bei fünfhundert Euro. Laura sah dies eher als symbolische Handlung.

In diesen Tagen rief die Immobilienfirma „Immo Mallorquina" täglich im Hotel an, wobei es immer schwieriger wurde diese abzuwimmeln. Am Freitag riefen sie sogar auf Lauras Handy an, wobei sie keine Ahnung hatte, wie sie an die Nummer gekommen waren.

Sie merkte, dass sie sich immer mehr in die Ecke drängen ließ, während der Ton der Immobilienmakler schärfer wurde. Ihr Angebot hatten sie im letzten Brief auf stolze 425.000 Euro erhöht. Bei diesem Telefonat versicherte sie sogar, einen persönlichen Termin mit ihnen zu vereinbaren, wenn sie das nächste Mal auf Mallorca sein würde. Immerhin verschaffte ihr dies etwas Ruhe für die restliche Zeit, die sie hier war.

Den geheimnisvollen Mann sah sie ebenfalls jeden Tag, einmal sogar auf ihrem Grundstück, am Ende des Pfads, der zum Strand führte. Wütend rief sie ihm hinterher: „Lassen Sie mich in Ruhe! Verschwinden Sie!" Sie war sich sicher, dass er sie gehört hatte, doch er drehte sich nicht um.

Im Nachhinein ärgerte sie sich über ihre aufgebrachte Reaktion, denn damit war klar, dass er genau das erreicht hatte, was er wollte: sie in den Wahnsinn treiben.

Zu gerne hätte sie noch einmal Zeit gehabt zum Schnorcheln, Schwimmengehen oder einfach für einen Spaziergang entlang der Bucht, doch sie war zu beschäftigt mit den Angelegenheiten rund um das Hotel. Sie hatte noch viele Fragen und wollte einiges lernen.

Beispielsweise interessierte sie, was es kosten würde, den Pool zu Ende zu bauen und mit Wasser zu füllen. Außerdem wollte sie wissen, wie hoch die Aufwendungen für die Fertigstellung des Gästehauses wären. Schließlich musste sie alle Optionen in Betracht ziehen und wissen, worauf sie sich einließ.

Die Kosten zur Fertigstellung des Pools waren mit etwa zweitausend Euro überschaubar, die Befüllung mit Wasser sollte etwa zwölfhundert Euro kosten. Insgeheim fragte sie sich, warum Phillis dieses Projekt nicht zu Ende geführt hatte, am Geld konnte es nicht gelegen haben.

„Die letzten zwei Jahre lang war sie depressiv", verriet Olivia ihr, „zwar hat sie es geschafft, das tägliche Geschäft am Laufen zu halten, aber Neuerungen oder

Ausbauten waren ihr zu viel. Ich glaube, das hatte mit den Übernahmeplänen des Interhotels zu tun. Das hat sie fertig gemacht."

Leider sah Laura in den nächsten Tagen keine Spur von Ben, obwohl sie jeden Morgen an ihrem Spähplatz stand, von dem aus sie ihn öfter hatte schwimmen sehen. Doch vergebens.

Entweder hatte er genauso viel zu tun wie sie selbst, oder er ging ihr aus dem Weg. Wobei er bei ihrem Ausflug nach Palma zum Schluss eigentlich ganz nett gewesen war.

Laura hatte sich vorgenommen, ihn vor ihrer Abreise noch einmal im Restaurant zu besuchen, doch bisher keine Zeit gefunden. Im tiefsten Innern wusste sie, dass es nur die Angst davor war, dass er wieder so abweisend sein könnte, die sie daran hinderte, dorthin zu gehen.

Auch scheute sie sich, noch einmal von den Dorfbewohnern so herablassend behandelt zu werden. Im Hotel gab es genug zu tun, also konzentrierte sie sich darauf.

Am Samstag war sie bereits mit Packen beschäftigt, da sie am nächsten Tag in aller Frühe aufbrechen musste, um ihr Auto abzugeben und den Flieger zu erwischen.

Während sie im Schlafzimmer ihrer Tante alles zusammenpackte, überlegte sie, was sie mit den Sachen von Phillis anstellen sollte. Die Möbel, Bilder und Dekoartikel sollten natürlich alle bleiben, wo sie waren.

Doch wohin mit ihrer Kleidung? Laura beschloss, dass sie noch genug Zeit hatte, dies zu entscheiden. Sollte sie das Hotel verkaufen, würde sie sowieso alles ausräumen müssen. Spätestens zu diesem Zeitpunkt sollte sie eine Lösung finden.

Der letzte Abend, oder zumindest der vorübergehend letzte Abend, wie sich Laura immer wieder selbst sagte, gestaltete sich herrlich.

Wieder bereitete Olivia ein typisches mallorquinisches Gericht zu, das *Arrós Brut* genannt wurde. Es war ein heißer Reiseintopf, der in einem Tontopf zubereitet wurde. Neben Reis kamen Gemüse, vor allem Pilze, Fleisch, Wurst und verschiedene Kräuter aus dem Garten in den Eintopf. Die Zutaten konnten je nach Jahreszeit variieren, wie Olivia ihr erklärte. Nach dem langen Köcheln bekam der Reis eine etwas dunkle Farbe, woher der Name *Arrós Brut* stammte, was schmutziger Reis bedeutete. Dazu gab es ein selbst gemachtes Olivenbrot, das einen einzigartigen Geschmack hatte. Zum Nachtisch hatte Olivia ein Zitronensorbet gezaubert. Sie hatte sich wieder einmal selbst übertroffen.

An dem Abend waren alle Gäste, Olivias Familie und einige Angestellte anwesend. Obwohl Laura das Gefühl hatte, dass die meisten Gäste wussten, worum es ging, wurde das Thema, wie es mit dem Hotel weitergehen sollte, nicht angesprochen. Vermutlich war allen klar, dass Laura innerhalb dieser kurzen Zeit noch keinen Entschluss gefasst haben konnte.

Wieder saßen sie in netter Runde lange um die Feuerstelle, tranken Sangria, redeten und lauschten spanischer Musik. Es tat Laura in der Seele weh, dass ihre Entscheidung, das Hotel zu verkaufen, all dies zerstören würde. Natürlich hatte sie schon darüber nachgedacht, das Anwesen an eine Privatperson zu veräußern, die es hoffentlich so weiterführen würde wie bisher. Doch Olivia hatte ihr erzählt, dass Phillis dies auch über längere Zeit versucht hatte. Langsam verstand Laura, warum sie in ihrem Testament von einem Fluch gesprochen hatte.

Es war bereits kurz vor zehn Uhr, als es an der Eingangstür klingelte, die um diese Zeit verschlossen war. Überrascht blickten Laura und Olivia einander an, bevor sich Laura auf den Weg machte, um die Tür zu öffnen.

Als sie Ben erblickte, schlug ihr Herz augenblicklich einen Takt schneller. Sie hatte das Gefühl, ihre Beine würden immer weicher, und bis sie die Tür erreicht hatte, waren diese zu Wackelpudding geworden.

Erst als Laura die Tür öffnete, sah sie, wen Ben mitgebracht hatte. Dies war nicht nur Emma, sondern einige Dorfbewohner. Auf Anhieb erkannte Laura die beiden Damen, die im Laden so unfreundlich zu ihr gewesen waren, auch der Eisverkäufer stand hinter Ben.

„Das ist aber eine Überraschung!", konnte Laura nur herausbringen, und war gespannt, was als Nächstes kommen würde.

„Dürfen wir reinkommen? Wir haben dir etwas zu sagen."

„Gerne", erwiderte Laura und führte die etwa fünfzehn Personen auf die Terrasse, wo immer noch fröhlich gefeiert wurde.

Als die Neuankömmlinge erschienen, hörte Pepe automatisch auf, Gitarre zu spielen, und alle verstummten.

„Laura", ergriff Ben das Wort, „wir alle sind gekommen, um dir zu sagen, dass du von nun an mit unserer vollen Unterstützung rechnen kannst."

Olivia übersetzte das von ihm Gesagte und Jubel brach unter den Anwesenden aus. Laura brauchte einen Moment, bis Bens Worte einen Sinn ergaben, doch dann hätte sie vor Erleichterung beinahe angefangen zu heulen. Am liebsten hätte sie Ben in die Arme geschlossen, doch er stand zu weit weg, und vermutlich wäre ihm dies vor versammelter Mannschaft unangenehm gewesen.

„Das ist großartig! Ich danke euch!", freute sich Laura, woraufhin Pepe wieder ein munteres Lied auf der Gitarre anstimmte, und Ben Laura jedem Dorfbewohner

vorstellte. Darunter waren Laden- und Restaurantbesitzer, ein Feuerwehrmann sowie ein Polizeibeamter, der örtliche Leiter der Schule, zwei Lehrer, der Besitzer des Fahrradverleihs, einfach nur Nachbarn und sogar der Bürgermeister von Fingueras.
Laura war sprachlos über diese nette Geste.
Als sie kurz mit Ben alleine war, fragte sie ihn, wie er dies hinbekommen hatte. Er lächelte sie nur an und meinte: „Ich habe ihnen einfach die Wahrheit gesagt, was für eine entzückende Person du bist."
Obwohl dies ein eindeutiger Schritt in ihre Richtung war, war Laura sich nicht sicher, was seine Beweggründe waren. Mochte er sie wirklich? Und viel wichtiger: Mochte er sie als Hotelbesitzerin oder als Frau? Oder wollte er ihr einfach nur helfen?
Laura beschloss, nicht weiter darüber nachzudenken und den Abend zu genießen. In vollen Zügen.

Kapitel 22

Am nächsten Morgen war es noch dunkel, als Laura aufstand, um sich für die Reise fertigzumachen. Sie war noch ein bisschen verschlafen, verspürte aber ein Glücksgefühl, das sie sich gar nicht erklären konnte. Vielleicht lag es daran, dass der gestrige Abend wunderschön gewesen war.

Laura hatte Olivia versichert, dass diese nicht in aller Frühe aufstehen müsste, um ihr Kaffee oder Frühstück zuzubereiten. Doch als sie ihre Wohnungstür öffnete, um den Koffer in den Flur zu stellen, wusste sie, dass Olivia sich nicht daran gehalten hatte. Es roch nach ihrem köstlichen frisch gebrühten Kaffee. Laura musste lächeln. Sie mochte Olivia wirklich. In den letzten Tagen waren sie so etwas wie Freundinnen geworden.

Noch einmal blickte sich Laura in der Wohnung um, um sicherzugehen, dass sie nichts vergessen hatte, als ihr Blick auf die Kommode fiel.

Im Nachhinein konnte sie nicht sagen, warum, doch sie ging auf das Möbelstück zu und öffnete die Schubfächer. In einigen davon hatte sie ihre Sachen verstaut und wollte sichergehen, nichts vergessen zu haben. Bei der untersten Schublade fiel ihr ein Stück Papier auf, das am Rand neben der Kleidung von Phillis herausschaute. Vorsichtig schob sie die Anziehsachen beiseite und traute ihren Augen nicht. Der ganze Boden der Schublade war bedeckt mit Briefen. Die meisten Briefumschläge waren ungeöffnet. Als sie die Briefe herausholte, entdeckte sie überrascht, dass ein Kuvert an sie adressiert war.

„Laura Lichter" stand in verschnörkelten Buchstaben darauf. Sofort erkannte sie die Handschrift von Phillis, was ein Frösteln in ihr auslöste.

Sie wusste, dass sie ein Geheimnis aufgespürt hatte.

Ohne lange zu überlegen, steckte sie die Briefe in ihren Koffer, den an sie adressierten Umschlag legte sie in ihre Handtasche. Im Augenblick hatte sie keine Zeit, die Briefe zu lesen. Das musste sie zu Hause tun. Wenn sie ihren ursprünglichen Zeitplan einhalten wollte, sollte sie in zwanzig Minuten im Auto sitzen.

Wieder hatte Olivia den schönen Tisch am Fenster für sie gedeckt. Dort standen bereits ihr selbst gebackenes Olivenbrot und ein Teller mit geschmackvoll angerichtetem Serrano und Manchego Mallorquin, dem hiesigen Käse, den Laura so liebte. Olivia wusste, dass sie ein deftiges Frühstück einem süßen vorzog. Es tat ihr leid, dass sie diese Leckereien in gerade mal fünfzehn Minuten hinunterschlingen musste.

„Ich kann dir gerne noch ein Sandwich für den Flug machen", schlug Olivia ihr vor.

„Das ist eine gute Idee. Auf dem Hinflug konnte man nur Erdnüsse kaufen."

Olivia setzte sich ihr gegenüber und begann, die Wegzehrung zuzubereiten. Unverkennbar sah sie traurig aus. Sie hatte Ringe unter den Augen und entweder schlecht geschlafen oder geweint.

„Ist alles okay?", wollte Laura von ihr wissen, obwohl offensichtlich war, dass dem nicht so war.

„Weißt du nun schon, in welche Richtung deine Entscheidung gehen wird?", fragte Olivia mit belegter Stimme. Das war also der Grund ihrer Sorge. Olivia hatte, wie vermutlich alle anderen Hotelangestellten und Dorfbewohner, Angst um ihre Existenz.

Während Laura zu ihr sprach, legte sie eine Hand auf ihre.

„Glaub mir, Olivia, dass ich euch alle mehr als ins Herz geschlossen habe und alles versuchen werde, die beste Lösung zu finden. Leider weiß ich noch nicht, wie diese aussieht. Aber sollte ich das Hotel verkaufen, werde ich versuchen, einen Käufer zu finden, der es genauso weiterführt wie Phillis."

„Das ist lieb von dir, aber das wird dir leider nicht gelingen. Ich habe dir ja bereits erzählt, dass Señora Lichter in den letzten beiden Jahren sehr gestresst von dem ständigen Drängen der Hotelbetreiber oder der Mitarbeiter der Immobilienfirma war und eine Zeit lang intensiv nach einem privaten Käufer für das Hotel gesucht hat. Vergeblich. Vor etwa einem Jahr hatte sie einen Interessenten, der sogar ein paar Mal hier war, um sich das Anwesen anzuschauen. Doch von einem auf den anderen Tag war dieser verschwunden."

„Wie meinst du das?"

„Er war wie vom Erdboden verschluckt. Nicht mehr erreichbar und bei der von ihm angegebenen Adresse nicht auffindbar."

„Das ist ja sonderbar."

„Allerdings. Nicht umsonst sprach deine Tante von einem Fluch."

Eine Weile schwiegen beide und dachten über das Gesagte nach, bis Olivia auf die alte Kuckucksuhr deutete und ausrief: „Ich glaube, du musst los."

„Oh ja, ich wollte längst im Auto sitzen."
In der Tat hatte Laura kurz die Zeit vergessen. Hastig stand sie auf, steckte das von Olivia zubereitete Sandwich in ihre Handtasche und umarmte sie noch einmal warmherzig.
„Vielen Dank, Olivia!"
„Nein, ich danke dir dafür, dass du unser Hotel erhalten willst."
In diesem Augenblick wurde Laura klar, dass sie alles daran setzen musste, um dem kleinen Hotel am Meer eine Chance zu geben.

Als wolle man ihr den Abschied besonders schwer machen, saßen drei der fünf Straßenkatzen des Hotels bei ihrem Auto, als wollten sie sich verabschieden. Auch diese hatte Laura mittlerweile lieb gewonnen, wie alle Tiere, die zum Hotel gehörten, inklusive der Ziegen und Seesterne an den Felsen der Bucht.
Als Laura am Restaurant *La Paella* vorbeifuhr, bildete sie sich ein, Ben am Fenster stehen zu sehen. Leider hatte sie keine Zeit mehr, auszusteigen und sich von ihm zu verabschieden. Vermutlich war es besser so.
Sie spürte, dass Ben ihr ein wenig den Kopf verdreht hatte, und wollte ihre Entscheidung über die Zukunft des Hotels ohne jegliche Gefühle für Ben fällen. Ein Vorhaben, das ihr vermutlich nicht gelingen würde. Denn

es war natürlich nicht nur Ben, an den sie bei der Zukunft von Fingueras dachte, sondern an alle Dorfbewohner, die sie mittlerweile kennengelernt hatte. Zwar waren die Mallorquiner ein ganz besonderer Schlag, aber wenn man sie einmal näher kannte, ein durchaus liebenswertes Volk.
Den Weg nach Palma war Laura in den wenigen Tagen schon so oft gefahren, dass sie das Navigationsgerät gar nicht mehr einschalten musste. Richtig zu Hause fühlte sie sich mittlerweile auf den holprigen Straßen, die zur Autobahn führten.
Wie sie gehofft hatte, war an diesem Sonntagmorgen wenig los auf den Straßen und sie erreichte den Flughafen überpünktlich. Nachdem sie den Wagen abgegeben hatte, setzte sie sich ans Terminal und blickte aus den übergroßen Fenstern.
Sie beobachtete, wie die morgendliche Sonne die Stadt in ein anmutiges orangegelbes Licht hüllte. Man konnte förmlich sehen, wie Palma zum Leben erwachte. Flugzeuge landeten und zufriedene Touristen strömten in das Flughafengebäude. Allerdings sahen die, die abreisen mussten, lange nicht so glücklich aus.
Auch Laura hätte ihre Zeit auf Mallorca zu gerne verlängert.
Im Moment konnte sie sich gar nicht vorstellen, dass sie bereits am nächsten Tag ihren neuen Job beginnen sollte.

Sie musste sich überlegen, wann sie das nächste Mal herkommen wollte.

Zu lange konnte sie nicht warten, es gab so viel zu organisieren.

Als der Flieger abhob, hatte sie noch einmal einen fantastischen Blick auf die Stadt, den Hafen und die Kathedrale von Palma.

Laura wusste, dass in den letzten Tagen irgendetwas mit ihr geschehen war. Zumindest kam es ihr so vor, als würde ein Teil von ihr hierbleiben. Ein Teil ihres Herzens schlug von nun an für diese Insel und ihr kleines Hotel.

Kapitel 23

Als Lauras Wecker am Montagmorgen um sechs Uhr klingelte, wusste sie zuerst gar nicht, wo sie war. Völlig verschlafen schaltete sie ihn aus und blickte sich in ihrer Wohnung um.

„Oh mein Gott ...", sagte sie leise und hätte sich am liebsten noch einmal umgedreht und einfach weitergeschlafen.

Nie hätte sie gedacht, dass sie so wenig Lust auf ihren ersten Arbeitstag haben würde, dem sie wochenlang entgegengefiebert hatte. Es war unglaublich, was in der letzten Woche alles geschehen war. Vor allem war sie überrascht, wie sehr dies ihre Gefühlswelt verändert hatte. Anstatt an den aufregenden bevorstehenden Tag zu denken, überlegte sie, wie es wohl ihren Mitarbeitern im Hotel ging. Pepe und Olivia hatten wochenlang weitergearbeitet, ohne ihr Gehalt zu bekommen. Sie hatten es nicht mal gewagt, sich Geld aus der Hotelkasse zu nehmen, um ihre Arbeitsstunden zu vergüten. Dies hatte Laura am letzten Abend nachgeholt.

Widerstrebend stand Laura auf und quälte sich unter die Dusche. Die Ereignisse in der letzten Woche hatten sie mehr angestrengt, als sie zuerst gedacht hatte.

Sie war froh gewesen, als ihr Vater sie am Flughafen abgeholt und sie auf der Rückfahrt nicht mit Fragen gelöchert hatte. Ihre Mutter hingegen wollte alles ganz genau wissen, als sie bei ihren Eltern eintraf. Die ganzen Fragen nervten Laura, da sie für vieles noch keine Lösung hatte.

Den Vogel schoss ihre Mutter ab, als sie verkündete: „Ich habe übrigens Alex kontaktiert. Er kann dir als Steuerberater sicherlich helfen."

„Was hast du?", wollte Laura völlig entsetzt wissen.

„Nun stell dich doch nicht so an, Kind. Du wirst alle Hilfe benötigen, die du bekommen kannst."

„Und deswegen kontaktierst du einfach meinen Ex?"

„Ich dachte, ihr seid im Guten auseinandergegangen …"

Zugegebenermaßen hatte Laura ihren Eltern nie erzählt, dass Alex so schnell eine Neue gehabt hatte. Ihre Vermutung war, dass er diese schon vorher gekannt und im Klartext eine Affäre mit ihr gehabt hatte.

Laura ersparte sich jeden Kommentar, da sie genug von den Diskussionen hatte, und bat ihren Vater, sie nach Hause zu bringen. Dort angekommen, fühlte sie sich so erschöpft, dass sie nicht einmal in der Lage war, ihre Reisetasche auszupacken.

Als sie diese nun erblickte, fielen ihr wieder die Briefe ein, die sie zum Schluss eingesteckt hatte. Leider hatte sie auch jetzt keine Zeit, sie zu lesen. Wenn sie pünktlich bei ihrem ersten Arbeitstag erscheinen wollte, musste sie sich beeilen.

In ihrer Küche trank sie einen Kaffee, der lange nicht so gut schmeckte wie der von Olivia und würgte sich ein Toastbrot mit Käse hinunter, obwohl sie gar keinen Hunger verspürte.

Auf dem Küchentisch lag der an sie gerichtete Brief von Phillis, von dem sie bisher niemandem erzählt hatte. Am Abend zuvor hatte sie diesen noch geöffnet und daraufhin nicht einschlafen können. In was war sie da nur hineingeraten?

Erneut überflog sie die Zeilen, die Phillis im Februar letzten Jahres verfasst hatte. Vermutlich hatte sie nie den Mut gehabt, den Brief abzuschicken.

Meine liebe Laura,

herzlichen Dank für deine Weihnachtsgrüße. Ich habe mich sehr über deine Karte gefreut. Ich bin froh, dass wir den Kontakt über all die Jahre gehalten haben, obwohl wir uns länger nicht mehr persönlich gesehen haben.
Ich hoffe, du weißt, dass du hier immer herzlich willkommen bist! Mein kleines Hotel hat sich in der Zwischenzeit ganz schön gemacht. Du wärst überrascht, wie viel sich verändert hat. Natürlich wünsche ich, mit meinen Worten deine Neugier zu wecken, damit du in den nächsten Flieger steigst und rüberkommst. Im Moment ist das Wetter für Februar außergewöhnlich schön. Jeden Tag scheint die Sonne bei mindestens fünfzehn Grad. Aber ich möchte nicht über das Wetter reden, meine Liebe ...
Es gibt etwas anderes, was mir am Herzen liegt ...
Leider muss ich mich hierzu an dich wenden, da du mein letzter verbliebener Kontakt in Deutschland bist, den ich als Freundschaft bezeichnen kann. Ich habe das Gefühl, dir alles anvertrauen zu können.
Es mag sich komisch anhören, aber ich fühle mich verfolgt und bedroht. Seit einigen Monaten versuchen die Betreiber des Interhotels, das gegenüber in der Bucht liegt, mir mein Anwesen abzukaufen.
Das Ganze fing harmlos an, als ich mich mit dem Besitzer über gemeinsame Aktivitäten am Strand unterhielt. Wir planten eine gerechte Aufteilung des Strandes mit Liegestühlen und Liegeflächen.

Er schien nett und verständnisvoll zu sein. Niemals hätte ich gedacht, dass sich das Blatt so wenden würde. Denn kurz darauf erhielt ich ein Angebot vom Interhotel, mit dem sie mir mein Anwesen abkaufen möchten. Natürlich habe ich dies abgelehnt, doch die Schreiben und Gebote wurden immer fordernder. Mittlerweile bedrängen sie mich geradezu.

Auch haben sie eine Immobilienfirma auf mich gehetzt und Mitarbeiter in mein Hotel eingeschleust, die mich aushorchen sollen. Ich bin mir sicher, dass ich beobachtet werde, und spüre, wie meine Kraft schwindet, mich alldem zu widersetzen.

Es wäre viel Geld, mit dem ich mich zur Ruhe setzen könnte. Eine schöne Finca könnte ich mir kaufen und die Füße hochlegen. Doch das möchte ich nicht. Einmal macht mir das Leiten meines Hotels großen Spaß und, was viel wichtiger ist, ich bin mir sicher, dass der Hotelriese die Bucht verschandeln würde. Mittlerweile glaube ich, dass auch die Politik ihre Finger im Spiel hat. Mit Leichtigkeit könnten sie dieses naturbelassene Stück Erde in eine Betonwüste verwandeln.

Wie du merkst, bin ich ziemlich ratlos, und wollte meinen Gefühlen einfach mal Luft machen. Ich bin mir gar nicht sicher, ob ich den Brief abschicken werde, da ich dich damit nicht belasten möchte. Doch glaube mir, langsam habe ich keine Kraft mehr. Täglich habe ich Angst, dass mir etwas zustoßen oder angetan werden könnte. Das ist leider die traurige Wahrheit.

Deine Phillis

Mit Tränen in den Augen legte Laura das Schreiben beiseite, welches ihr einmal mehr bestätigte, dass das *Interhotel* und die Immobilienfirma ihren Willen nicht durchsetzen sollten.

In dem Moment war sie sich sicher, den Kampf fortzuführen, koste es, was es wolle.

Kapitel 24

Völlig abgehetzt kam Laura an ihrem ersten Arbeitstag bei ihrem neuen Arbeitgeber, einem Softwareriesen etwas außerhalb von Heidelberg, an. Sie hatte sich vorgenommen, jeden Tag mit dem Fahrrad zum Büro zu fahren, was sich bei dem Wetter als keine gute Idee herausstellte. Klatschnass und durchgeschwitzt kam sie dort an und hätte lieber einen Jogginganzug anstatt ihres schicken Kostüms getragen.
Ihr blieb lediglich Zeit, sich schnell die Hände zu waschen und das verschmierte Make-up zu entfernen, bevor sie sich bei ihrem Chef meldete. Diesen kannte sie von den beiden Vorstellungsgesprächen und fand ihn zwar etwas schleimig, aber ganz nett.

„Guten Morgen, Frau Lichter", begrüßte sie dieser überfreundlich mit einer etwas zu lauten Stimme und bat sie, Platz zu nehmen.

„Sie kommen genau richtig, um die neue Marketingkampagne zu starten", verkündete dieser mit guter Laune, die etwas aufgesetzt wirkte.

„Wir haben Ihnen ein kleines Team zur Verfügung gestellt, mit dem Sie sich gleich an die Datenanalyse machen können, um zu entscheiden, welche Marketinginstrumente Sie einsetzen wollen, um unsere Unternehmensziele zu erreichen."

Das Einzige, was Laura aus dem Gesagten heraushörte, war das Wort *Datenanalyse*. Sie wusste, dass dies bei ihrem angestrebten Job das Langweiligste war, was man machen konnte. Zwar verkaufte ihr Chef dies als spannende Angelegenheit, doch sie wusste, dass dem nicht so war.

Laura rang sich ein Lächeln ab, sagte jedoch nichts.

„Dann führe ich Sie in Ihr Büro, wo Sie Ihr Team kennenlernen können."

Die nächsten Stunden empfand Laura als komplettes Fiasko. Unentwegt redete sie sich ein, wie sehr sie sich diesen Job gewünscht hatte. Doch die Tatsachen konnte sie sich nicht schönreden. Ihr Arbeitsplatz war ein winziges Plätzchen in einem Großraumbüro, das dringend renoviert werden musste. Von ihrem Schreibtisch aus blickte sie nur an grässliche Stellwände und konnte nicht einmal ein Fenster sehen. Auch der Computer, an dem sie die neue Marketingstrategie entwickeln sollte, wirkte antiquarisch. Ihr Laptop daheim hatte einen größeren Bildschirm als ihr Arbeitscomputer.

Das Team, das ihr vorgestellt wurde, waren zwei Studenten, die aussahen, als hätten sie gerade die Grundschule beendet. Bereits nach einem kurzen Gespräch stellte sich heraus, dass diese von Datenanalyse so viel Ahnung hatten wie Laura von Molekularbiologie. Es war ihr völlig schleierhaft, wie die beiden diesen Studentenjob ergattert hatten. Vermutlich nur, weil sie einen niedrigen Stundenlohn akzeptierten.

Kurzum: Laura war von ihrem neuen Job mehr als enttäuscht. Hinzu kam, dass sie die ganze Zeit das Panorama ihres Arbeitsplatzes der letzten Woche vor sich sah: die traumhaft schöne Cala Fingueras, eine Meeresbucht wie aus einem Liebesroman. Der Kontrast zwischen den beiden Welten war so extrem, dass man einen Vergleich kaum anstellen konnte. Aber natürlich war es genau das, was Laura tat.

Sie musste herausfinden, was sie wirklich wollte. Allerdings war ihr eines bereits klar: Der Job in diesem pupsigen Großraumbüro war es nicht!

Leider sehnte sie an diesem Tag bereits nach kürzester Zeit ihren Feierabend herbei. Besonders erfolgreich war ihr erster Arbeitstag nicht, da sie sich erst in die Software einarbeiten musste und nach und nach ihre Kollegen kennenlernte. In dem Großraumbüro saßen etwa zwanzig Mitarbeiter; irgendwie hatte Laura sich die Marketingabteilung eines großen Softwareunternehmens etwas innovativer vorgestellt.

Als sie an dem Abend nach Hause kam, war das Erste, was sie tat, im Internet nach einem Flug für das nächste Wochenende zu suchen. Sie konnte es sich nicht erklären, aber innerlich zählte sie bereits die Stunden, bis sie wieder nach Mallorca fliegen konnte. Das lag daran, dass sie die letzte Woche in vollen Zügen genossen hatte, aber vor allem gab es vor Ort so viele Dinge zu erledigen. Und es gab Ben.

Am liebsten hätte sie den Mitarbeitern des Hotels die freudige Botschaft überbracht, dass sie von nun an alle wieder voll arbeiten konnten und alles so weiterlaufen würde wie bisher. Doch das konnte sie nicht.

Noch mussten Olivia und Pepe das Hotel über diese Durststrecke bringen. Was sie hierfür an Lohn verlangten, reichte gerade mal, um ihre laufenden Kosten zu decken, dessen war sich Laura sicher.

Auch wusste sie, dass die Angestellten von Phillis alles tun würden, um ihren Arbeitsplatz und das kleine Hotel am Meer am Laufen zu halten.

Olivia hatte Laura an diesem Tag bereits einige Fotos geschickt, die ehrlich gesagt ihr einziger Lichtblick bei diesem tristen Frühlingswetter waren. Sie hatte ihr ein morgendliches Foto der Bucht geschickt, bei dem sich Laura fast sicher war, Ben als einzigen Schwimmer im Meer ausmachen zu können. Überhaupt glaubte sie, dass Olivia spürte, dass sie sich aus irgendeinem Grund zu ihm hingezogen fühlte.

Eine weitere Aufnahme zeigte Pepe und einen Arbeiter am Pool, der diesen fertigstellen sollte, wenn Laura grünes Licht gab. Ein drittes den rot-weißen Kater Charlie, den Laura besonders liebgewonnen hatte, wie er sich auf einem Liegestuhl räkelte.

Gerade, als sie einen passenden Flug gefunden hatte, klingelte ihr Telefon und ihre Mutter wollte wissen, wie ihr erster Arbeitstag gewesen war. Schnell vertröstete sie sie auf einen Rückruf.

Nicht einmal zwei Minuten später klingelte erneut ihr Handy. Laura nahm etwas entnervt den Anruf entgegen, ohne vorher auf das Display geschaut zu haben.

„Hey, Laura, hier ist Alex", vernahm sie die ihr wohlbekannte Stimme, die ihr augenblicklich einen Stich ins Herz versetzte. Ungläubig starrte sie auf ihr Handy und spürte, wie ein Schwindel sie ergriff.

Laura konnte nicht sagen, warum, aber sie hatte das Gefühl, gleich ohnmächtig zu werden.

„Laura?", hakte Alex nach, da sie nicht antwortete.

„Was willst du?", kam es scharf von ihr zurück. Sie hatte keinerlei Lust, sich mit ihm zu unterhalten. Sie, ohne jede Vorwarnung anzurufen, war eine Unverschämtheit.

„Deine Mutter hat mich kontaktiert und gesagt, dass du Hilfe brauchst. Außerdem würde ich auch gerne nochmal über uns sprechen ..."

„Über uns?", spie Laura aus, wobei sich ihre Stimme überschlug, was sie etwas hysterisch wirken ließ, was sie noch mehr ärgerte. Alex konnte genau hören, wie aufgebracht sie war.

Viel lieber wäre sie cool gewesen, doch in Sachen Liebe hatte sie ihre Gefühle noch nie im Griff gehabt.

„Okay, wir müssen auch nicht über uns reden, aber ich würde dir gerne helfen mit deinem Erbe, wenn du steuerlichen Rat brauchst."

„Kennst du dich denn mit dem katalonischen Erb- und Steuerrecht aus?", fragte sie schnippisch, da sie bereits wusste, dass jede Region in Spanien ihren eigenen Erbschaftssteuersatz hatte.

„Ob du es glaubst oder nicht, aber ich habe mich bereits schlaugemacht."

Laura hatte keinerlei Lust, sich mit Alex über das kleine Hotel zu unterhalten, das sie geerbt hatte. Aus irgendeinem Grund hatte sie das Gefühl, dies sei ein schlechtes Omen.

„Wenn ich Fragen habe, melde ich mich", sagte sie daher, um Alex schnell abzuwimmeln.

„Gut. Mach das!"

Kurz herrschte Schweigen zwischen den beiden, was Alex unterbrach, indem er sie wissen ließ: „Mit der Anderen ist es übrigens aus."

„Das interessiert mich nicht", blaffte Laura ins Telefon und legte auf. Ein wenig ärgerte sie sich, dass sie sich ihren verletzten Stolz so hatte anmerken lassen. Noch mehr ärgerte sie sich allerdings über ihre Mutter, dass diese Alex kontaktiert hatte. Dies war das Letzte, was sie nun gebrauchen konnte.

Entschlossen und mit etwas Wut im Bauch drückte sie auf den Button, um ihren Einkauf zu bestätigen. Nächsten Freitag, Punkt 18 Uhr würde sie wieder im Flieger zu der balearischen Insel sitzen. Wenigstens ein Lichtblick.

Kapitel 25

Immer noch wütend blickte sie auf den Stapel Briefe, den sie in der untersten Schublade von Phillis' Kommode gefunden hatte. Eigentlich war sie nicht in der besten Verfassung, um die geheimnisvollen Schreiben zu öffnen. Doch irgendwann musste sie dies tun.

Laura nahm die ungeöffneten Briefumschläge mit in die Küche und goss sich ein Glas Rotwein ein. Nach dem ersten Schluck verzog sie das Gesicht. Selbst der Wein schmeckte auf Mallorca um einiges besser.

Die ersten Briefe waren Schreiben der Immobilienfirma, wie sie sie schon geöffnet und selbst zugesandt bekommen hatte. Darin wurden Phillis Lichter Kaufangebote gemacht, die sich mit fortschreitendem Datum leicht erhöhten.

Vermutlich hatte ihre Tante genug von diesen Kaufangeboten gehabt und sie gar nicht mehr geöffnet. Doch dann öffnete sie zwei Zuschriften, deren Umschläge anders aussahen. Sie waren handschriftlich an Phillis Lichter adressiert. Als Laura den Ersten dieser Briefe überflog, hielt sie sich erschrocken eine Hand vor den Mund.
„Oh mein Gott!", rief sie laut und überflog den überschaubaren Inhalt noch einmal.

Frau Lichter!
Ich möchte Sie warnen und rate Ihnen dringlichst, das Angebot der Immobilienfirma anzunehmen. Sonst wird Ihnen oder Ihren Mitarbeitern etwas zustoßen!
Ein Freund

Laura konnte nicht fassen, was sie las. Tatsächlich hatte Phillis zwei Drohbriefe erhalten, vermutlich waren es mehr gewesen, die sie geöffnet und vernichtet hatte, bevor sie die anderen ungeöffnet versteckt hatte.
Offenkundig hatte sie nicht mehr die Kraft gehabt, diese Schreiben zu lesen.
Wie furchtbar, sie muss durch die Hölle gegangen sein, war Lauras Gedanke, während sie sich ein weiteres Glas Rotwein einschenkte. Zwar wusste sie, dass ihre Sinne geschärft

sein sollten, andererseits tat es gerade gut, sich ein wenig zu betäuben.

Laura überlegte, wem sie sich anvertrauen könnte. Unmöglich konnte sie dies ihren Eltern erzählen, die der ganzen Sache sowieso schon kritisch gegenüber standen und sich dann noch unnötig Sorgen machen würden. Wobei sich Laura gar nicht mehr sicher war, ob diese tatsächlich unnötig waren.

Ein Schauer lief ihr über den Rücken, während sie den schwarz gekleideten Mann vor sich sah, der sie so oft beobachtet hatte. Mittlerweile war sie sich sicher, dass dies keine Einbildung war. Der Fremde wollte ihr tatsächlich Angst einjagen.

Ohne lange zu überlegen, wählte sie die Nummer von Ella. Diese hatte montags frei, wie alle Friseure, und würde sicherlich schnell zu ihr kommen.

„Was ist los? Du hast dich ja ganz aufgelöst angehört."
In der Tat war Ella nicht einmal zwanzig Minuten später bei ihr. Anstatt ihr zu erzählen, was passiert war, führte Laura sie in die Küche und zeigte ihr die geöffneten Briefe.

„Ach du meine Güte", kommentierte diese, während sie die beiden Drohbriefe überflog, „da hast du dir ja was eingebrockt."

„Das kannst du laut sagen. Nun weiß ich, dass ich mir nicht eingebildet habe, beobachtet zu werden. Ich habe ständig einen Mann, ganz in Schwarz gekleidet, gesehen, der mir Angst einflößen sollte, glaube ich. Leider war ich nie nah genug, um sein Gesicht erkennen zu können."
„Das ist ja echt gruselig. Willst du jetzt überhaupt nochmal hinfliegen?"
„Das muss ich! Du glaubst nicht, wie nett die Leute vor Ort sind, zumindest die, die dort gearbeitet haben. Sie alle sind von dem Hotel abhängig, was mir die Entscheidung so schwer macht. Auch das Leben der Dorfbewohner würde sich durch den Verkauf völlig verändern."
„Das verstehe ich nicht."
Natürlich. Wie sollte sie auch? Laura hatte ja auch keinen blassen Schimmer gehabt, bevor sie sich vor Ort ein Bild von der Situation gemacht hatte.
Nachdem Laura beiden ein Glas Rotwein eingeschenkt hatte, der mittlerweile ganz annehmbar schmeckte, begann sie zu erzählen. Nichts ließ sie aus bei ihrer Schilderung, und Ella hing nur so an ihren Lippen. Gelegentlich stellte sie eine kurze Zwischenfrage, um den Sachverhalt besser zu verstehen.
„Also", meinte sie dann, „wenn ich das mal zusammenfassen darf: Du hast das Hotel auf Mallorca geerbt, das dir wahnsinnig gut gefällt und an dem schönsten Fleckchen Erde liegt, den du jemals gesehen

hast, wie du dich ausdrückst. Der Verkauf dieses Hotels würde einige Probleme mit sich bringen, zwar nicht für dich, aber für eine ganze Menge anderer Menschen. Nebenbei hast du gerade deinen Job hier angefangen, den du grottenlangweilig findest und den du am liebsten gleich wieder hinschmeißen würdest. Noch dazu hast du dich auf Mallorca Hals über Kopf in Ben verliebt." Hierauf lächelte sie Laura an, war aber noch nicht fertig mit ihren Ausführungen.

„Da frage ich mich doch, warum zur Hölle du nicht einfach deinen Job hier hinschmeißt und das Hotel deiner Tante führst. Der Name ‚Das kleine Hotel am Meer' hört sich übrigens toll an, wie ich finde ..." Nach dieser knackigen Rede hob sie ihr Glas an, um mit Laura anzustoßen, als habe sie die Lösung des Problems gefunden.

„Ganz so einfach ist es leider nicht", warf Laura ein, während sich ihre Gläser klirrend trafen.

„Ich habe in der Hotellerie keinerlei Erfahrung ..."

„Hatte deine Tante auch nicht, wie du mir berichtet hast."

„Ich bin noch nie in meinem Leben so viel Risiko eingegangen."

„Dann machst du das eben jetzt."

„Und ich bin nicht in Ben verliebt."

„Du konntest noch nie gut lügen."

Hierauf mussten beide lachen und stießen erneut an. Der Wein schmeckte immer besser.

„Nein, aber mal im Ernst, Ella. Selbst wenn ich das Hotel übernehmen würde ... was mache ich dann mit denen hier?", hierbei deutete sie auf die beiden Schreiben, die immer noch vor ihnen auf dem Tisch lagen.

„Wenn du mich fragst, ist das tatsächlich das einzige Problem, das du hast. Der Sache müsste man auf den Grund gehen und den Schuldigen finden. Du solltest dich mit diesen Briefen an die lokale Polizei vor Ort wenden."

Wenn Ella all dies so zusammenfasste, hörte es sich tatsächlich gar nicht so kompliziert an.

„Ich fliege am Freitag wieder hin und komme Sonntag zurück", meinte Laura dann, „vielleicht kann ich da ein paar Dinge bezüglich der Schreiben klären."

„Warum fliegst du nicht am Wochenende danach? Da ist Donnerstag doch ein Feiertag."

„Tatsächlich?"

„Ja, Christi Himmelfahrt. Wusstest du das nicht?"

„Nein", meinte Laura und war bereits aufgesprungen, um ihren Laptop zu holen. „Das ist ja fantastisch. Dann muss ich mir nur Freitag frei nehmen, Probezeit hin oder her, und kann ganze vier Tage dortbleiben."

Die Tatsache, wie sehr sich Laura darüber freute, möglichst viel Zeit auf der Insel zu verbringen, zeigte ihr, dass Ella recht hatte.

Im Grunde hatte sie nur etwas ausgesprochen, das sie selbst schon lange wusste. Aber sie war nun einmal so erzogen worden, Dinge, die man begonnen hatte, nicht gleich wieder aufzugeben – auch wenn dies ein langweiliger Job in einem stinkigen Büro war. Andererseits hatte sie verdammtes Muffensausen vor dieser neuen Aufgabe, selbst ohne den Mann in Schwarz.
„An dem langen Wochenende würde ich ja gerne mitkommen, um dir zu helfen, aber leider habe ich ausgerechnet da meine Reise nach Frankreich gebucht."
„Ist doch kein Problem. Sollte ich das Hotel wirklich übernehmen, wirst du noch genug Gelegenheiten haben, mich zu besuchen."
„Das hört sich gut an."
„Ella, du bist echt eine große Hilfe. Wenn ich dich nicht hätte! Kannst du mir jetzt noch sagen, wie ich das Ganze meinen Eltern verklickere?"
„Lade sie dorthin ein, wenn du soweit bist. Dann werden sie dich schon verstehen."
Ihre Freundin war einfach genial!

Kapitel 26

Die Woche bis zum Freitagnachmittag zog sich wie Kaugummi. So sehr sie sich auch einredete, ihren neuen Job wenigstens etwas spannend zu finden, war er alles andere als das.

Glückselig blickte Laura aus dem Fenster des Flugzeugs, während dieses auf Palma zusteuerte. Als die Räder auf der Landebahn aufsetzten, hätte sie am liebsten gejubelt vor Freude.

Da einige der Touristen begannen zu klatschen, stimmte Laura freudig mit ein. Warum war dieser alte Brauch eigentlich so verpönt? Jubeln hätte sie können und jeden im Flugzeug umarmen, den Piloten erst recht. Selten hatte sie sich so glücklich gefühlt. Allein dieses Glücksgefühl war es wert, diesen Kurztrip zu machen.

Da sie wusste, dass ihre Eltern wenig begeistert von ihrem Wochenendtrip sein würden, hatte sie ihnen diesmal gar nichts davon gesagt, sondern behauptet, sie würde mit Ella wandern gehen. Sie musste die Entscheidung, wie es mit dem Hotel weiterging, alleine fällen.

Wie am vorherigen Wochenende wollte sie sich wieder einen günstigen Mietwagen nehmen. Zugegeben gingen ihre Reisen hierher ganz schön ins Geld, aber das musste sie investieren, um sich Klarheit über ihre Zukunft zu verschaffen.

Laura staunte nicht schlecht, als sie sich in der Eingangshalle des Flughafens umblickte und dort Ben stehen sah. Dieser schaute konzentriert auf eine Ankunftstafel und kurz darauf in ihre Richtung. Als er sie entdeckte, lächelte er und kam auf sie zu, was ihr Herz höher schlagen ließ.

„Willkommen zurück!", begrüßte er sie herzlich und umarmte sie kurz. Leider war dies nur eine flüchtige Umarmung unter Freunden. Am liebsten hätte Laura ihn geschnappt und an sich gedrückt.

Da sie allerdings ahnte, dass Olivia hinter diesem Manöver steckte, hielt sie sich zurück. Schließlich war es nicht so, dass Ben sie aus Zuneigung abholte, sondern weil Olivia ihn darum gebeten hatte, dessen war sie sich sicher. Immerhin war dies um einiges besser als die anfängliche Abneigung, die er ihr gezeigt hatte.

„Das ist aber ein netter Empfang. Vielen Dank."

„Ich war heute sowieso auf dem Fischmarkt in Palma, da hat sich das angeboten."

Laura sah förmlich, wie diese Aussage ihre romantische Blase im Kopf endgültig platzen ließ. Es hörte sich alles so praktisch und kameradschaftlich an. Das war es, was sie störte.

Und es gab noch einen Haken an seiner zuvorkommenden Art, wie Laura auf der Fahrt nach Fingueras feststellen musste.

„Hast du dich mittlerweile entschieden, ob du das Hotel weiterführen oder verkaufen willst?", wollte er plötzlich wissen. Das war es! Das war der Grund, warum er nett zu ihr war. Laura konnte nicht sagen, warum sie dies so wütend machte.

„Das ist wohl alles, was dich an mir interessiert", antwortete sie verbittert und ärgerte sich im gleichen Moment darüber, ihre Gefühle so wenig unter Kontrolle zu haben. Schließlich hatte Ben ihr eine ganz normale Frage gestellt. Dies war nun mal ein Anliegen, das ihm am Herzen lag.

„Tut mir leid", sagte sie daher kurze Zeit später.

„Ist schon okay. Ich kann verstehen, wenn deine Nerven blank liegen."

Kurz überlegte sie, ob sie sich ihm anvertrauen und von den Drohbriefen erzählen sollte, die ihre Tante erhalten hatte. Sie entschied sich dagegen. Sie wollte Ellas Vorschlag befolgen und der Polizei vor Ort von den Briefen berichten. Ben konnte sie immer noch einweihen, wenn sie etwas mehr wusste.

Als sie vor dem Hotel ankamen, drehte sich Ben zu ihr hin. „Du kannst mit meiner Unterstützung rechnen, egal, wie du dich entscheidest."

Mein Gott, wenn er nur nicht diese wunderschönen zweifarbigen Augen hätte, war alles, was Laura denken konnte.

„Möchtest du morgen Abend in mein Restaurant zum Essen kommen?"

„Nichts lieber als das!", antwortete Laura etwas zu schnell, worauf Ben lachen musste.

„Du kannst gerne Olivia und ihre Familie mitbringen."

„Prima. Wann?"

„Ab 17 Uhr stehe ich in der Küche. Soll ich euch einen Tisch um 18 Uhr reservieren?"

„Das hört sich gut an."

Hierauf trug er gentlemanlike ihre Reisetasche in die Eingangshalle des Hotels und verabschiedete sich etwas zu förmlich für Lauras Geschmack.

Langsam schritt Laura durch die Empfangshalle und spürte, wie ein aufregendes Kribbeln ihren Körper durchflutete. Sie war sich nicht sicher, ob es daran lag, dass Ben sie gerade zum Abendessen eingeladen hatte, oder allein an der Tatsache, wieder hier zu sein.

Laura war überrascht, wie zu Hause sie sich in dem Anwesen von Phillis fühlte, denn in Gedanken war es das immer noch. Das kleine Hotel von Phillis.

Da es schon recht spät war, vermutete sie, Olivia nicht mehr hier anzutreffen, sondern erst am nächsten Tag zu sehen. Doch als sie den Flur entlanglief, vernahm sie Stimmen von der Terrasse her.

Als sie diese betrat, sah sie Olivia mit ihren beiden Kindern, ihrer Mutter, der Aushilfsköchin Carla, Pepe und vier weiteren Leuten, die vermutlich Hotelgäste waren. Laura wusste, dass in dieser Nacht noch zwei Zimmer belegt waren. Sicherlich lief das Hotel im Moment nicht gerade bombenmäßig, aber nach wie vor war sie etwas zurückhaltend, überhaupt Gäste aufzunehmen. Im Grunde nahmen sie nur Stammgäste auf, die plötzlich vor der Tür standen.

„Da ist sie ja!", rief Olivia in dem Moment und kam mit offenen Armen auf sie zu.

„Wir haben schon auf dich gewartet!"

„Danke für den netten Shuttleservice", sagte Laura und wie sie vermutet hatte, zwinkerte ihr Olivia daraufhin zu. Natürlich hatte sie dies nicht ohne Hintergedanken geplant. Sie wollte, dass sich Ben und Laura näher kennenlernten und gut verstanden.

Laura setzte sich zu der geselligen Runde und lernte die netten Stammgäste kennen. Ein Ehepaar kam aus England, das andere sogar aus der Nähe von Heidelberg.

„Schade, dass wir morgen schon wieder abreisen müssen", bedauerte die Frau mit trauriger Stimme, „aber wir werden bald wiederkommen. Sie werden das Hotel doch weiterführen, oder?"

Obwohl dies eine völlig legitime Frage war, fühlte sich Laura sogleich in die Ecke gedrängt.

„Das wissen wir leider noch nicht, Frau Wagner", kam ihr Olivia zu Hilfe und schenkte ihr Sangria nach, vermutlich, damit sie keine weiteren Fragen stellte.

Laura warf ihr einen dankbaren Blick zu und probierte ebenfalls von dem hausgemachten Getränk, das heute besonders fruchtig schmeckte.

Als Laura dort saß und in die Runde blickte, merkte sie erst, wie müde sie war. Die ganze Woche über hatte sie im Büro gehockt. Obwohl sie ihren Job nicht sonderlich anspruchsvoll fand und nicht wusste, wie lange sie überhaupt in der Firma bleiben würde, hatte sie alles gegeben und täglich Überstunden gemacht. Nie war sie vor 20 Uhr zu Hause gewesen. Dafür hatte sie sich heute schon etwas früher verabschiedet, um ihren Flug zu erwischen.

Kurzentschlossen hatte sie sich den nächsten Freitag freigenommen, um wieder herkommen zu können. Zwar wusste sie nicht, wie ihr Chef darauf reagieren würde, aber das war ihr egal.

Was sie an den Wochenenden unternahm, hatte sie keinem ihrer Kollegen erzählt. Überhaupt hatte sie bisher wenig Kontakt zu anderen Mitarbeitern, außer ihren beiden studentischen Hilfskräften. Vielleicht war es besser so.

Aus irgendeinem Grund hatte Laura das Gefühl, nicht lange in dieser Firma zu sein, unabhängig davon, ob sie das Hotel übernehmen würde oder nicht.

Während sie hinter vorgehaltener Hand gähnte, flüsterte Olivia ihr zu: „Dein Bett ist frisch bezogen. Wir gehen auch bald rüber." Doch diese Rechnung hatte sie ohne ihre Kinder gemacht, die laut protestierten, als sie dies hörten. Die beiden waren gerade dabei, Marshmallows über der Feuerstelle zu rösten, und sahen aus, als könnten sie dies noch stundenlang weitermachen. Als die Kinder ihren Nachtisch genussvoll verspeist hatten, redete Olivias Mutter mit ihnen, und kurz darauf gingen sie ohne ein Widerwort mit ihrer Oma mit.

„So etwas können nur Omas!", kommentierte Olivia und blickte den Dreien lachend hinterher.

„Das wäre aber nicht nötig gewesen", meinte Laura zu ihr.

„Was denn?"

„Dass du mein Bett beziehst."

„Das mache ich doch gerne. Außerdem bin ich wirklich froh, dass du so schnell wieder herkommen konntest. Und da ich wusste, wie spät es sein wird, bis du hier ankommst, dachte ich, du freust dich, gleich ins Bett zu hüpfen."

„Vielen Dank." Laura legte den Arm um ihre neue Freundin. „Was würde ich nur ohne dich tun?"

Kurz darauf begab Laura sich in das Zimmer ihrer Tante und wunderte sich erneut, wie heimisch sie sich hier bereits fühlte. Auf den ersten Blick sah sie, dass Olivia nicht nur das Bett bezogen, sondern auch aufgeräumt und frische Blumen für sie hingestellt hatte. Sie war einfach rührend.

Als sie im Bett lag, hörte sie das englische Ehepaar die Treppe hinaufkommen, die sich über irgendetwas zu amüsieren schienen. Zumindest kicherten sie ohne Unterhalt. Erneut stellte Laura fest, wie sehr sie das Gefühl mochte, ihren Gästen ein behagliches Zuhause zu bieten.

Sofort ermahnte sie sich, dass es ja nicht ihre Gäste waren, sondern die von Phillis oder von Olivia. Sie hatte mit dem Erfolg dieses Hotels bisher herzlich wenig zu tun.

Ein bisschen fühlte sie sich, als würden neben ihr auf dem Kopfkissen Engelchen und Teufelchen sitzen und miteinander streiten. In dem Moment ermahnte der Engel den Teufel, dass es nunmehr schon seit über einer Woche sehr wohl das Hotel von Laura war.

Laura beschloss, sich keine weiteren Gedanken darüber zu machen. Das konnte sie in den nächsten Tagen noch tun. Nun wollte sie den Moment einfach genießen und war froh, nicht alleine in dem Hotel zu sein. Im nächsten Augenblick war sie eingeschlafen.

Kapitel 27

Als Laura an diesem Samstagmorgen aufwachte, war sie gleich voller Tatendrang. Beim Frühstück mit Olivia erzählte sie ihr von den Briefen, die sie entdeckt hatte.

„So etwas hatte deine Tante schon mal erwähnt, mir allerdings keine Details genannt, vermutlich, damit ich mir keine Sorgen mache."

„Wann war das ungefähr?"

„Das ist bestimmt ein gutes Jahr her, eher anderthalb Jahre", überlegte Olivia, deren Gesichtsausdruck zeigte, wie sehr sie dies besorgte. „Es ist unglaublich, wie weit diese Ganoven gehen. Mir war nicht klar, dass sie Phillis das Leben so schwer gemacht haben. Das ist kriminell!"

Während sie dies sagte, schweifte ihr Blick über das Meer. Laura konnte sehen, dass sie Tränen in den Augen hatte.

„Deshalb dürfen sie mit dieser Masche nicht durchkommen!"

„Was hast du vor?", wollte Olivia von ihr wissen.

„Ich werde heute zur Polizei gehen und ihnen die Schreiben zeigen. Vielleicht finden wir den Übeltäter."

„Na dann viel Glück", sagte Olivia, was sich fast ein wenig ironisch anhörte.

Gut eine Stunde später machte sich Laura zu Fuß auf den Weg ins Dorf und hoffte, an einem Samstag überhaupt jemanden in der Polizeistation anzutreffen. Nach wie vor war wenig los in Fingueras, da die Saison erst Ende Mai richtig losging, wie Olivia ihr verraten hatte.

Auch hatten die beiden Frauen besprochen, dass sie von nun an so viele Gäste aufnehmen wollten, wie es sich Olivia und Pepe mit der Unterstützung der anderen Hotelangestellten zutrauten. Schließlich brauchten sie die Einnahmen, um die laufenden Kosten und die Gehälter zu zahlen.

Automatisch fiel ihr Blick auf das *La Paella*, als sie daran vorbeiging, doch innen war alles noch dunkel.

Vermutlich absolvierte Ben gerade seine morgendlichen Runden im Meer. Er hatte ihr erzählt, dass er in der Nebensaison sein Restaurant nur abends öffnete, da es sich sonst nicht lohnen würde.

Tatsächlich schien das *La Paella* ein Geheimtipp zu sein, und die Touristen kamen von anderen Orten extra hierher, um die beste Paella der Insel zu probieren. Aber auch Einheimische aßen hier, was ein sicheres Zeichen war, dass seine mallorquinischen Speisen ganz vorzüglich sein mussten.

Das Polizeirevier war kaum als solches zu erkennen. Es lag im ersten Stockwerk über einer Apotheke im Ortskern. Von außen sah es nicht so aus, als würde sie dort jemanden antreffen, aber Laura ließ sich nicht entmutigen und stieg die Treppen hinauf. Als sie durch ein Fenster blickte, entdeckte sie den Polizeibeamten, der auch an dem Abend mit den anderen Dorfbewohnern bei ihr im Hotel gewesen war. Etwas gelangweilt saß er dort, hatte die Füße auf den Tisch gelegt und las ein Buch.
Immerhin ist jemand da, dachte sie und hoffte, von ihm ernst genommen zu werden.
Leider wusste sie bereits nach den ersten Minuten des Gesprächs, dass das nicht der Fall war. Obwohl Sergio Martinez recht gut Deutsch sprach, tat er ihre Angelegenheit sofort als Nichtigkeit ab. Laura hatte als Beweis die beiden Briefe vor ihm ausgebreitet, auf die er gerade deutete und behauptete: „Da hat sich jemand einen Spaß erlaubt, glauben Sie mir!"

„Aber das kann nicht sein. Olivia Sanchez hat mir bestätigt, dass meine Tante bereits mehrere solcher Schreiben bekommen hat und sich bedroht fühlte."
„Dann wäre sie doch zu mir gekommen und hätte um Hilfe gebeten", behauptete er oberflächlich.
Irgendwie wurde Laura das Gefühl nicht los, dass er sie abwimmeln wollte. Vermutlich hatte er Besseres an einem Samstag zu tun, als sich die Sorgen einer unerwünschten Deutschen anzuhören.
„Haben Sie eigentlich Dokumente zum Unfalltod meiner Tante", wollte Laura dann wissen.
„Das ist doch schon so lange her", behauptete er.
„Na ja, nur ein paar Wochen ..."
Es wurde immer klarer, dass er sich auf kein Gespräch mit ihr einlassen wollte. Doch noch ließ sie nicht locker.
„Haben Sie damals den Tod meiner Tante offiziell bestätigt?"
„Nein, das waren die Sanitäter und ein Kollege von mir."
„Könnte ich diesen Kollegen bitte sprechen?"
„Das geht leider nicht. Er wurde versetzt."
„Ach. Wohin denn?"
„Nach Pollença", bemerkte ihr Gegenüber nur knapp.
„Wie heißt der Kollege denn?"
„Lopez Garcia", äußerte er gelangweilt.
„Vielen Dank." Laura drehte sich auf dem Absatz um und verließ sein Büro, ohne sich zu verabschieden.

„So ein arroganter Schnösel", sagte sie halblaut, während sie die Treppe wieder hinabstieg.

Dann musste sie wohl oder übel nach Pollença fahren. Sie erinnerte sich, den Namen der Stadt in ihrem Reiseführer gelesen zu haben.

Wieder beim Hotel angekommen, berichtete sie Olivia und Pepe in Kurzform, was geschehen war.

„Mich hat damals auch gewundert, dass Garcia so plötzlich versetzt wurde. Er war der netteste Polizist in der Stadt."

„Ich habe dir das Auto bereits fertiggemacht. Wenn du möchtest, kannst du gleich losfahren", bot Pepe in seiner hilfsbereiten Art an.

„Was würde ich nur ohne euch machen?", fragte Laura erneut und umarmte die beiden.

Gemeinsam gingen sie zu dem Wagen, der etwas abseits auf dem Parkplatz stand. Es war ein silberner Seat Ibiza, der recht neu aussah und Laura auf Anhieb gefiel.

Auf dieser Insel brauchte man einen kleineren Wagen, um die schmalen und kurvenreichen Straßen zu bewältigen. Da das Auto kein Navigationsgerät hatte, nahm Laura ihr Handy zu Hilfe und legte dies auf die Mittelkonsole. Sie hatte etwas über eine Stunde Fahrt vor sich.

Natürlich konnte es sein, dass sie den Weg völlig umsonst machte, aber sie wollte sich mit eigenen Augen ein Bild von der Situation vor Ort machen.

Ein Anruf hätte ihr da nicht gereicht. Laura bildete sich ein, zu erkennen, wenn ihr Gegenüber nicht die Wahrheit sagte.
„Drückt mir die Daumen!", rief sie Olivia und Pepe noch zu und machte sich auf den Weg.

Kapitel 28

Nachdem Laura das Dorf verlassen hatte, führten sie die unebenen Straßen, die sie bereits kannte, durch den nächsten Ort namens Santanyí, den sie wunderschön fand. Alles war so typisch mallorquinisch und jedes Café, das sie sah, wirkte einladend.
Überhaupt fand sie die Insel, je mehr sie ins Landesinnere fuhr, so ursprünglich, wie sie es gar nicht erwartet hatte. Hier gab es keine großen Hotels oder Hochhäuser, die die Natur verschandelten. Sie fuhr meist durch urige Dörfer, die alle ihren Charme für sich hatten.
Was ihr sonst noch auffiel, war diese unglaubliche Weite. Sie hatte sich Mallorca um einiges touristischer vorgestellt, nicht nur in den größeren Städten, aber hier sah sie nichts außer vereinzelten Anwesen, Pinien und Zypressen und einige Schafe oder Ziegen.

Einmal mehr war sie von der Insel überrascht. Auch die Stadt Pollença im Norden von Mallorca war ein wahres Schmuckstück. Ihr Navi leitete sie direkt zur Polizeistation, die an einem kleinen Platz mitten in der Stadt lag. Laura parkte ihren Wagen davor, stieg aus und blickte sich erst einmal um. Es war ein stimmungsvolles Plätzchen mit zahlreichen Olivenbäumen, hübschen Häusern und Cafés in dem typischen mallorquinischen Flair. Doch sie war nicht zum Sightseeing hier. Leider.

Entschlossen stieg sie die Stufen zum Eingang empor und hoffte inständig, dass Herr Garcia etwas umgänglicher sein würde als Sergio Martinez vorhin. Diesmal hatte sie nicht so viel Glück, denn sie traf nur einen Hausmeister an, der ihr allerdings verriet, dass der Polizist nur ein paar Straßen weiter wohnte. Das ließ sich Laura nicht zweimal sagen und marschierte zielstrebig durch die malerischen Gassen zu dem vermeintlichen Haus.

Als sie dort klingelte, dauerte es eine Weile, bis sich im ersten Stockwerk ein Fenster öffnete. Ein etwas verschlafen wirkender Mann blickte hinaus und schien wenig begeistert über ihren Besuch. Laura musste noch eine Weile warten, bis er schließlich die Tür öffnete und sie in den schlichten Innenhof bat. Er führte sie zu einem Tisch, um den einige Korbstühle standen.

Herr Garcia sprach nicht so gut Deutsch wie sein Kollege und auch seine Englischkenntnisse waren eher mäßig.

Bereits nach den ersten Sätzen versprach sich Laura nicht mehr viel von dem Treffen und hatte es im Geiste schon aufgegeben, hier Näheres zum Tod von Phillis zu erfahren. Allerdings bildete sie sich ein, dass sich beim Erwähnen des Namens seine Augen kurz erschrocken weiteten, er sich aber gleich wieder fing.

In ihr regte sich ein Hoffnungsschimmer, dass sie doch etwas erfahren würde. Inständig bat sie ihn, ihr doch bitte alles über den Unfall zu erzählen.

Zögerlich berichtete er, dass er der Erste an der Unfallstelle gewesen war. Laura spürte, dass ihn aufregte, was er erzählte, da er immer wieder ins Spanische verfiel. Nachdem sie ihn daran erinnerte, dass sie kein Spanisch verstand, redete er entweder auf Deutsch, Englisch oder einer Mischung aus beidem weiter.

Gerade erklärte er etwas, das Laura nicht ganz verstand, worauf er einen Zettel und einen Stift zu Hilfe nahm, um eine Zeichnung anzufertigen. Mit flinken Strichen hatte er etwas aufs Papier gebracht, das wohl eine Klippe und das Meer darstellen sollte. Dann malte er ein Strichmännchen auf den Hang, deutete darauf und meinte: „Señora Lichter!"

Laura verstand nicht ganz, was er ausdrücken wollte. Sie wusste bereits, wie Phillis verunglückt war, und versuchte ihm dies klarzumachen.

„Ich weiß", sagte sie immer wieder, doch der Polizist deutete weiter auf das Strichmännchen und sagte mehrmals „danach".

Laura runzelte die Stirn und versuchte vergeblich zu begreifen, was er meinte. Mit einem Mal fiel der Groschen und sie glaubte, zu verstehen, was Lopez Garcia ihr begreiflich machen wollte.

Im selben Moment malte er die Zahl eins an die Klippe und die Zahl zwei an das Strichmännchen. Nun sagte er noch einmal auf Englisch „after".

Laura spürte, wie ihre Hände zitterten, als sie ihr Handy zückte, um Olivia anzurufen. Was der Polizeibeamte ihr mitteilen wollte, war zu wichtig, als dass sie weiter Rätselraten spielen konnten. Mit Zeichensprache machte sie ihm klar, dass nun Olivia ihre Unterhaltung übersetzen sollte. Als sie ihren Namen sagte, lächelte er. „Si, Olivia!"

Natürlich wusste er, wer Olivia war. Laura war sich sicher, dass sich alle Bewohner von Fingueras kannten. Offensichtlich hielt er Lauras Einfall für eine gute Idee und nickte noch einmal zustimmend, während er sich in seinem Stuhl zurücklehnte und etwas entspannter wirkte.

„Olivia, ich benötige deine Übersetzungshilfe", rief Laura aufgeregt ins Telefon, „ich sitze hier gerade Herrn Garcia gegenüber und er versucht, mir mit Händen und Füßen etwas zum Tod von Phillis zu erklären, was ich nicht ganz verstehe. Kannst du es bitte übersetzen?"

„Aber natürlich", stimmte Olivia sofort zu, woraufhin Laura dem Polizisten ihr Handy reichte. Dieser fing augenblicklich an, wie ein Wasserfall zu reden. Es war offensichtlich, dass er in diesem Fall bisher zu wenig Gehör bekommen hatte, und nun froh war, sein Wissen und seine Vermutungen preiszugeben.

Eine gefühlte Ewigkeit, was in Wahrheit vermutlich nur ein paar Minuten waren, lauschte Laura seinen Worten und verstand kein Wort. Als ihr Lopez Garcia das Handy wieder zurückgab, war sie mehr als gespannt, was Olivia übersetzen würde.

„Oh mein Gott, Laura, das ist so unglaublich, was Herr Garcia da sagt. Ich kann es noch gar nicht fassen ..."

„Nun schieß endlich los. Ich sitze hier wie auf glühenden Kohlen."

„Er sagt, dass er der Erste war, der an der Unfallstelle ankam, und somit auch deine Tante als Erster entdeckt hat. Lopez meint, dass er sich gleich sicher war, dass Phillis nicht durch den Erdrutsch ums Leben gekommen war, sondern erst danach."

„Wie kommt er darauf?", wollte Laura aufgeregt wissen, deren Herz so stark schlug, dass ihr ganzer Oberkörper vibrierte.

„Lopez sagt, dies sei für ihn klar gewesen, da sie nicht verschüttet war. Wäre sie mit dem Hang abgestürzt, wäre ihr Körper völlig von dem Geröll und Schlamm bedeckt gewesen. Man hätte sie vermutlich nur schwer bergen können. Doch das war nicht der Fall. Zwar zweifelt er nicht daran, dass sie durch den Sturz zu Tode kam, doch ist er sich sicher, dass sie erst nach dem Hangrutsch hinabgestürzt ist. Wie dies geschehen ist, kann er nicht sagen. Doch glaubt er, dass der Unfall nicht so passiert es, wie er in den Akten aufgenommen wurde."

„Was meint er? Hätte sie auch jemand hinabstoßen können? Glaubt er an ein Verbrechen?"

„Zu mir hat er gesagt, dass er dies nicht ausschließt."

„Um Himmels willen", brachte Laura nur heraus und blickte erschrocken zu Lopez Garcia, der noch einmal auf seine Zeichnung deutete.

„Frag ihn bitte noch einmal, ob er glaubt, dass es ein Verbrechen war?" Laura reichte ihr Mobiltelefon erneut dem Polizisten.

Kurz darauf bestätigte Olivia dies: „Lopez glaubt, dass es kein Unfall war. Mit dem Verbrechen möchte er sich nicht festlegen, aber offenbar hat sich Phillis ein paar Tage vorher an ihn gewandt, da sie Angst um ihr Leben hatte. Er meint, er ärgere sich, dass er sie in dem Moment nicht ernster genommen habe. Auch die Tatsache, dass er nach Pollença versetzt wurde, nachdem er dies seinem Vorgesetzten mitgeteilt hatte und Nachforschungen anstellen wollte, stützt seine These."

„Ist sein Vorgesetzter Sergio Martinez?"

„Genau der."

Langsam schloss sich für Laura der Kreis. Angenommen, der Hauptkommissar in Fingueras war auf der Seite der Hotelbetreiber, oder noch schlimmer, gehörte zu ihrem Komplott, war das Ausmaß der Bedrohung um einiges größer als bisher angenommen. Auch war Laura sofort klar, dass diese Gefahr nun ihr galt.

„Kann er sagen, wer sich dahinter verbirgt?"

„Das habe ich ihn auch schon gefragt, aber dazu kann oder wollte er sich nicht äußern."

„Okay. Dann müssen wir selber nachforschen", beschloss Laura.

„Das machen wir. Melde dich gleich, wenn du wieder hier bist."

Hierauf verabschiedete sich Laura bei dem ehemaligen Polizeibeamten von Fingueras und dankte ihm für seine Ehrlichkeit. Auf der Rückfahrt fiel es ihr schwer, sich auf die Strecke zu konzentrieren, da ihre Gedanken ständig um das kreisten, was sie gerade erfahren hatte: Phillis war nicht einer Naturkatastrophe zum Opfer gefallen, sondern vermutlich einem Verbrechen.

Das bedeutete allerdings auch, dass die Hotelbetreiber um einiges weiter gingen, als sie sich bisher hatte vorstellen können. Auch nahm sie an, dass der Kreis derer, die Interesse an der Übernahme des Hotels hatten, um einiges größer war, als sie gedacht hatte.

Laura musste von nun an jeden unter die Lupe nehmen, ob sie demjenigen trauen konnte oder nicht. Kurz kam ihr der Gedanke, dass sie all diesen Gefahren entkommen konnte, indem sie das Hotel einfach verkaufte.

Doch dazu hatte sie die Leute im Ort bereits zu lieb gewonnen. Sofort sah sie die liebenswürdige Olivia, den humorvollen Pepe und Ben vor sich. Gerade Ben hatte ihre Gefühlswelt gehörig durcheinandergebracht, wie sie mittlerweile zugeben musste.

Kapitel 29

Im Hotel eilte Laura sogleich zu Olivia, die sie im Speisesaal vorfand. Die beiden umarmten sich kurz und setzten sich an den Tisch, an dem sie schon so viele Dinge besprochen hatten.

„Es sind keine Gäste mehr hier, oder?"

„Nein, vorhin sind die Letzten abgereist. Uns kann niemand zuhören", bestätigte Olivia, die wusste, dass es Laura darum ging. Was sie zu bereden hatten, war nur für ihre Ohren bestimmt. Den beiden war klar, dass sie niemandem trauen konnten.

„Ich kann nicht fassen, was Lopez Garcia da gerade gesagt hat", kam Olivia gleich auf das Wesentliche.

„Ich habe es auch noch nicht ganz verarbeitet. Wenn seine Vermutungen stimmen, wurde meine Tante möglicherweise umgebracht", ausgesprochen hörte es sich noch schlimmer an, als nur in Gedanken.

„Wir müssen die Schuldigen finden, zumindest müssen wir der Sache auf den Grund gehen, um Klarheit zu bekommen", meinte Olivia, die verzweifelt wirkte.

„Vielleicht können wir die Sanitäter ausfindig machen, die damals vor Ort waren", kam es Laura in den Sinn.

„Das ist eine gute Idee."

„An die Polizei vor Ort werde ich mich aber nicht nochmal wenden. Dieser Sergio Martinez hat mich überhaupt nicht ernst genommen. Ihm traue ich nicht über den Weg. Die Frage ist, wem wir überhaupt noch trauen können? Meinst du, wir können uns Pepe anvertrauen oder lieber nicht?", überlegte Laura laut.

„Pepe auf jeden Fall!"

„Warum bist du dir da so sicher?"

Kurz zögerte Olivia, bevor sie weitersprach. Laura konnte ihr ansehen, dass sie sich nicht sicher war, ob sie dies preisgeben sollte.

„Die beiden waren ein Paar."

„Was? Im Ernst?" Laura wusste nicht, warum sie dies so überraschte.

„Also nicht offiziell, zumindest bis vor ein paar Wochen nicht, aber ich glaube, die beiden hatten schon länger eine Liebesbeziehung."

„Bist du dir da sicher?"

„Ja, oft genug habe ich Pepe frühmorgens im Haus gesehen, obwohl er etwas außerhalb von Fingueras wohnt. Er muss also hier übernachtet haben. In den letzten Wochen machten die beiden keinen Hehl mehr daraus, dass sie ziemlich verliebt waren. Bis vor einem Jahr war Pepe sogar noch verheiratet. Er hat seine Frau für Phillis verlassen, wobei er mir mal gesagt hat, dass die Ehe schon lange hinüber gewesen sei. Für Pepe tut mir der Verlust besonders leid. Ich glaube, er hat Phillis sehr geliebt."

„Der arme Pepe ..." Laura dachte daran, dass man den Menschen nie ansehen konnte, was ihre wahren Gefühle waren. Niemals hätte sie Pepe zugetraut, dass er eine Affäre mit Phillis hatte, seine Frau betrogen und sich dann von ihr getrennt hatte. Er wirkte, als könne er kein Wässerchen trüben. Wie, um dies zu beweisen, erschien er in dem Moment im Garten, um die Pflanzen zu wässern.

So viel zum Wässerchen trüben, dachte Laura und beobachtete ihn. Pepe schien ihre Blicke zu spüren, schaute zu ihr hinüber und lüftete seinen Sonnenhut zur Begrüßung. Sie sah ihn nun mit ganz anderen Augen, doch sie glaubte, nachvollziehen zu können, was Phillis an ihm gefunden hatte. Die beiden verband die Liebe zur Natur, außerdem war Pepe stets gut gelaunt und hatte Humor.

„Sollen wir ihn einweihen?", unterbrach Olivia ihre Gedanken.

„Noch nicht ..."

Laura wollte sich erst einen Überblick verschaffen, wem sie vertrauen konnten.

„Auf wen von den Angestellten können wir uns sonst noch verlassen?"

Olivia musste kurz überlegen, bevor sie antwortete: „Das hört sich jetzt vermutlich etwas komisch an, aber vorerst würde ich niemandem sonst trauen."

„Okay. Wie sieht es mit Ben aus?", wollte Laura als Nächstes wissen und hoffte inständig, dass auch Olivia ihn im Kreis der Vertrauten sah.

„Für Ben würde ich meine Hand ins Feuer legen", entschied sie zum Glück, was Laura erleichtert aufatmen ließ.

„Du kannst natürlich auch deine Mutter einweihen."

„Lieber nicht, sie macht sich immer so furchtbare Sorgen um mich und die Kinder."

„Ist das begründet?"

„Nein, eigentlich nicht. Seitdem ich damals von Phillis hier aufgenommen wurde, ist sie furchtbar ängstlich. Das war eine schwierige Zeit, die Spuren bei ihr hinterlassen hat. Mehr als bei mir. Die ersten Monate waren nicht einfach, da mein Ex nicht akzeptieren wollte, dass ich andere Wege ging. Leider hat er von jeher keine Worte, sondern nur Gewalt angewendet. Aber lass uns über etwas anderes reden ..."

Laura merkte, dass das Thema Olivia nach wie vor emotional mitnahm, daher kam sie schnell auf etwas anderes zu sprechen: „Übrigens sind wir heute Abend bei Ben zum Essen eingeladen. Habe ich dir das schon erzählt?"

„Oh, wie nett, das passt gut, da wir momentan keine Gäste haben."

„Du sollst auch deine Familie mitbringen. Um 18 Uhr hat er einen Tisch für uns reserviert. Aber was wir gerade besprechen, behalten wir lieber erst mal für uns."

„Selbstverständlich. Wobei es nicht schlecht wäre, die Männer einzuweihen, denn wer weiß, mit wem wir es da aufnehmen."

„Ja, das machen wir sobald wie möglich. Da gibt es noch etwas, das ich mit dir besprechen möchte. Du kennst die Leute hier im Ort. Wen hättest du im Verdacht, so etwas Grausames zu tun?"

„Ich glaube, es sind mehrere Personen, die involviert sind. Da ist einmal die Geschäftsleitung des Interhotels, die aus drei Managern besteht, die wir näher unter die Lupe nehmen sollten", begann Olivia, während Laura sich Notizen machte.

„Hatte Phillis sonst noch irgendwelche Feinde?"

„Feinde nicht direkt. Ich glaube, hier geht es eher um den Profit. Vermutlich wollten sie sie einfach loswerden, um endlich an das Hotel zu kommen."

„Was heißen würde, dass nun ich in der Schusslinie bin."

Hierauf blickten sich die Frauen kurz an. Beide wussten, was dies bedeutete.

„Noch einmal werden sie das bestimmt nicht machen", meinte Olivia, um sie zu beruhigen, wobei ihr Gesichtsausdruck etwas ganz anderes verriet.

„Na gut, ich werde erstmal die Geschäftsleitung des Interhotels genauer betrachten und in Phillis' Wohnung nach Hinweisen suchen."

„Ich überlege auch nochmal, ob mir noch etwas einfällt ..."

Viel weiter hatte sie diese Besprechung zwar nicht gebracht, aber Laura war doch ein wenig schlauer. Immerhin gab es einige Personen, denen sie vertrauen konnte.

In der Wohnung ihrer Tante machte sie sich erst einmal daran, alle Schubladen zu durchforsten. Etwas, das ihr vorher gänzlich widerstrebt hatte, musste sie nun tun, um irgendwelche Indizien zu finden.

Es war schwierig, etwas aufzuspüren, wenn man gar nicht genau wusste, wonach man suchte. Auf mehr Beweismittel als die Briefe würde sie wohl kaum stoßen.

Laura durchkämmte eine gute Stunde beide Zimmer ihrer Tante. Sie schaute in alle Schränke und in die Kommode, fand jedoch keinerlei Hinweise auf ein Verbrechen. Überhaupt war die Wohnung sehr gut sortiert und aufgeräumt, nicht so eine Zettelwirtschaft wie bei ihr zu Hause. Im Schreibtisch ihrer Tante entdeckte sie ein paar Fotos, die Pepe und Phillis glücklich auf verschiedenen Ausflügen zeigten. Auf den Bildern war unverkennbar, dass die beiden ein Paar waren. Sie hielten sich im Arm und lächelten zufrieden in die Kamera. Man sah ihnen an, dass sie sich liebten. Laura legte die Bilder beiseite und beschloss, sie Pepe zu geben. Sicherlich würde er sich über dieses Andenken freuen.

Mit einem Mal verspürte Laura eine bleierne Müdigkeit und beschloss, sich ein wenig auszuruhen, bevor sie sich fertig machen und zu Ben gehen wollte. Sonst würde sie vermutlich in seinem Restaurant einschlafen. All die Informationen hatten sie geradezu erschlagen.

Kapitel 30

Laura genoss den Abend im *La Paella*. Ben war der perfekte Gastgeber und verwöhnte sie geradezu. Für Luna und Juan hatte er sich eine kleine Überraschung überlegt, die von den Kindern mit Begeisterung aufgenommen wurde. Überhaupt war das Restaurant sehr kinderfreundlich, wie Laura feststellte. Es gab ein bemalbares Tischset mit Bildern für jüngere und Rätseln für ältere Kinder und eine gemütliche Spielecke. Das *La Paella* war definitiv ein Familienrestaurant mit einem schönen Ambiente und noch besserem Essen.

Zu Beginn hatte Ben Laura die Restaurantküche gezeigt, in der die Paella über einem offenen Feuer zubereitet wurde. Eifrig erklärte er ihr, dass der Begriff „Paella" sogar aus dem Katalanischen stammte und seinen Ursprung im Lateinischen hatte. Das lateinische Wort

„Patella" bedeutete eine Art große Platte oder flache Schüssel aus Metall.

Nach einer leckeren Vorspeise aus verschiedenen Tapas servierte Ben höchstpersönlich den Hauptgang. Er hatte eine Paella für sie zubereitet, deren Anblick bereits ein Augenschmaus war. In einer riesigen gusseisernen Pfanne stellte er diese auf den Tisch und ließ sich von den Gästen die Teller reichen, um jedem gekonnt eine Portion anzurichten.

Das Reisgericht roch köstlich nach mediterranen Gewürzen, aber auch nach einer Menge Knoblauch, was Laura gerne mochte. An frischer Petersilie hatte Ben auch nicht gespart.

Lachend deutete Olivia auf Lauras Portion, auf der zwei Garnelen so aussahen, als würden ihre Fühler ein Herz formen.

„Das hat er absichtlich für dich gemacht", flüsterte sie ihr zu.

„Olivia!", zischte Laura etwas peinlich berührt. Es war ihr unangenehm, dass Olivia sie darauf ansprach. Sie konnte nicht sagen, warum sie sich benahm wie ein verliebter Teenager. Vermutlich störte es sie, dass ihre Gefühle zu Ben so offensichtlich waren. Denn dass sie etwas für ihn empfand, konnte sie nicht mehr leugnen. Offen hätte sie dies jedoch niemals zugegeben.

Nun wurde auch noch Ben darauf aufmerksam und blickte interessiert auf ihren Teller und sagte lachend: „Ich koche immer mit Herz!"

„Siehst du, reiner Zufall!", raunte Laura Olivia zu, die sich immer noch darüber zu amüsieren schien. Immerhin waren sie kurz abgelenkt von den heutigen Ereignissen. So schön der Abend auch war, fiel es Laura schwer, nicht dauernd daran zu denken, was sie heute erfahren hatte: Die furchtbare Vermutung, dass Phillis eventuell einem Verbrechen zum Opfer gefallen war.

Ständig überlegte sie, wann der geeignete Zeitpunkt wäre, um Ben einzuweihen. Natürlich nicht jetzt bei einem vollbesetzten Restaurant in seiner Hauptarbeitszeit. Vielleicht sollte sie ihm am nächsten Morgen einen Besuch abstatten, um ihm die Neuigkeiten zu berichten? Ja, so wollte sie es machen.

Niemals hätte Laura gedacht, dass die Situation sich so zuspitzen würde, dass sie kaum jemandem mehr vertrauen konnte. Auch ihre Eltern konnte sie nicht einweihen, da diese nicht einmal wussten, dass sie gerade auf Mallorca war.

Tatsächlich fühlte sie sich ein wenig alleingelassen, obwohl sie in geselliger Runde die beste Paella aß, die sie jemals gegessen hatte.

Dieses Gefühl wurde nicht besser, als sie sich später wieder in ihrem Hotel befand. Mittlerweile hatte sie sich daran gewöhnt, dass stets Gäste anwesend waren, und fand den Umstand, nun wieder völlig alleine hier zu sein, alles andere als angenehm.

Immer wieder redete sie sich ein, sie sei sicher in ihren eigenen vier Wänden. Mehrmals hatte sie kontrolliert, dass alle Türen gut verschlossen waren. Lediglich ihre Gedanken spielten ihr einen Streich und jagten ihr unentwegt Angst ein.

Doch dann geschah wirklich etwas: Gerade als sie aus der Dusche kam, hörte sie von unten ein lautes klirrendes Geräusch. Rasch wickelte sie sich ein Handtuch um und lauschte, woher das Klirren kam. In dem Moment vernahm sie es erneut. Diesmal war es noch lauter.

Es hörte sich an, als würde jemand auf der Terrasse Geschirr zerschlagen oder, noch schlimmer, eine Scheibe einschlagen.

Mit zitternden Händen nahm sie ihr Handy und wählte Bens Nummer. Sie zitterte so sehr, dass sie die Tasten kaum traf. Ein Stein fiel ihr vom Herzen, als Ben gleich dranging.

„Hier ist jemand im Hotel!", rief sie ihm panisch entgegen.

„Was ist passiert, Laura?"

„Ich bin alleine im Hotel und von unten kommen Geräusche, als würde jemand eine Scheibe einschlagen.

Kannst du bitte schnell herkommen? Ich habe furchtbare Angst."

„Ich bin gleich da! Bleib, wo du bist!"

Während sie sich im Bad einschloss, wurde sie fast wahnsinnig vor Angst. Mittlerweile zitterte sie am ganzen Körper. Sie zählte die Sekunden, bis zu Bens Ankunft und hätte vor Erleichterung losheulen können, als sie ihn unten an die Eingangstür klopfen hörte.

Ohne zu zögern, trat sie auf den Balkon und warf ihm die Schlüssel hinunter. Niemals hätte sie gewagt, die Treppen nach unten zu gehen, um dem Übeltäter direkt in die Arme zu laufen. Auch um Ben machte sie sich Sorgen, dass er nicht niedergeschlagen würde oder Ähnliches.

Gefühlte Minuten später klopfte Ben an ihre Wohnungstür. Erleichtert öffnete sie ihm und hätte ihn am liebsten dankbar umarmt. Allerdings wurde ihr in dem Moment bewusst, dass sie nur mit einem Handtuch umwickelt war, das sofort zu Boden gefallen wäre. Vor lauter Aufregung hatte sie gar nicht daran gedacht, sich schnell etwas überzuziehen.

„Das ist aber ein nettes Outfit zur Begrüßung", scherzte Ben neckisch und schloss die Tür hinter sich, die Laura sofort wieder abschloss.

„Sorry, ich kam gerade aus der Dusche." Laura verschwand ins Bad, um sich ihr Kleid noch einmal überzuwerfen.

„Vorher hast du mir besser gefallen", flachste Ben, als sie wieder erschien.

„Mir ist wirklich nicht zum Scherzen zumute", gab Laura etwas pampig zurück, was sie gar nicht so meinte, doch es nervte sie, dass Ben die Situation überhaupt nicht ernst zu nehmen schien.

„Ich bin mir sicher, dass da unten jemand ist. Außerdem glauben Olivia und ich, dass meine Tante einem Verbrechen zum Opfer gefallen ist!"

Sie musste ihm einfach die Wahrheit vor die Füße knallen, damit er sie ernst nahm.

„Im Ernst? Erzähl mal ..."

„Können wir vielleicht erst schauen, ob sich ein Einbrecher im Haus befindet?"

„Gut, machen wir", antwortete Ben und hatte bereits die Tür geöffnet.

„Moment. Willst du dich nicht bewaffnen?", hielt Laura ihn zurück.

„Womit denn?", wollte er wissen und blickte sich im Zimmer um.

„Hier. Nimm das!" Laura gab ihm eine Schere, die sie im Bad gefunden hatte. Ihr war klar, dass er diese nur nahm, um ihr einen Gefallen zu tun. Als Waffe war sie völlig untauglich.

Langsam gingen sie die Treppe hinab und lauschten angestrengt, doch mittlerweile war nichts mehr zu hören.

„Ich habe zweimal ein Scheppern gehört, als würde jemand eine Fensterscheibe einschlagen."
Nach und nach betätigte Ben, der vorausging, die Lichtschalter. Mit ihm an ihrer Seite fühlte sich Laura um einiges sicherer, auch wenn er vermutlich gegen die Einbrecher, sollten es mehrere sein, nicht viel ausrichten konnte.
Gerade betraten sie den Speisesaal, in dem Laura das zerbrochene Fenster vermutete. Zumindest war das Geräusch aus dieser Richtung gekommen. Hastig blickte sie sich um, konnte jedoch nichts an Zerstörung erkennen.
Furchtlos öffnete Ben die Glastür, die auf die Terrasse führte, trat hinaus und inspizierte die Lage.
„Ich glaube, ich habe des Rätsels Lösung", rief er ihr zu.
„Wirklich?" Gespannt folgte Laura ihm.
Auf der Außenterrasse angekommen, sah sie Ben vor einem Haufen Scherben stehen, die er bereits anfing, wegzuräumen.
„Die Blumentöpfe?", staunte Laura und trat näher.
Zwischen den Stühlen und Sonnenliegen hatte Tante Phillis einige dekorative Blumenkübel verteilt. Die meisten davon standen auf kleinen Beistelltischchen. Wie es aussah, war ein solcher Tisch, auf dem drei oder vier Blumentöpfe gestanden hatten, umgefallen. Das erklärte zwar den Lärm, allerdings nicht, wie es geschehen war.

„Wie konnte das passieren?", fragte Laura und blickte sich um.

„Keine Ahnung. Windig ist es nicht."

Das stimmte. Der Wind konnte keinesfalls die Ursache dafür sein.

„Vielleicht die Katzen?", mutmaßte Ben, wobei Laura merkte, dass er ihr mit dieser Vermutung die Angst nehmen wollte, wirklich daran glauben tat er nicht.

„Oder es war ein Eindringling, wie zum Beispiel der Mann in Schwarz, den ich schon ein paarmal gesehen habe."

Ohne zu antworten, blickte Ben sich weiter auf der Terrasse um. Wenn man ehrlich war, stand der umgefallene Tisch direkt vor dem Zugang zur Terrassentür. Sollte jemand versucht haben, ins Haus zu gelangen und im Dunkeln die Blumen nicht gesehen haben, wäre es genau zu diesem Missgeschick gekommen.

„Ich muss zugeben, dass es nicht so aussieht, als wären es die Katzen gewesen. Überhaupt sind Katzen nicht so ungeschickt, einen ganzen Tisch umzuwerfen", gab Ben zu bedenken.

Laura fröstelte. Die Vorstellung, dass jemand versucht hatte, ins Haus zu gelangen, versetzte sie in noch größere Furcht, als zuvor.

„Können wir wieder reingehen?", fragte sie daher, da sie vermutete, der Eindringling könnte sich noch in der Nähe aufhalten.

„Klar. Ich wollte die Scherben allerdings noch wegräumen ..."

„Das mache ich morgen." Laura wollte keine Minute länger hier draußen stehen.

Als Ben sie anblickte und sah, wie sie schaudernd die Arme vor der Brust verschränkte und sich angsterfüllt umsah, ging er auf sie zu und legte schützend seinen Arm um ihre Schultern.

„Komm, gehen wir schnell wieder rein."

Innen stellte Laura sicher, dass er die Tür gut verschloss. Gemeinsam gingen sie wieder in das obere Stockwerk. Es war völlig klar, dass Ben sie hierher begleitete. Unklar war allerdings, wie es nun weitergehen sollte.

„Sind denn Gäste im Haus?", wollte er wissen, nachdem Laura ihre Wohnungstür zweimal abgeschlossen hatte.

„Leider nicht. Das ist es ja."

„Möchtest du, dass ich heute Nacht hierbleibe?"

Unter anderen Umständen hätte dies ein äußerst romantischer Augenblick sein können, doch im Moment war es leider nur die Frage eines besorgten Freundes. Und, obwohl sich Laura sicher war, mehr für Ben zu empfinden als nur Freundschaft, hatte sie gerade auch keine romantischen Absichten, als sie antwortete: „Das wäre lieb."

„Gut, dann mache ich es mir hier auf dem Sofa im Wohnzimmer bequem."

Laura hatte das Gefühl, dass seine anschließende Umarmung ein wenig länger dauerte, als vonnöten war. Zumindest tat es gut, in dieser Nacht nicht alleine zu sein!

Kapitel 31

Als Laura am nächsten Morgen durch ein Geräusch im Nebenzimmer geweckt wurde, fuhr sie erschrocken hoch. Es dauerte eine Weile, bis sie sich orientiert hatte. Sie musste tief und fest geschlafen haben. Erst als Ben an ihre Tür klopfte, erinnerte sie sich, was in der letzten Nacht geschehen war.

„Komm rein!", rief sie, während sie sich die Bettdecke etwas beschämt bis unter das Kinn zog. Es war komisch, Ben in aller Frühe in ihrem Schlafzimmer stehen zu haben.

„Wie geht es dir?", fragte er und kam näher.

„Ganz gut, solange ich nicht daran denke, was ich gestern alles erfahren habe."

„Es tut mir leid, dass dir dein Erbe so viele Probleme bereitet. Bitte sag mir, wenn ich dir helfen kann."

Während er dies sagte, hatte er sich auf die Bettkante gesetzt und nach ihrer Hand gegriffen. Seine Berührung löste geradezu ein Gefühlsfeuerwerk in ihr aus.
Mein Gott, wie gut er aussieht und jetzt ist er auch noch so nett zu mir, dachte sie, während sie sich noch einmal bedankte.
„Lass uns etwas frühstücken", schlug er vor und verließ das Zimmer wieder, damit Laura sich anziehen konnte. Eilig ging Laura ins Bad und überprüfte ihr Aussehen im Spiegel. Sie war überrascht, dass sie nicht völlig übermüdet aussah. Schnell trug sie etwas Rouge und Lipgloss auf, mehr nicht. Zum einen hatte sie keine Zeit für eine große Schminkaktion, zum anderen wusste sie, dass Ben auf natürliche Frauen stand. Zu Ben passte keine aufgetakelte Frau.
Als Laura hierauf noch einmal ihr Spiegelbild betrachtete, gefiel ihr, was sie sah. Die mallorquinische Sonne hatte ihre Haut mehrfach geküsst und sie mit Sommersprossen übersäht. Allerdings fiel ihr auf, dass sie vor allem Ben gefallen wollte. Daher freute sie sich, als er ihre Aufmachung mit „du siehst ganz bezaubernd aus" kommentierte.
Als die beiden die Treppe hinabgingen, wusste Laura, dass Olivia bereits in der Küche war. Sie roch ihren köstlichen frischgebrühten Kaffee, bei dem ihr immer noch nicht klar war, warum er so viel besser schmeckte, als der von ihr zubereitete.

Zugegeben fühlte sie sich wieder wie ein verliebter Teenager, der etwas angestellt hatte, als sie mit Ben in die Küche trat. Doch Olivia reagierte großartig.

„Da seid ihr ja!", begrüßte sie sie, als hätte sie gewusst, dass Ben da war.

„Das Frühstück für euch steht im Speisesaal bereit!"

Als Ben, der offensichtlich Hunger hatte, vorausging, fragte Laura sie flüsternd: „Woher wusstest du, dass er hier ist?"

„Sein Wagen steht doch vor der Tür", antwortete Olivia trocken und war so nett, keine weiteren Fragen zu stellen.

Beim Frühstück erklärte Ben Olivia dann, warum er hier war und die Nacht bei Laura verbracht hatte. Für Lauras Geschmack betonte er ein paar Mal zu oft, dass er nur zu ihrem Schutz hier übernachtet hatte.

Vermutlich musste Laura sich einfach mit dem Gedanken abfinden, dass sie nur Freunde waren.

Nachdem sie erzählt hatten, was in der vorherigen Nacht geschehen war, inspizierte auch Olivia die zerbrochenen Blumentöpfe auf der Terrasse. Auch sie war sich sicher, dass dies nicht die Katzen gewesen sein konnten.

„Das ist wirklich unheimlich", bestätigte sie Lauras Sorge vom vorherigen Abend, wofür Laura ihr dankbar war, damit sie sich nicht völlig hysterisch vorkam.

Nachdem die drei sich an den liebevoll gedeckten Tisch gesetzt hatten, kamen sie gleich auf das Thema zu sprechen.

„Ich habe Ben eingeweiht", erklärte Laura.

„Das habe ich mir gedacht. Das ist gut so."

„Wer weiß noch davon?", erkundigte sich Ben.

„Bisher nur wir drei, aber wir möchten es Pepe noch erzählen", antwortete Laura, „ich finde es bedenklich, dass der Polizist, der der Sache nachgehen wollte, nach Pollença versetzt wurde."

„Das ist wirklich mehr als sonderbar. Lopez Garcia hat immer fantastische Arbeit hier im Ort geleistet. Jeder mochte ihn, er war stets hilfsbereit und zuvorkommend", bestätigte Ben.

„Der hiesige Polizeidirektor Sergio Martinez hat sich äußerst komisch mir gegenüber verhalten, ihm traue ich leider nicht über den Weg und würde ihn auch nicht für weitere Nachforschungen beauftragen. Wir müssen einen anderen Weg finden", meinte Laura, was die beiden mit einem Kopfnicken bestätigten.

Als Ben auf seine Uhr blickte, rief er erschrocken: „Ich wusste nicht, dass es so spät ist. Ich muss los, mein Getränkelieferant steht bestimmt schon vor der Tür."

„Dann mach dich schnell auf die Socken. Wir sprechen ein anderes Mal weiter." Laura überlegte kurz, ob sie aufstehen und ihm einen Abschiedskuss geben sollte, doch Ben hatte sich bereits umgedreht und lief Richtung Ausgang. Sollte sie ihn jemals küssen wollen, musste sie wohl etwas schneller sein.

Eine Weile schwiegen die beiden Frauen und aßen Olivias selbst gebackenes Olivenbrot mit Serranoschinken.

„Was soll ich denn nur machen?", fragte Laura etwas verzweifelt.

„Mit Ben oder der Polizei?", wollte Olivia wissen und schien dies nicht einmal im Scherz zu meinen.

„Mit beidem", antwortete Laura und nun mussten die beiden doch lachen.

„Wegen Ben kann ich dir nur sagen, dass ich ihn bereits eine Weile kenne und finde, dass er durchaus Interesse an dir zeigt, sich aber selbst dagegen sträubt."

„Meinst du? Warum hat er eigentlich keine Beziehung?"

„Bis vor gut einem Jahr hatte er eine Freundin, die er dann allerdings in flagranti mit seinem besten Freund erwischt hat. Da kannst du dir vorstellen, wie es nun in Sachen Liebe um ihn steht."

„Der Arme …" Davon konnte sie selbst ein Lied singen. Eine Weile schwiegen die beiden und hingen ihren Gedanken nach.

„Vielleicht können wir uns an die Polizei in Santanyí wenden", kam Olivia wieder auf das eigentliche Thema zu sprechen.

„Ja, das könnten wir probieren. Außerdem sollten wir Lopez Garcia nochmal anrufen und fragen, ob er uns die Namen der Sanitäter am Einsatzort nennen kann."

„Das ist ein guter Plan", stimmte Olivia zu, „ich werde morgen beim Polizeirevier in Santanyí anrufen, denn an einem Sonntag werden wir dort wohl kaum jemanden erreichen, der uns weiterhelfen kann."

„Lass uns gleich Herrn Garcia anrufen. Das Telefonat müsste ich mit dir zusammen führen, da er ja kaum Deutsch oder Englisch spricht. Die Zeit, um noch einmal nach Pollença zu fahren, habe ich leider nicht. In ein paar Stunden muss ich schon wieder zum Flughafen."

„Pepe kann dich hinbringen, das habe ich gestern mit ihm besprochen."

„Das ist lieb von dir. Dann werde ich ihm auf der Fahrt erzählen, was wir bisher herausgefunden haben."

„Wir werden denen schon das Handwerk legen!", erklärte Olivia hierauf heroisch.

„Auf jeden Fall", stimmte Laura zu und beide hoben ihre Kaffeetassen, um anzustoßen.

Kapitel 32

Als in dem Moment die Türklingel ertönte, blickten sich beide erschrocken an.
„Von nun an rechnen wir nur noch mit dem Schlimmsten", scherzte Laura, während sie sich auf dem Weg zur Rezeption machte.
Bereits von Weitem erkannte sie, dass es wieder Hotelgäste hierher verschlagen hatte. Da Laura keinen Grund sah, das Hotel weiterhin geschlossen zu halten, öffnete sie dem Ehepaar, das sich mit dem Namen Arbens vorstellte, die Tür. Tatsächlich freute sich Laura darüber, Gäste begrüßen zu können, und hieß diese herzlich willkommen.
Mit ihren Mitarbeitern konnten sie vier bis sechs Zimmer belegen. Laura hatte das Gefühl, dass es Olivia kaum erwarten konnte, bis das Hotel wieder auf Hochtouren

lief. Doch noch mussten sie sich etwas zurückhalten, und sollten nur so viele Hotelgäste aufnehmen, wie sie es bewerkstelligen konnten.

„Es tut uns so leid, was geschehen ist", sagte die Frau, nachdem sie die Formalitäten geklärt hatten.

„Wir waren seinerzeit anwesend, als es geschehen ist. So furchtbar war das alles."

Diese Aussage ließ Laura aufhorchen. Vielleicht konnten die beiden ihr weitere Details nennen.

„Ach, das ist ja interessant. Ich versuche gerade, den Hergang des tragischen Tages nachzuvollziehen. Hätten Sie vielleicht später Zeit, sich bei einem Kaffee mit mir darüber zu unterhalten?"

„Aber gerne doch!"

Laura hatte beschlossen, jedem kleinsten Hinweis nachzugehen, und verabredete sich mit den Gästen um 15 Uhr im Restaurant. In der Zwischenzeit wollte sie ihre Sachen packen, einige Telefonate tätigen und die weitere Vorgehensweise planen.

Nachdem Laura und Olivia das Ehepaar Arbens zu ihrem Zimmer im ersten Stock begleitet hatten, begaben sie sich in Phillis' Wohnung, um in Ruhe telefonieren zu können.

„Hoffentlich geht er dran", flüsterte Laura, während sie die Nummer des Polizisten in Pollença wählte. Olivia nickte ihr aufmunternd zu. Sie hielt sich bereit, um alles zu übersetzen.

„Hallo, Herr Garcia, hier ist noch einmal Laura Lichter. Ich hätte noch ein paar Fragen. Ich gebe Sie an Frau Sanchez weiter, die für mich übersetzt."

„Herr Garcia, haben Sie kurz Zeit?", schaltete sich nun Olivia in das Gespräch ein.

„Wenn es schnell geht ...", erwiderte dieser knapp, wobei er sich nicht unfreundlich anhörte, nur etwas genervt vielleicht. Beide Frauen spürten, dass er mit dem Thema nichts mehr zu tun haben wollte.

„Herr Garcia, ich habe mich gerade länger mit Laura über die Vorkommnisse unterhalten und wir glauben beide, dass Phillis Lichter einem Verbrechen zum Opfer fiel. Können Sie mir etwas zu den Sanitätern sagen, die an dem Tag vor Ort waren?"

„Leider nicht viel", antwortete dieser, worauf eine so lange Pause entstand, dass sie bereits dachten, dies wäre alles, was er zu sagen hatte.

„Ich weiß nur, dass es ewig dauerte, bis diese vor Ort waren, wobei man bei solch einer Situation oft ein verzerrtes Zeitgefühl hat, aber es waren tatsächlich vierzig Minuten, bis sie eintrafen."

„Das ist wirklich lang. Dabei haben sie doch nur eine relativ kurze Strecke gehabt."

„Ja, das war das Eine, was mich verwundert hat. Das Andere war, dass die Rettungskräfte nicht aus dem Ort kamen, bei denen ich angerufen hatte, sondern aus Santanyí."

„Wissen Sie, warum?", flüsterte Laura, nachdem Olivia es übersetzt hatte.

„Man teilte mir mit, die Rettungskräfte in Fingueras seien voll ausgelastet, was mich damals schon verwunderte."

„Das ist wirklich komisch."

„Ja, wie so einiges. Aber, Frau Sanchez, nehmen Sie es mir bitte nicht übel, wenn ich nicht viel mehr zu der Sache sagen möchte. Ich bin froh, dass ich hier meine Ruhe gefunden und mit meiner Familie meinen Frieden habe."

„Das verstehe ich. Vielen Dank für Ihre Hilfe, Herr Garcia", bedankte sich Olivia und beendete das Gespräch.

„Was er gesagt hat, erinnert mich verdammt an die Worte meiner Tante in ihrem Brief an mich. Es hört sich so an, als habe man ihn unter Druck gesetzt, keine weiteren Nachforschungen anzustellen."

„Da könntest du recht haben."

Den Gedanken, dass sogar ein Polizeibeamter Angst vor den Machenschaften der Hotelbesitzer hatte, verdrängte Laura sogleich wieder. Solange sie nachts nicht alleine in dem Hotel war, konnte sie ihre Sorgen verdrängen. Außerdem musste sie nun jede Minute nutzen, um sich Klarheit zu verschaffen.

Leider ergab das Gespräch mit den Hotelgästen, die am Unglückstag anwesend gewesen waren, keine neuen Erkenntnisse. Diese bestätigten nur, dass furchtbares Wetter geherrscht hatte und sie das Hotel tagelang nicht hatten verlassen können. Der Hangrutsch an besagtem Tag war nicht zu überhören gewesen.

„Wie ein Urknall", fand der Mann.

„Ein unbeschreiblich lautes Tosen", beschrieb seine Frau den Sturm. Dass Phillis bei dem Unwetter etwas zugestoßen war, hatten die beiden erst am nächsten Tag erfahren. Wie alle Stammgäste war auch das Ehepaar Arbens sehr nett und Laura verquatschte sich ein wenig. Erschrocken bemerkte sie, dass sie in einer halben Stunde zum Flughafen aufbrechen musste.

„Wir sind so froh, dass Sie das Hotel weiterführen. Es ist wirklich ein Ort, an dem man mal richtig abschalten kann", sagte Frau Arbens zum Abschied und umarmte Laura.

Etwas überrumpelt von diesem Gefühlsausbruch, schwieg Laura zu dem Thema. Warum sollte sie das Ehepaar Arbens auch verunsichern, indem sie ihnen die Wahrheit sagte? Sollte das Hotel schließen, würden sie es früh genug mitbekommen. Außerdem hatte sie keine Zeit für lange Erklärungen.

Obwohl sie in Eile war, musste sie sich von ihrer geliebten Bucht verabschieden. Kurz darauf ging sie noch einmal den schmalen Pfad zum Meer hinab. Auf halber Strecke blieb sie stehen, um die Aussicht zu genießen. Das war alles, was sie wollte. Viel zu wenig Zeit hatte sie bei diesem Aufenthalt für die Natur und die Schönheit dieser Insel verwendet.

Sie nahm sich vor, dies beim nächsten Mal mehr zu genießen, egal, wie viel los sein sollte. Ben machte es genau richtig mit seiner morgendlichen Schwimmrunde.

Sollte sie jemals hier leben, würde sie sich eine ähnliche Routine überlegen, vielleicht frühmorgens Yoga am Strand? Obwohl sie wusste, dass sie bald wieder hier sein würde, fiel ihr der Abschied schwer.

Etwas gehetzt schmiss sie ihre Sachen in den Koffer und war froh, in vier Tagen wieder hier zu sein. Es gab so viel zu klären. Sie hatte bei Weitem nicht alles geschafft, was sie sich vorgenommen hatte.

Als sie mit ihrem Gepäck vor das Hotel trat, wartete Pepe bereits vor dem Wagen von Phillis auf sie. Zuvorkommend lud er ihre Sachen ein. Gerade als sie losfahren wollten, kam Olivia auf sie zugelaufen, um sich zu verabschieden.

„Ich habe Pepe bereits eingeweiht", erklärte sie, „ich dachte, ihm alles auf Spanisch zu erklären, ist einfacher."

„Da hast du recht. Vielen Dank!"

Laura war froh, Pepe nun nicht mit Händen und Füßen den Sachverhalt schildern zu müssen. Als sie den Ort verließen, blickte sich Laura noch einmal genau um. So sehr sie dieses Plätzchen Erde auch mochte, gab es ihr viele Rätsel auf.

Insgeheim hielt sie Ausschau nach dem Mann in Schwarz, den sie bei diesem Aufenthalt gar nicht gesehen, sondern vermutlich nur nachts gehört hatte. Laura war sich sicher, dass es sich bei den umgefallenen Blumentöpfen nicht um irgendeinen Einbrecher gehandelt hatte, sondern dass ihr Beobachter wieder auf der Lauer gelegen hatte. Den Gedanken, was dieser vorhatte, wollte sie gar nicht zu Ende spinnen. Insgeheim vermutete sie, dass er etwas mit dem Tod von Phillis Tod tun hatte.

Nun würde sie zunächst in ihre heile, aber so langweilige Welt zurückkehren. Zum Glück nur für ein paar Tage.

Kapitel 33

Die nächsten Arbeitstage in ihrem neuen Job waren keinen Deut besser als die ersten beiden Wochen. Nach wie vor sollte sie lediglich Daten analysieren, was an Stumpfsinnigkeit kaum zu überbieten war. Den Rest ihrer Arbeitszeit verbrachte sie damit, den studentischen Hilfskräften jeden Handgriff zu erklären.
Vor allem merkte Laura daran, wie ungern sie morgens aufstand, wie wenig Spaß ihr die neue Tätigkeit machte. Am Dienstagabend besuchte sie ihre Eltern, und hatte beschlossen, ihnen die halbe Wahrheit zu sagen.
„Laura, du überforderst dich doch völlig, wenn du das Hotel übernehmen würdest", mahnte ihre Mutter.
„Kind, sag uns bitte, wenn du Hilfe brauchst", bot wenigstens ihr Vater an.

Immerhin beließen sie es dabei und fingen nicht an, sie zu löchern, denn dann wäre Laura nicht sicher gewesen, ob sie ihnen nicht doch alles erzählt hätte. Ständig kreisten ihre Gedanken um das Hotel, was Tante Phillis wohl zugestoßen war und wie sie den Kriminellen das Handwerk legen konnte.

Allerdings war sie sich sicher, dass ihre Eltern darauf bestehen würden, dass sie nicht mehr dorthin flog, wenn sie erfuhren, dass Phillis einem Verbrechen zum Opfer gefallen war.

Vermutlich zu Recht, dachte sie schaudernd.

„Ich fliege Donnerstag bis Sonntag wieder hin", erzählte sie dann, um ihnen nicht erneut eine Lügengeschichte auftischen zu müssen.

„Kannst du nicht mal ein paar Bilder zeigen?", wollte ihre Mutter neugierig wissen.

„Ehrlich gesagt habe ich nur Fotos von den Katzen dort gemacht", sagte Laura und ärgerte sich selbst, dass sie noch keine Aufnahmen von dem Anwesen gemacht hatte. Es hatten ihr schlichtweg die Zeit und die Muße gefehlt.

„Das nächste Mal", versprach sie ihren Eltern.

Das frühe Aufstehen, der Job, die Recherchen zum Hotel ließen ihr kaum Luft zum Atmen.

An diesem Abend beschloss sie, noch die Besitzer des *Interhotels* zu googeln, da sie auch dafür vor Ort keine Zeit gehabt hatte. Schnell fand sie auf der Website des Hotels die gesuchten Informationen. Das Interhotel schien eine Kette zu sein, die auf der Insel noch zwei weitere Hotels hatte. Alle drei waren ähnlich hässliche Bausünden.

Wie Olivia gesagt hatte, bestand das Management des *Interhotels* aus drei Männern. Zwei davon schienen vom Namen her Brüder zu sein. Pablo und Manolo Cortez, der Dritte hieß Raul Castro. Fast zwei Stunden verbrachte sie vor ihrem Laptop, um weitere Details über die Männer zu erfahren. Bilder zu den gesuchten Personen hatte sie schnell gefunden, da sogar auf der Internetseite des Hotels welche waren. Ansonsten waren die drei Manager wenig in den sozialen Medien unterwegs. Sie entdeckte keinen von ihnen auf Instagram, Facebook oder ähnlichen Plattformen. Somit musste sich Laura mit diesen Informationen zufriedengeben.

Auch recherchierte sie den Polizeibeamten von Fingueras Sergio Martinez, dem sie nicht ganz über den Weg traute, fand jedoch über ihn auch keine wichtigen Informationen, außer dass er einmal an einem Paella-Wettbewerb teilgenommen hatte. Dies brachte sie auf die Idee, auch Ben zu googeln. Auf der Internetseite des Restaurants sah sie einige Bilder von ihm, unter anderem eins mit seinen Eltern. Lange betrachtete sie die Fotos und musste wieder feststellen, dass sie vielmehr für ihn empfand, als ihr lieb war.

Als in dem Moment ihr Handy klingelte, zuckte Laura erschrocken zusammen. Fast fühlte sie sich ein wenig dabei ertappt, Ben so lange ausspioniert zu haben.

„Hallo, hier ist Alex", vernahm sie die Stimme ihres Exfreundes.

„Was willst du denn schon wieder?"

„Schon wieder? Mein letzter Anruf ist doch über eine Woche her. Ich wollte nur fragen, ob du mittlerweile meine Hilfe benötigst."

„Ehrlich gesagt, nein. Oder sagen wir es mal so, ich weiß es immer noch nicht."

Nach ihrem letzten Telefonat hatte Laura länger darüber nachgedacht, ob sie die Hilfe von Alex nicht doch annehmen sollte. Tatsächlich könnte er ihr mit seinem Fachwissen an der einen oder anderen Stelle weiterhelfen. Daher hatte sie beschlossen, dies nicht kategorisch abzulehnen.

„Wovon hängt es denn ab?"

„Na, ob ich das Testament annehme oder nicht."

„Und wovon hängt das ab?"

Kurz überlegte Laura, wie viel sie preisgeben wollte.

„Das sind einige Faktoren, wie zum Beispiel, was die Renovierungsarbeiten kosten würden, ob ich mir zutraue, ein Hotel zu führen, ob ich dies überhaupt will, und vieles mehr."

Intuitiv berichtete Laura nicht von den Unstimmigkeiten mit den Hotelbesitzern des *Interhotels*. Sie wusste nicht, ob er dies dann vielleicht brühwarm ihren Eltern erzählen würde. Noch mehr Komplikationen konnte sie im Moment einfach nicht gebrauchen. Es war ein komisches Gefühl, ihren Ex als Verbündeten ihrer Eltern zu sehen. Gruselig, wie Laura fand.

„Gut, aber bitte melde dich, wenn du Hilfe brauchst", sagte Alex eindringlich.

Laura musste zugeben, dass es ihr ein wenig zusetzte, die ihr so vertraute Stimme zu hören.

„Wie geht es dir sonst?", wollte er dann auch noch besonders fürsorglich wissen. Seine warme Stimme weckte schöne Erinnerungen in ihr. Obwohl sie sich innerlich sträubte, dies zuzulassen, tat es gut, mit ihm zu reden und zu wissen, dass er ihr helfen würde.

„Es könnte schlechter sein ...", erwiderte Laura kurz angebunden.

„Aber auch besser?", hakte er nach.

Er kannte sie einfach zu gut.

„Ich melde mich, wenn ich Hilfe brauche", behauptete Laura, ohne auf die letzte Frage einzugehen.

„Okay ... und Laura ... ich würde mich freuen, wenn wir uns nochmal treffen könnten, um über uns zu reden."

„Ich habe gerade ziemlich viel um die Ohren", schmetterte Laura sein Anliegen ab. Für Laura war es noch zu früh für solch ein Treffen. Sie hatte die Trennung von Alex immer noch nicht ganz verkraftet, wie sie gerade bei diesem Telefonat erneut feststellen musste.

„Du fehlst mir, Laura!", gestand Alex fast flehend. Seine Worte verursachten ein komisches Gefühl in der Magengegend. Mit Händen und Füßen sträubte sie sich dagegen, noch irgendetwas für Alex zu empfinden. Es irritierte sie, dass er sie mit einem Anruf so aus der Fassung bringen konnte. Ein wenig ärgerte sie sich darüber.

„Du mir aber nicht!", sagte sie daher und beendete das Gespräch.

Natürlich hatten ihre Worte das völlige Gegenteil ausgedrückt. Erneut hatte es ihr gezeigt, dass seine Anrufe sie alles andere als kalt ließen. Sie verfluchte ihre Mutter, dass sie ihr Alex wieder auf den Hals gehetzt hatte. Sie war bereits auf einem so guten Weg gewesen und hatte kaum noch oder zumindest viel weniger an ihn gedacht.

Zum Glück hatte sie gerade genug Ablenkung mit dem Erbe von Phillis. Sie konnte es kaum erwarten, Donnerstag wieder vor Ort zu sein, um einiges zu klären. Wie es der Zufall wollte, erreichte sie in dem Moment eine Textnachricht von Olivia, die ihr mitteilte, dass sie einige Anfragen über das lange Wochenende hatten. Im

Grunde konnten sie sich glücklich schätzen, dass das Hotel ohne jede Werbung lief. Die Gäste kamen einfach zu gerne in das gemütliche Anwesen an der besonderen Bucht, um die Seele baumeln zu lassen.

Kurzerhand schrieb sie Olivia zurück, dass sie gerne so viele Gäste aufnehmen könnte, wie sie sich und Pepe zutraute. Laura hatte weder einen Überblick, wer von den ehemaligen Angestellten momentan aushelfen konnte, noch, wie viel Vorrat an Essen Olivia besorgen musste. Wieder einmal fiel Laura auf, dass sie reichlich wenig Ahnung von der Hotelbranche hatte. Sie musste noch einiges lernen.

In einer weiteren Textnachricht wollte sie von Olivia wissen, ob diese bereits mit der Polizei in Santanyí gesprochen hatte. Kurz darauf rief ihre Freundin sie an.

„Nachdem man mich zuerst immer vertröstet hatte, konnte ich heute endlich mit dem Polizeichef von Santanyí reden", begann sie zu erzählen. „Der hatte allerdings auch nichts Besseres zu tun, als mich wieder abzuwimmeln. Er meinte, dass ausschließlich die örtliche Polizei etwas damit zu tun habe. Mir ist schleierhaft, ob er nur zu faul war, sich der Sache anzunehmen, oder mehr weiß, dies aber nicht preisgeben will."

„Das ist ja wieder komisch. An wen können wir uns denn dann bei der Polizei wenden?"

„Nur an Sergio Martinez und sein Team, meinte er. Aber die haben den Fall ja bereits abgeschlossen."

„Wie ärgerlich! Konntest du herausfinden, wer die Sanitäter waren, die damals zu Lopez Garcia an den Unfallort kamen?"

„Diesbezüglich hat er mir versprochen, er würde sich darum kümmern und sich wieder bei mir melden."

„Meinst du, das macht er?"

„Ehrlich gesagt, glaube ich es nicht."

„Ich danke dir, Olivia. Mal sehen, was ich in den nächsten Tagen herausfinden kann."

Es war wirklich frustrierend, denn so wie es aussah, befanden sie sich in einer Sackgasse. Keiner wollte oder konnte ihnen helfen, aber alleine kamen sie auch nicht weiter.

Kapitel 34

Die Zeit bis zu ihrem Abflug zog sich ewig. Laura hatte das Gefühl, dass diese halbe Arbeitswoche länger war, als die beiden Wochen zuvor. Gerne wäre sie schon Mittwochabend geflogen, doch vor dem Feiertag waren alle Flüge seit Langem ausgebucht. Somit saß sie erst Donnerstag in aller Frühe im Flieger.

Freitag hatte sie sich frei genommen, obwohl dies in der Probezeit eigentlich nicht erlaubt oder „nicht empfohlen" war, wie es in ihrem Arbeitsvertrag stand. Doch Laura musste noch nicht einmal lügen und erklärte ihrem Chef, ihre Großtante auf Mallorca sei gestorben und sie als einzige Verwandte müsse einiges Organisatorisches klären. Dass sie ein riesiges Anwesen geerbt hatte, behielt sie allerdings für sich.

Das konnte sie ihm immer noch mitteilen, wenn sie sich entschieden hatte, das Hotel zu übernehmen und ihm die Kündigung auf den Tisch knallen würde. Insgeheim fand sie dies eine ganz entzückende Vorstellung. Obwohl ihr Vorgesetzter durchaus nett reagiert hatte, als er von ihren Plänen hörte.

„Mein herzliches Beileid. Das verstehe ich natürlich. Grüßen Sie das schöne Mallorca von mir!", hatte er zum Abschied gesagt.

Diesmal hatte Laura beschlossen, das Shuttleunternehmen von Mario zu nutzen, den sie an dem Abend in ihrem Hotel auch kennengelernt hatte. Die Abfahrtszeit des Shuttles passte perfekt und Laura wollte nicht wieder, dass sich jemand den Umstand machte, sie abzuholen. Immerhin war es eine einstündige Fahrt, sogar etwas länger.

In dem Shuttlebus befanden sich außer ihr sechs weitere Passagiere, die mit dem frühen Flieger angekommen waren. Direkt vor ihr saßen zwei ältere Damen, die sich sichtlich auf ihren Urlaub freuten. Beide waren elegant gekleidet und sahen eher aus, als würden sie zu einem Empfang als an den Strand gehen wollen.

„Meinst du, unser Hotel ist so wie früher?", hörte sie die Dame, die am Fenster saß und einen schicken Sonnenhut trug, fragen.

„Äußerlich bestimmt, aber ob man sich noch so wohlfühlt wie früher, ist die große Frage."
Laura horchte auf. Bereits nach diesem kurzen Wortwechsel war sie sich sicher, dass die beiden Frauen über ihr Hotel sprachen. Ihr kleines Hotel am Meer.
Gespannt lauschte sie weiter.
„Es ist ja so furchtbar, was der Besitzerin passiert ist. Ich kann es immer noch nicht glauben."
Nun war klar, dass sie über Phillis sprachen.
Kurz überlegte Laura, ob sie sich zu erkennen geben sollte. Sie spürte deutlich, dass sie sich immer noch nicht richtig als die Besitzerin des Hotels ansah. Andererseits wäre es komisch gewesen, wenn sie mit ihnen aussteigen würde, um sich anschließend hinter die Rezeption zu stellen und kein Wort gesagt zu haben.
„Ich kann Ihnen versichern, dass alles so ist wie früher", erklärte sie daher zwischen den beiden Sitzlehnen hindurch, worauf die Frauen sie verwundert anblickten.
„Waren Sie denn schon da, seitdem es passiert ist? Ich habe gehört, dass sie gerade erst wieder aufgemacht haben. Angeblich soll eine Verwandte der Besitzerin das Hotel weiterführen."
„Da sind Sie gut informiert. Diese Verwandte bin ich!"
„Ach, das ist ja nett." Man sah den beiden an, dass sie sich freuten, Laura kennenzulernen. Die Frauen

bekundeten noch einmal ihr Beileid und fingen an, von dem kleinen Hotel am Meer zu schwärmen.

„Wir haben uns dort immer wie zu Hause gefühlt. Phillis hatte wirklich ein gutes Händchen für ihre Gäste."

„Alles ist dort noch so ursprünglich, es ist definitiv eine der schönsten Buchten auf Mallorca", waren nur einige Dinge, die sie von sich gaben.

Zu dem unbehaglichen Gefühl, nicht zu wissen, ob sie das Anwesen überhaupt übernehmen würde, mischte sich ein anderes. Es war die Befürchtung, den Ansprüchen der Gäste nicht gerecht zu werden, weil sie das Metier einfach nicht so gut kannte wie Phillis.

Wie auch? Sie hatte es ja nie gelernt?

Phillis auch nicht, hörte sie im Geiste das Engelchen zu sich sprechen.

Nimm die Kohle und mach die Biege, entgegnete das Teufelchen.

In dem Moment merkte Laura, wie erschöpft sie war. In der vergangenen Nacht hatte sie kaum geschlafen. Daher versuchte sie, wenigstens die letzten dreißig Minuten der Fahrt ein wenig Schlaf zu finden.

Als Mario sie direkt vor dem Hotel ablieferte, wollte Laura ihm ein Trinkgeld geben, was dieser jedoch ablehnte.

„Schon gut, Chefin", bedankte er sich und lächelte ihr zu. In dem Moment wurde Laura bewusst, wie viel anspruchsvoller und aufregender ihre Aufgabe in dem Hotel war. Tatsächlich wäre sie die Vorgesetzte von einigen Leuten. Doch noch viel wichtiger war es, dass sie mit ihrem Entschluss, das Hotel weiterzuführen, die einzigartige Bucht Cala Fingueras retten könnte.

Während Mario ihr Gepäck aus dem Transporter lud, beobachtete Laura, wie Olivia die beiden Damen in Empfang nahm. Herzlich umarmten sie sich, da sie sich offensichtlich schon länger kannten.

Als Laura die beiden später bei einer Tasse Kaffee auf der Terrasse traf, meinte eine von ihnen glücklich: „Sie hatten recht. Es ist tatsächlich genauso schön wie früher hier!"

Zwar hatten Laura und Olivia noch nicht die Zeit gefunden, sich hinzusetzen, um die nächsten Tage zu besprechen, aber bereits am Telefon hatten sie beschlossen, als Nächstes die Sanitäter ausfindig zu machen.

Wenn sie mehr als eine Aussage zu der Situation vor Ort und dem Tathergang hatten, konnten sie damit eventuell wirklich zur Polizei gehen. Blieb nur die Frage, an welche Polizei sie sich wenden konnten.

Kapitel 35

Bis in die Mittagsstunden fand Laura keine Minute, um sich auch nur kurz auszuruhen. An diesem Tag sollte der Pool fertiggestellt werden. Außerdem hatte Laura einen Termin mit dem Architekten und mehreren Handwerkern, die den Fertigbau des zweiten Gästehauses planen wollten.
Natürlich hatte Laura alle Termine vorher mit Olivia abgestimmt, wurde sich allerdings erst jetzt darüber bewusst, dass sie beim nächsten Mal ihren Terminkalender etwas entzerren sollte.
„Es muss sehr stressig für dich sein mit deinem neuen Job in Deutschland und den ganzen Problemen hier mit dem Hotel", meinte Olivia, als Laura zwischen den Terminen kurz Zeit fand, einen Kaffee zu trinken. Oft kam es ihr so vor, als könne Olivia ihre Gedanken lesen.

„Da hast du recht. Wenn ich nur wüsste, wie lange das noch so weitergeht."

Immerhin fiel die Besichtigung des Gästehauses mit dem Architekten durchaus positiv aus. Tatsächlich war das Meiste bereits fertiggestellt und kein zu großer Kostenaufwand mehr nötig, um die ersten Hotelgäste willkommen heißen zu können.

Wie Laura vermutet hatte, war es wohl eher der zusätzliche Arbeitsaufwand, der Phillis davon abgehalten hatte, das Haus zu vollenden, als die Kosten.

Laura konnte spüren, dass dem Architekten daran gelegen war, sein Projekt zu beenden. Ein paar Mal zu oft behauptete er, Phillis hätte für dies oder jenes bereits gezahlt, zu anderen Baumaßnahmen nannte er erstaunlich niedrige Preise.

Gerade, als Laura sich im Garten von den Männern verabschieden wollte, sah sie Olivia auf die Terrasse treten und ihr hektisch zuwinken. Laura wusste, dass Olivia sie bei dieser wichtigen Besprechung nicht wegen irgendeiner Banalität stören würde, und eilte augenblicklich zu ihr.

„Da möchte dich jemand dringend sprechen", erklärte sie aufgeregt.

Laura versuchte, Olivias Gesichtsausdruck zu deuten, denn obwohl es sehr eilig schien, hatte sie ein Lächeln auf den Lippen.

„In der Lobby …", fügte sie an und folgte Laura, als diese sich mit eiligen Schritten auf den Weg machte.

Von Weitem konnte sie nicht erkennen, wer so unbedingt mit ihr reden wollte, da sich niemand an der Rezeption aufhielt. Als sie dann jedoch näher kam, hörte sie Stimmen, die ihr bekannt vorkamen. Kurz darauf blickte Laura um die Ecke und stand ihren Eltern gegenüber.

„Mama!", ihr Ausruf klang eher entsetzt als begeistert.

„Wenn du uns keine Bilder von deinem Hotel zeigst, müssen wir halt selbst herkommen, um uns ein Bild zu machen!", meinte diese lachend und kam auf Laura zu, um ihre Tochter zu umarmen.

„Ich glaube es ja nicht", rief Laura aus, die niemals damit gerechnet hätte, ihre Eltern so bald hier begrüßen zu können. Noch war sie sich nicht sicher, ob sie sich über den Überraschungsbesuch freuen sollte …

„Wie habt ihr das Hotel denn gefunden?"

„Na, so blöd sind wir nun auch wieder nicht", entgegnete ihr Vater, ohne näher darauf einzugehen.

„Ja, da hast du deine Eltern wohl unterschätzt", ließ ihre Mutter verlauten und wirkte ein wenig stolz auf ihre Aktion.

Als Laura fragend zu Olivia blickte, zuckte diese nur mit den Schultern. Also hatte sie Bescheid gewusst.

„Frau Sanchez war so nett, uns ein Zimmer zu reservieren und die Überraschung geheimzuhalten", bestätigte ihr Vater und nickte Olivia dankend zu.

Es war bestimmt nicht einfach für sie, mir nichts zu verraten, dachte Laura, der Olivia fast ein wenig leidtat. Sie beschloss, das Beste aus der Situation zu machen.

„Ja, dann heiße ich euch herzlich im kleinen Hotel am Meer willkommen", sagte Laura daher etwas aufgesetzt und machte eine einladende Bewegung Richtung Speisesaal.

Ihre Eltern rührten sich jedoch nicht, sondern blieben wie angewurzelt stehen, und zumindest ihr Vater blickte drein wie drei Tage Regenwetter.

„Kommt!", forderte sie Laura noch einmal auf und machte ihnen Zeichen, ihr zu folgen.

„Da ist noch etwas ...", raunte in dem Moment ihre Mutter und deutete zur Eingangstür.

„Überraschung!", hörte Laura in dem Augenblick eine männliche Stimme, die ihr mehr als bekannt war. Als sie Richtung Tür blickte und realisierte, wer der nächste Überraschungsgast war, zog es ihr beinahe den Boden unter den Füßen weg. Wahrhaftig hatte sie das Gefühl, ihre Umgebung würde anfangen zu schwanken, zumindest wurde ihr schwindlig, um nicht zu sagen speiübel.

Ihre Eltern hatten tatsächlich Alex mitgebracht.

Ihre Mutter wirkte über diesen Umstand überglücklich; ihr Vater schien wenigstens zu merken, dass Laura dies vielleicht nicht ganz so recht sein konnte. Als Alex mit geöffneten Armen auf sie zukam, konnte sie sich nicht mehr zurückhalten.

„Das ist nicht euer Ernst, oder?" Laura musste sich zusammenreißen, um nicht augenblicklich anzufangen zu heulen vor Verzweiflung. Und vor Wut.

„Davon wusste ich nichts", hörte sie Olivia leise hinter sich sagen, die mit der Situation etwas überfordert schien.

„Lass uns das alte Kriegsbeil doch begraben ...", säuselte Alex und hatte dieses breite Grinsen im Gesicht, das sie noch nie an ihm hatte leiden können.

„Kriegsbeil?", Lauras Stimme überschlug sich fast.

„Laura, ich bitte dich, du kannst seine Hilfe doch gebrauchen", flehte ihre Mutter.

„Das nennst du Kriegsbeil?", konnte sich Laura nicht beruhigen.

Alex war in zwei Metern Entfernung stehen geblieben. Sein Gesichtsausdruck hatte sich verändert. Er schien tatsächlich ein wenig enttäuscht zu sein. Immerhin wollte er sie nicht mehr umarmen.

Leider sah er verdammt gut aus, wie Laura ärgerlich registrierte. Er hatte sich in den letzten drei Monaten die Haare wachsen lassen und trug einen Dreitagebart, der ihm unverschämt gut stand. Auch schien er viel Zeit im

Fitnessstudio zu verbringen, seine Arme waren muskulös und seine Haut gebräunt, als wäre er schon zwei Wochen auf der Insel.

„Was willst du hier?", fauchte sie ihn an.

„Dir helfen!", gab er mit einem Hundeblick zurück.

„Du hast mir bereits geholfen, als du nicht einmal vier Tage nach unserer Trennung mit einer Neuen in die Kiste gestiegen bist. So konnte ich endlich dein wahres Gesicht erkennen! Du hattest die ganze Zeit eine Affäre mit ihr."

„Laura!", rief ihre Mutter entsetzt und hakte nach einem kurzen Augenblick nach: „Hat er das wirklich getan?"

Nun waren alle Blicke auf Alex gerichtet, was ihm augenscheinlich unangenehm war. Er war ganz blass um die Nase geworden und schien keine Antwort auf die Frage von Lauras Mutter zu haben.

„Vielleicht war es doch keine so gute Idee ...", sprach er eher zu sich selbst.

„Haben wir überhaupt noch ein Zimmer frei?", wollte Laura von Olivia wissen.

„Ja, das könnte ein Problem werden. Tatsächlich sind alle Gästezimmer momentan belegt."

„Das ist kein Problem", warf Alex ein, „so aufdringlich wollte ich gar nicht sein. Deshalb habe ich mir ein Zimmer in dem Hotel gegenüber genommen."

„Was hast du?", fauchte Laura ihn erneut an.

„Was habe ich denn nun schon wieder getan?", wollte Alex verwirrt wissen.

„Gut. Das konntest du tatsächlich nicht ahnen. Aber zwischen unserem Hotel und dem gegenüber besteht eine Erzfeindschaft."

„Gibt es denn noch ein anderes Hotel im Ort?"

„Nur eine kleine Pension, die erst im Juni aufmacht."

„Ich könnte im Nebenhaus ein Zimmer im ersten Stock fertigmachen", warf Olivia ein, um die Situation etwas zu entschärfen.

„Stimmt. Da könntest du helfen, Alex. Du kannst doch mit Werkzeug so gut umgehen", sagte Laura ironisch. Wenn Alex etwas nicht konnte, dann war es Sachen zu reparieren.

„Prima", meinte Olivia, die die Ironie in Lauras Worten nicht gehört hatte. „Es müssen lediglich noch ein paar Lampen und ein Regal angebracht werden."

„Gut. Dann sage ich das andere Hotelzimmer ab", stimmte Alex zu, der schon nicht mehr ganz so selbstbewusst wirkte wie am Anfang.

Kurz überlegte Laura, ob es ihr vielleicht von Nutzen sein könnte, wenn Alex im *Interhotel* absteigen würde. Allerdings würde er wohl kaum etwas über die Besitzer und ihre kriminellen Machenschaften erfahren. Andererseits würde er ihr dann nicht so auf der Pelle sitzen. Doch nun war es bereits zu spät und sie konnte ihr Angebot nicht mehr zurückziehen.

Nachdem Olivia und Alex verschwunden waren, blickte Laura ihre Eltern an, die endlich zu verstehen schienen, was vorgefallen war.

„Das tut mir leid. Ich hatte ja keine Ahnung, mein Schatz", entschuldigte sich ihre Mutter und ging auf sie zu, um sie in ihre Arme zu schließen. Laura war überrascht, wie gut sich diese Umarmung anfühlte. Endlich musste sie ihrer Mutter nichts mehr vormachen … nicht mehr die Starke spielen, die sie nicht war.

„Lass uns wissen, wie wir dir helfen können", fügte ihr Vater an, der sich bei der ganzen Aktion sichtlich unwohl fühlte.

„Jetzt zeige ich euch erstmal mein kleines Hotel am Meer."

Kapitel 36

„Ich habe selten so etwas Schönes gesehen", schwärmte ihre Mutter kurze Zeit später.

„Das ist wirklich ein ganz besonderes Fleckchen Erde", stimmte ihr Vater zu.

Laura hatte die beiden durch das Restaurant auf die Terrasse geführt, von wo aus sie gerade den kleinen Pfad zum Strand entlanggingen.

„Und das alles gehört nun tatsächlich dir?", wollte ihre Mutter ungläubig wissen.

„So wie es aussieht schon."

Laura musste zugeben, dass sie sich selbst auch noch nicht an den Gedanken gewöhnt hatte.

„Wirst du das Hotel denn nicht verkaufen?", sprach ihr Vater das heikle Thema an.

Kurz hielten sie inne, da in dem Moment Luna und Juan den Weg entlanggerannt kamen, um zum Strand zu gehen. In einiger Entfernung folgte Olivias Mutter, die mit verschiedenstem Strandspielzeug bewaffnet war. Da sie es eilig hatte, ihren Enkeln hinterherzukommen, fiel die Bekanntmachung mit Lauras Eltern relativ kurz aus.

„Olivias Familie wohnt auch auf dem Grundstück. Phillis hat ihr damals ein Haus bauen lassen, in dem sie seitdem lebt", erklärte Laura, während sie ihr hinterherblickten.

„Phillis muss sehr großzügig gewesen sein", meinte ihre Mutter anerkennend, worauf sie eine Weile schwiegen und versonnen auf das Meer blickten.

„Ich weiß immer noch nicht, was ich mit dem Anwesen machen soll", ging Laura auf die Frage ihres Vaters ein.

Als wolle eine höhere Gewalt ihre Zweifel bestätigen, sah sie in dem Moment den geheimnisvollen Mann in Schwarz wieder. Er stand am Ende des Strandes etwas versteckt hinter ein paar Oleanderbüschen, schien aber nicht zu ihnen hinüber zu blicken, sondern auf das Meer hinaus.

Laura beschloss, ihn zu ignorieren. Stattdessen wollte sie ihre Eltern in ein paar Probleme der Erbschaft einweihen.

„Von meinem Hotel hängt leider eine Menge ab. Wenn ich es veräußere, wird es mit großer Wahrscheinlichkeit in den Besitz des Interhotels von gegenüber geraten. Selbst wenn ich es den Inhabern nicht direkt zum Verkauf anbiete, würde es schlussendlich bei diesen landen, denn sie haben überall ihre Hände im Spiel. Die von ihnen beauftragte Immobilienfirma hat schon Tante Phillis das Leben schwergemacht."

„Aber was wäre denn so schlimm daran, wenn sie es kaufen würden?", wollte ihre Mutter unschuldig wissen.

„Das Interhotel würde dieses Anwesen so schnell wie möglich abreißen, um genauso einen Klotz wie gegenüber hinzustellen. Außerdem planen sie einen großen Parkplatz am Strand mit einer Straße und einen Anlegeplatz für gigantische Schiffe, um nur ein paar Dinge zu nennen."

„Das ist ja ungeheuerlich!", stieß ihr Vater aus.

„Viel tragischer ist allerdings, dass das Fischerdorf seinen ursprünglichen Charakter komplett verlieren würde. Mittlerweile kenne ich einige Bewohner von Fingueras, und für die meisten von ihnen wäre es eine Katastrophe, was noch gelinde ausgedrückt ist."

„Mein armes Kind. Ich wusste gar nicht, dass so viel von deiner Entscheidung abhängt."

„Was können wir tun, um dir zu helfen?", wiederholte sich ihr Vater, dem man ansah, dass er am liebsten gleich mit angepackt hätte.

„Ehrlich gesagt, ist es schon eine große Hilfe, dass ihr hier seid und mit eigenen Augen seht, was für ein schönes Fleckchen Erde ich geerbt habe. Zu wissen, dass ihr mich von nun an unterstützt, ist mehr wert, als ihr euch vorstellen könnt."

„Es tut mir leid, dass wir Alex mitgebracht haben. Kann er dir denn mit der Erbschaftssteuer helfen? Das wäre doch wenigstens etwas."

„Schauen wir mal."

Als hätte er gewusst, dass sie von ihm redeten, kam Alex in dem Moment den Pfad hinabgelaufen. Bekleidet war er nur mit einer Badehose und hatte ein Handtuch locker über eine Schulter gehängt.

„Laura, das Hotel ist der Wahnsinn. Mein Zimmer ist eine Wucht und diese Aussicht erst. Jetzt muss ich gleich mal in das kühle Nass springen."

Offensichtlich hatte Alex sich wieder gefangen und tat so, als wäre es das Normalste auf der Welt, dass er hier war.

„Lass uns später mal zusammensetzen und alles besprechen", meinte er im Vorbeigehen und gab ihr einen flüchtigen Kuss auf die Wange, den sie so schnell nicht verhindern konnte. Intuitiv wischte sie diesen ab.

„Er wird sich nie ändern", seufzte Laura, während sie ihm hinterherblickten. Es war offensichtlich, dass es Alex gut in den Kram passen würde, wieder mit Laura anzubändeln, die gerade dieses traumhafte Anwesen geerbt hatte.

„Möchtet ihr euer Zimmer sehen?", wollte sie von ihren Eltern wissen. Sie hatte keine Lust mehr, sich über Alex aufzuregen.

„Nichts lieber als das!", erwiderte ihre Mutter, „die Reise war doch etwas anstrengend nach diesem plötzlichen Aufbruch."

„Wann habt ihr denn beschlossen, herzukommen?"

„Gestern Abend. Dein Vater ließ sich nicht davon abhalten, Tickets zu buchen. Glaub mir, so schnell habe ich noch nie die Koffer gepackt ... Vermutlich habe ich die Hälfte vergessen."

„Das kenne ich!", bestätigte Laura und beide mussten lachen. Es fühlte sich gut an, nach langer Zeit wieder auf einer Wellenlänge mit ihrer Mutter zu sein.

Gemeinsam gingen sie zurück ins Hotel und begaben sich in den ersten Stock. Olivia hatte für die beiden eines von Lauras persönlichen Lieblingszimmern fertiggemacht. Gästezimmer Nummer zwei, das ganz in Türkistönen gehalten war. Zum Glück hatten sie überhaupt noch ein Zimmer frei gehabt, sonst hätte Laura ihnen selbstverständlich ihr Schlafzimmer überlassen und sie hätte im Wohnzimmer übernachtet, wie Ben.

Wenn sie an ihn dachte, versetzte es ihr einen kleinen Stich ins Herz. Leider war zu offensichtlich, dass er nur eine Freundschaft mit ihr wollte und nicht mehr.

„Ist das schön hier!", schwärmte ihre Mutter, die die Balkontür geöffnet hatte und auf die Meeresbucht hinabblickte.

„Wirklich unbeschreiblich", bestätigte ihr Vater und legte einen Arm um seine Frau.

„Dann ruht euch doch erstmal ein bisschen aus und ich zeige euch heute Nachmittag die Stadt", entschied Laura, der eingefallen war, was sie an diesem Tag noch alles erledigen musste.

„Das hört sich gut an!"

Es war schön, ihre Eltern so glücklich zu sehen.

Kapitel 37

Laura musste unbedingt die liegengebliebene Arbeit an der Rezeption erledigen. Sie war froh, Olivia in der Nähe zu wissen, da sie meist einige Fragen hatte. Mit Buchhaltung hatte sie in ihrem Leben noch nie etwas zu tun gehabt und wusste jetzt schon, dass dies nicht ihre Lieblingsbeschäftigung werden würde, sollte sie das Hotel übernehmen.

Mit den neun gebuchten Zimmern, plus den beiden für ihre Eltern und Alex, gab es einiges zu tun.

Ein wenig konnte Laura den Entschluss von Phillis verstehen, das Hotel nicht ganz auslasten zu wollen. Auch konnte sie nachvollziehen, dass ihre Tante keine neuen Mitarbeiter mehr hatte einstellen wollen, da sie kaum jemandem mehr hatte trauen können. Um das Hotel voll auszulasten, wären definitiv noch ein paar Mitarbeiter vonnöten.

Gerade war sie mit der Getränkebestellung beschäftigt, als sie aus dem Augenwinkel Alex auf sie zusteuern sah. Dieser schien geradewegs vom Schwimmen zu kommen und hatte sich nicht die Mühe gemacht, etwas überzuziehen.

Bei dem Body kann er sich das leider auch erlauben, dachte Laura grimmig, während sie vermied, in seine Richtung zu blicken. Sie wollte ihn nicht die Bestätigung geben, er war schon eingebildet genug. Auch ein Charakterzug, der ihr vorher nie an ihm aufgefallen war.

„Guten Tag, die Dame. Dürfte ich Sie etwas fragen?", wollte er von ihr wissen, wobei man ihm anhören konnte, wie unwiderstehlich er sich selbst fand.

Laura konnte nicht genau sagen, was es war, doch lediglich seine Anwesenheit reichte, um sie auf die Palme zu bringen.

„Soll das sowas wie ein sexy Rollenspiel werden?", pflaumte sie ihn daher an.

„Mann, Laura, du bist aber aggressiv ...", kam es unschuldig von ihm zurück.

„Ach ja, findest du?", tatsächlich hörte sie sich aufgebrachter an, als sie eigentlich war.

„Ja. Lass uns das Kriegsbeil doch begraben."

„Du immer mit diesem bekloppten Kriegsbeil! Es gibt nichts, das wir begraben können, außer unserer Freundschaft vielleicht."

In dem Moment, als Alex darauf etwas antworten wollte, klingelte das Telefon. Laura musste sich zusammenreißen, nicht völlig entnervt den Hörer abzunehmen und die Gäste zu vergraulen.

Es meldete sich eine Stimme, die sie schon öfter gehört hatte und die ihr Herz kurz aussetzen ließ.

„Hier ist Arturo von Immo Mallorquina. Sie hatten mir doch versprochen, dass wir uns demnächst einmal treffen können. Ich bin gerade in der Nähe, wenn es Ihnen zeitlich passen würde."

Laura war wie vor den Kopf gestoßen. Das hatte ihr noch gefehlt, diesen Idioten an der Strippe zu haben, den sie für den Tod ihrer Tante mitverantwortlich machte.

Ohne groß darüber nachzudenken, hatte sie den Lautsprecher angeschaltet, und Alex hatte die letzten Worte mitgehört. Während er sie fragend anblickte, machte sie ihm Zeichen, dass sie den Anrufer auf gar keinen Fall treffen wollte.

Kurzerhand streckte Alex die Hand aus, woraufhin Laura ihm intuitiv den Telefonhörer gab.

„Wie kann ich Ihnen weiterhelfen?", wollte er von Arturo mit einer äußerst dominanten Stimme wissen.

„Mit wem spreche ich?", meinte dieser im Gegenzug und klang nicht minder resolut.

„Mit dem Anwalt von Frau Lichter!", behauptete Alex.

Augenblicklich hielt Laura die Luft an.

Zugegeben fand sie gar nicht schlecht, wie Alex sich gab. Es war nur die Frage, ob Arturo sich davon einschüchtern ließ. Gespannt kam sie hinter der Rezeption hervor und stellte sich direkt neben Alex, um jedes Wort verstehen zu können.

„Was ist Ihr Anliegen?", setzte Alex nach und zwinkerte ihr zu, während er dies sagte.

„Ich möchte mich gerne mit Frau Lichter treffen, um einige Dinge zu besprechen."

„Ich kann Ihnen hiermit mit aller Deutlichkeit erklären, dass Frau Lichter an einem Verkauf des Hotels nicht interessiert ist. Ich möchte, dass Sie sie nicht mehr durch Anrufe belästigen, sonst werden rechtliche Schritte folgen."

Während Laura ihm einen Brief entgegenhielt und den Kopf schüttelte, fügte er noch an: „Auch möchte Frau Lichter keine weiteren Schreiben von Ihnen erhalten."

Als Laura ihm ein Daumenhochzeichen machte, sagte Alex knapp: „Auf Wiederhören" und beendete das Gespräch.

„Die Verabschiedung war nicht ganz korrekt." Laura lächelte.

„Wie meinst du das?"
„Na, wir wollen ihn doch gerade nicht wieder hören."
„Stimmt", bestätigte er und musste schmunzeln. Zugegeben hatte Laura sein Lächeln immer geliebt.
Sie konnte nicht sagen, ob es die Erleichterung über das Abwimmeln von Arturo war oder alte Gefühle in ihr hochkamen, als sie Alex plötzlich umarmte. Zugegeben tat es gut, seine starken Arme an ihrem Körper zu spüren. Laura schloss die Augen und genoss den Augenblick. Einen Moment lang fühlte sie sich sicher und geborgen.
Als sie die Augen wieder öffnete, konnte sie kaum glauben, was sie erblickte. Es war Ben, der direkt auf sie zukam. Kurz hielt er inne, schien zu überlegen, was er tun sollte, und ging dann weiter. Wie es aussah, kam er aus der Küche. Vermutlich hatte er Olivia wieder etwas vom Fischmarkt vorbeigebracht.
Es dauerte ein paar Sekunden, bis Laura realisierte, in welch komischer Situation Ben sie vorfand. Erschrocken ließ sie von Alex ab. Dieser hatte Ben noch nicht gesehen und fragte sie verwirrt: „Was ist denn, meine Schöne?"
„Ich möchte das nicht!", antwortete Laura eher an Ben als an Alex gewandt.
„Laura! Ich liebe dich immer noch. Du weißt doch, dass wir füreinander bestimmt sind!"

Gerade, als er dies sagte, ging Ben direkt hinter ihm vorbei. Wenn er nicht über Nacht taub geworden war, musste er jedes Wort glasklar verstanden haben.

Am liebsten hätte Laura Ben zugerufen: „Es ist nicht so, wie du denkst!", hielt sich aber zurück, da dies vermutlich noch seltsamer rübergekommen wäre.

Im Grunde war sie Ben keinerlei Rechenschaft schuldig, aber es tat ihr in der Seele weh, dass er sie in dieser Situation erlebt hatte, die man kaum anders deuten konnte. Tatsächlich fühlte sie sich ein wenig ertappt.

Mittlerweile hatte Alex wieder von ihr abgelassen und blickte in die Richtung von Ben, der inzwischen an der Eingangstür war. Ohne sich noch einmal umzudrehen, ging er hinaus und setzte sich in seinen Wagen.

Als Laura verzweifelt „Ben!" hinter ihm herrief, drehte er sich nicht einmal um.

„Wer war das denn? Ein Angestellter von dir? Der sollte aber besser auf seine Chefin hören ...", scherzte Alex völlig unpassend, wie Laura fand.

Diesmal war es Laura, die sich abrupt abwendete und, ohne ein weiteres Wort zu sagen, davonlief.

„Gerne geschehen!", rief ihr Alex schnippisch hinterher, doch auch Laura drehte sich nicht um.

In ihrer Wohnung angekommen, ließ sie sich rücklings aufs Bett fallen.

Das hatte ihr gerade noch gefehlt zu all dem Ärger, den sie sowieso schon hatte! Trotz der Wut oder eher Verzweiflung in ihrem Bauch war sie kurz darauf erschöpft eingeschlafen.

Kapitel 38

Ein Klopfen an der Tür weckte sie. Gleich darauf hörte sie die Stimme ihrer Mutter: „Laura, Schätzchen? Du wolltest uns doch heute Nachmittag die Stadt zeigen."
Erschrocken fuhr Laura hoch und blickte auf die Uhr. Sie musste tief und fest geschlafen haben, denn es war bereits 17.30 Uhr.
„Kommt rein, die Tür ist offen!", forderte sie ihre Eltern auf, die kurz darauf in ihrem Schlafzimmer standen.
„Das ist aber eine hübsche Wohnung", fand ihre Mutter, was ihr Vater mit einem anerkennenden Nicken bestätigte.
„Schaut euch nur um. Ich mache mich schnell fertig."
Laura verschwand im Bad.
In Windeseile kämmte sie sich die Haare, legte etwas Make-up auf und zog ein frisches Kleid über, das sie

kürzlich mit ihrer Mutter zusammen gekauft hatte. Es war aus dunkelblauem Stoff mit weißen Punkten und im Retrostil der sechziger Jahre geschnitten.

„Das Kleid steht dir hervorragend, meine Süße!", lobte ihre Mutter, als sie aus dem Badezimmer kam.

Irgendwie hatte Laura das Gefühl, dass ihre Mutter etwas gutmachen wollte, sei es ihre negative Einstellung Tante Phillis gegenüber, das Mitbringen von Alex oder dass sie in letzter Zeit so oft aneinandergeraten waren.

Tatsächlich hatte Laura die letzten Monate über öfter das Gefühl gehabt, ihre Mutter würde ihr die Trennung von Alex übelnehmen. Für sie war er der perfekte Vorzeige-Schwiegersohn gewesen. Nicht zum ersten Mal musste Laura feststellen, wie oberflächlich ihre Mutter manchmal war. Auf der anderen Seite war sie ein herzensguter Mensch, dem man nie lange böse sein konnte.

„Ihr seht aber auch fesch aus", bemerkte Laura, als sie ihre Eltern genauer betrachtete.

Ihr Vater trug khakifarbene Shorts und dazu ein flottes Hawaiihemd, das sie sofort an Tom Selleck erinnerte, ihre Mutter hatte ein türkisfarbenes Sommerkleid mit einem breiten weißen Gürtel gewählt.

„Passend zu unserem Zimmer", meinte sie gut gelaunt und drehte sich einmal im Kreis.

Laura musste zugeben, dass ihre Eltern definitiv jünger wirkten als Mitte sechzig. Besonders ihre Mutter sah geradezu jugendlich aus in dem flotten Kleid. Von ihr hatte Laura die Haarfarbe geerbt. Zwar hatte ihre Mutter ein helleres Rot, das fast als blond durchgehen konnte, aber dieselbe sommersprossige Haut wie sie.

„Gut, dann lasst uns Fingueras unsicher machen!", frohlockte Laura und hakte sich bei ihrer Mutter ein.

„Das kann ja nicht lange dauern. Soweit ich es gesehen habe, besteht der Ort aus einer einzigen Straße", scherzte ihr Vater.

„Aber die hat es in sich", konterte Laura verschmitzt.

„Ich hätte gerne einen passenden Hut zu diesem Kleid", überlegte ihre Mutter, was Laura einmal mehr zeigte, wie ähnlich sie sich doch waren.

„Was ist denn mit Alex?", wollte Laura wissen, als sie vor dem Hotel standen.

„Den lassen wir heute Alex sein ..."

„Du bist mir ja eine", warf ihr Vater ein, „schleppst den armen Jungen mit hierher und lässt ihn dann links liegen."

„Ich glaube, er kommt ganz gut alleine klar", behauptete ihre Mutter, an Laura gewandt meinte sie: „Du kannst mir glauben, dass ich ihn niemals hergebracht hätte, wenn ich das alles gewusst hätte."

„Ist schon gut, Mama."

Ihr Besuch in dem Fischerörtchen war kein Vergleich zu Lauras erstem Stadtbummel. Überschwänglich wurden sie von Maria, der Besitzerin des Souvenirladens, empfangen und beraten. Beim Fahrradverleih, bei dem der Elektriker Pablo aushalf, wurden ihren Eltern sogleich kostenlos zwei Fahrräder angeboten und als sie Pepe trafen, wollte dieser sie gleich zu einer Runde Sangria einladen. Mit Händen und Füßen vertrösteten sie ihn auf später. Die Unterhaltung, wenn man es überhaupt so nennen konnte, musste für einen Außenstehenden sehr lustig ausgesehen haben.

Der Empfang ihrer Eltern in Fingueras hätte nicht herzlicher sein können, wie Laura zufrieden feststellte. Wenn diese wüssten, mit welcher Eiseskälte ihre Tochter vor nicht einmal zwei Wochen empfangen worden war, hätten sie dies vermutlich nicht geglaubt.

Auch, dass einige Bewohner dieses malerischen Örtchens womöglich ein dunkles Geheimnis bargen, behielt Laura vorerst für sich.

Ihre Shoppingtour durch die kleine, aber feine Einkaufsstraße zeigte sich innerhalb kürzester Zeit als erfolgreich mit einem Sonnenhut für ihre Mutter, neuen Sonnenbrillen für alle drei und einem hübschen Strandtuch.

„Du weißt, wie viele solcher Tücher wir zu Hause im Schrank haben?"

„Ja, das weiß ich, Helmchen, aber noch keines von Mallorca."

Ihr Vater gab sich wie so oft schnell geschlagen. Fast wirkte es wie ein Zauberwort, wenn sie ihn Helmchen statt Helmut nannte, wie Laura schon oft beobachtet hatte.

Als sie sich dem *La Paella* näherten, merkte Laura, dass sie etwas nervös wurde. Wie sollte sie reagieren, wenn sie Ben begegnete?

„Das Restaurant sieht ja nett aus", fand ihre Mutter und blieb stehen, um die ausgestellte Speisekarte zu studieren. Laura tat so, als wäre sie ebenso mit Lesen beschäftigt, während sie aus dem Augenwinkel spähte, ob sie Ben irgendwo ausmachen konnte.

„Kommen Sie doch herein!", hörte sie in dem Moment eine Frauenstimme. Als Laura zum Eingang des Restaurants blickte, sah sie dort eine Frau stehen, die etwa im Alter ihrer Eltern war.

Ihr Vater war bereits automatisch der Einladung gefolgt und ging auf die Frau zu, die ihnen freundlich zulächelte. Augenblicklich erkannte Laura die Ähnlichkeit zu Ben.

„Sie müssen Laura sein!", sagte sie kurz darauf zu Laura.

„Woher wissen Sie das?"

„Es gibt nur eine junge Frau im Ort, die so schöne rote Haare hat und meinem Sohn den Kopf verdreht hat", antwortete sie lachend. Ihr Deutsch war völlig akzentfrei.

Laura spürte, wie sie rot anlief und ihre Mutter sie überrascht von der Seite anblickte. Am liebsten hätte sie gesagt, dass dies völlig neu für sie wäre, erwiderte aber nur: „Ja, ich bin Laura Lichter und das sind meine Eltern Helmut und Renate."

„Ich bin Helga oder Mama Paella", erklärte ihr Gegenüber und somit waren sie sofort per du. „Kann ich euch zu einem Getränk oder etwas zu essen einladen?"

„Warum nicht? Gerne!", strahlte ihre Mutter und blickte sich neugierig in dem Restaurant um.

„Ihr könnt gerne auf der Terrasse Platz nehmen, ich bringe euch die Karte."

Ihre Eltern entschieden sich für eine Vorspeisenplatte aus verschiedenen Tapas und eine Runde Sangria, wobei ihr Vater darauf bestand, alles zu bezahlen.

„Die geht aber auf mich!", bemerkte Helga, als sie die erste Karaffe Sangria auf den Tisch stellte. Laura fand Bens Mutter auf Anhieb sympathisch. Sie hatte eine aufgeschlossene, natürliche Art, die sie sofort liebenswert machte. Auch hätte sie nach all den Jahren auf der Insel glatt als Spanierin oder eher Mallorquinerin durchgehen können.

Ben hatte ihr erzählt, dass seine Eltern, die etwas außerhalb von Fingueras wohnten, einen Abend in der Woche im Restaurant übernahmen. Heute musste dieser Abend sein.

Irritiert stellte Laura fest, dass es sie störte, Ben nicht sehen zu können. Gerne hätte sie ihm einiges erklärt. Das musste nun wohl noch warten.

Nach ein paar Schlucken von dem köstlichen Rotweingemisch konnte sich Laura sogar ein wenig entspannen. Zum ersten Mal an diesem Tag.

„Wo ist eigentlich Ben?", getraute sie sich, nach einer Weile zu fragen.

„Er hat seinen freien Abend genutzt, um nach Pollença zu fahren", erklärte Helga gut gelaunt, ohne weiter darauf einzugehen.

Pollença? Was will er denn da? Laura wollte seine Mutter aber nicht weiter löchern, die vermutlich auch keine Ahnung hatte, was er dort vorhatte.

Natürlich dachte Laura bei Pollença augenblicklich an den versetzten Polizeibeamten Lopez Garcia, mit dem sie dort gesprochen hatte. Doch sicherlich hatte Ben andere Gründe, dorthin zu fahren.

Der Abend gestaltete sich gesellig. Bens Mutter blieb bei ihnen sitzen und erzählte von ihren Anfängen auf der Insel, was spannender war als jeder Krimi. Mehrere Male hatten sie vor dem Aus gestanden. Das Restaurant, das sie zuerst in einem anderen Ort eröffnet hatten, mussten sie sogar wieder schließen, weil schlicht und einfach keine Gäste kamen. Die Verunsicherung, die sie beschrieb, den Sprung ins kalte Wasser zu wagen, erinnerte Laura an ihre eigene momentane Situation. Auch berichtete sie von Phillis, die sie sehr ins Herz geschlossen haben musste. So wie es sich anhörte, waren die beiden gute Freundinnen gewesen.

Gerade als sie davon schwärmte, wie hingebungsvoll Phillis das Hotel restauriert hatte, gesellte sich Pepe zu ihnen, der sich freute, die nächste Runde Sangria ausgeben zu können.

Bens Vater, der an dem Abend die Küche schmiss, servierte die Tapas persönlich und setzte sich etwas später ebenfalls zu ihnen. Auch ihn fand Laura sehr sympathisch und gutaussehend, wie sie insgeheim zugeben musste. Sie konnte sich vorstellen, dass Ben in dreißig Jahren ähnlich aussehen könnte. Wenn sie nur endlich das Missverständnis aufklären könnte.

Kapitel 39

Laura genoss es, so unbeschwert mit ihren Eltern zusammensitzen zu können. Zwar hatte sie einige Dinge im Hinterkopf, über die sie ständig nachdenken musste, konnte dies aber im Augenblick recht gut verdrängen. Zumindest bis eines der Probleme direkt vor ihr auftauchte.

„Da seid ihr ja!", hörte sie Alex' Stimme, was sie sofort innerlich verkrampfen ließ. Er hatte ihr gerade noch gefehlt. Ein bisschen kam es ihr vor, als wolle er jeden schönen Augenblick zerstören.

„Ich regele das schon", flüsterte ihre Mutter ihr zu und bat Alex, sich neben sie zu setzen, wo sie ihn in Beschlag nahm. Zum Glück saßen einige Personen zwischen ihnen, sodass Laura ihren Ex mit Leichtigkeit ignorieren konnte. Sie konnte immer noch nicht fassen, dass er hier in

Fingueras mit ihr und ihren Eltern an einem Tisch saß, als wäre nichts geschehen.

Laura war überrascht, wie gesellig und spendierfreudig sich ihr Vater zeigte. Nach den Tapas bestellte er eine große Paella für alle und eine weitere Karaffe Sangria. Offensichtlich hatte er beschlossen, dass der Abend noch lange nicht vorbei war.

Als Laura aufstand, um auf die Toilette zu gehen, merkte sie, dass sie schon ein wenig beschwipst war. Kein Wunder, wenn die Sangria literweise floss. Sie hatte nicht gezählt, wie viele Gläser sie getrunken hatte, aber drei waren es mindestens gewesen. Immerhin konnte sie so ihren Kummer ein wenig wegspülen.

Als sie das Restaurant betrat, sah sie einen Grund für ihren Kummer gerade in der Küche verschwinden.

„Ben!", rief sie ihm hinterher, woraufhin dieser sich umdrehte und am Eingang zur Küche auf sie wartete. Äußerst lässig stand er da, hatte einen Arm über den Kopf gehoben und lehnte mit dem Ellenbogen am Türrahmen. In der anderen Hand hielt er eine Bierflasche. Laura merkte, wie ihr Herz schneller schlug, je näher sie ihm kam.

„Warum kommst du nicht zu uns raus?", wollte sie von ihm wissen, wobei sie glaubte, die Antwort bereits zu kennen.

„Ich wollte dich und deinen Freund nicht stören", erklärte er bissig. Auch er schien nicht nur dieses eine Bier getrunken zu haben.

„Jetzt rede keinen Blödsinn. Das ist mein Exfreund und warum meine Mutter ihn unbedingt mitbringen wollte, kann ich dir auch nicht sagen."

„Vielleicht weil ihr zusammen gehört, wie er es vorhin gesagt hat!"

„Ach, das hat er doch nur so behauptet. Er ist immer etwas dramatisch."

Laura konnte nicht verstehen, warum er so beleidigt war. Schließlich hatte er keinerlei Signale gegeben, mehr von ihr zu wollen, als nur eine Freundschaft.

„Außerdem ... Würde es dich denn stören, wenn wir wieder zusammenkämen?"

„Nein, nicht die Bohne."

„Na, dann ist doch alles bestens", sagte Laura, die bei jedem Satz einen Schritt näher auf ihn zugekommen war und mittlerweile nur noch wenige Zentimeter von ihm entfernt stand.

Sie konnte seinen Atem und seine Haut riechen, die nicht nach Aftershave, sondern Salzwasser roch. Automatisch schloss sie die Augen und sog die Luft ein. Als sie diese wieder öffnete, war sein Gesicht direkt vor dem ihren und sie blickte in seine wunderschönen zweifarbigen Augen.

„Laura, wo bleibst du denn so lange?", vernahm sie in dem Augenblick Alex' Stimme, der wie so oft einen schönen Moment ruiniert hatte.

Hatte Ben sie gerade küssen wollen?

„Ich bin gleich wieder bei euch!", rief sie Alex entgegen, um sich noch kurz ungestört mit Ben unterhalten zu können. Doch der romantische Augenblick war passé, sollte es diesen jemals gegeben haben. Fast glaubte sie, sich dies in ihrem angetrunkenen Zustand nur eingebildet zu haben.

„Was hast du denn in Pollença gemacht?", versuchte Laura, ein normales Gespräch zu beginnen.

„Das wollte ich dir erzählen", antwortete Ben. „Hast du einen Moment Zeit?"

Er schien sich wieder gefangen zu haben und die beleidigte Tour abgelegt zu haben. Leider war auch der kurze Anflug von Romantik dahin.

„Natürlich!"

Hierauf führte Ben sie in einen Hinterraum, der wohl für Privatfeiern vorgesehen war, nun aber gänzlich leer war.

„Ich bin zu Lopez Garcia gefahren, weil es mir einfach keine Ruhe lässt, was du mir erzählt hast. Ich musste wissen, ob er wirklich deswegen versetzt wurde und was an der Sache dran ist."

„Und? Was hat er gesagt?"

„Ähnlich wie bei dir wollte er nicht viel zu dem Sachverhalt sagen, hat aber wieder angedeutet, dass er glaubt, dass Phillis nicht durch den Hangrutsch, sondern danach ums Leben kam. Was ein großer Unterschied ist."
„Ungeheuerlich. Aber wer kann uns weiterhelfen?"
„Das wird schwierig", meinte Ben, der automatisch seine Stimme senkte. „Wir brauchen mehr Beweismittel."
„Und wie sollen wir die bekommen?"
„Vielleicht hiermit", er streckte ihr die Hand entgegen, die er langsam öffnete. Darin lag ein Schlüssel.
„Ich verstehe nicht ..."
„Das ist der Schlüssel zum Polizeirevier von Fingueras, den ihm niemand abgenommen hat. Wenn wir mehr Beweise wollen, müssen wir dort suchen. So hat er es wörtlich gesagt."
Laura konnte nicht fassen, was sie da hörte.
„Meinst du das ernst?"
„Natürlich!"
„Das hast du nur für mich gemacht?", wollte sie rührselig wissen.
„Na ja, nicht ganz. Ich möchte natürlich auch wissen, was in der Stadt los ist, in der ich lebe. Es wäre gut, zu erfahren, ob man von Kriminellen umgeben ist und womöglich sogar der Polizeidirektor dazugehört."

Ein einfaches Ja wäre Laura lieber gewesen, doch sie war begeistert, wie sehr sich Ben dafür einsetzte, die Wahrheit zu erfahren.

„Wann sollen wir das machen?", wollte sie von ihm wissen.

„Am besten jetzt gleich!"

„Aber wir haben doch beide etwas getrunken ...", gab Laura zu bedenken.

„Umso besser, dann ist die Hemmschwelle niedriger. Ich wäre bereit", bestätigte er und hatte wieder dieses betörende Lächeln auf den Lippen.

„Ich sage kurz meinen Eltern Bescheid, dass ich etwas für das Hotel erledigen muss, und bin gleich wieder da."

Als Laura auf die Terrasse trat, hatte Pepe seine Gitarre gezückt, und ihr Vater sang voller Hingabe eines seiner Lieblingslieder – „Country Roads". Daher ging Laura schnell zu ihrer Mutter und flüsterte ihr ins Ohr, dass sie etwas Wichtiges zu erledigen habe. Diese kommentierte dies nur mit einem Kopfnicken und schien ganz hingerissen vom Gesang ihres Ehemanns zu sein.

Zurück bei Ben schmiedeten die beiden einen Plan, wie sie vorgehen und nach was sie suchen wollten.

„Dein Kleid ist allerdings etwas auffällig, um in die Polizeistation einzubrechen", meinte Ben und musste kichern.

„Hast du etwas anderes?"

Hierauf führte Ben sie in sein Reich, das direkt über dem Restaurant lag. Wäre der Grund ein anderer gewesen, um in Bens Wohnung zu sein, hätte dies durchaus ein besonderer Moment sein können. Das Suchen nach einer Tarnung für einen Einbruch war alles andere als romantisch.

Nach kurzem Stöbern hatte Ben einen dunklen Regenmantel gefunden.

Nachdem Laura diesen übergezogen hatte und den Kragen hochschlug, mussten beide herzlich lachen. Durch den Alkohol waren sie ein wenig albern, aber vermutlich hatte Ben recht und in diesem Zustand würden sie sich mehr getrauen als nüchtern.

„Auf geht`s, Sherlock!", kommandierte Laura kichernd.

„Ich folge Ihnen, Miss Marple!"

Kapitel 40

Als sie vor dem Polizeirevier ankamen, war die Stimmung nicht mehr ganz so angeheitert wie noch ein paar Minuten zuvor.
„Wenn uns jemand erwischt?", waren Lauras Bedenken.
„Dann sagen wir, es hätte noch Licht gebrannt und die Tür sei offen gewesen oder sowas."
„Ist dir klar, dass das vielleicht knallharte Killer sind?"
„Wir werden da schon lebend wieder rauskommen", behauptete Ben selbstsicher und fügte noch an: „Vielleicht passt der Schlüssel ja auch gar nicht mehr, weil sie in den letzten Monaten das Schloss ausgetauscht haben."
Ein Gedanke, den Laura gar nicht schlecht fand. Am liebsten hätte sie einen Rückzieher gemacht.

„Bist du bereit?", versicherte sich Ben noch einmal, bevor sie die Treppe zum Polizeirevier emporstiegen. Laura nickte, obwohl sich ihre Beine anfühlten wie Wackelpudding. Sie war sich nicht sicher, ob sie Ben eine große Hilfe bei der Aktion sein würde. Sie war zu gehemmt wegen all ihrer Bedenken.

Zwar war es mittlerweile stockdunkel und die Dunkelheit bot ihnen guten Sichtschutz, doch trotzdem kam sich Laura vor wie auf dem Präsentierteller, als sie vor der Eingangstür standen. Mit flinken Bewegungen hatte Ben den Schlüssel gezückt und öffnete nur Sekunden später die Tür.

Laura hielt den Atem an, als sie das Polizeirevier betraten. Ben hatte die Tür augenblicklich wieder geschlossen und Laura stand abermals vor dem Schreibtisch, hinter dem das letzte Mal Sergio Martinez gesessen und ihr versichert hatte, dass alles mit rechten Dingen zuging.

„Wonach suchen wir?", flüsterte sie Ben zu.

„Lopez hat mir genau gesagt, wonach wir schauen müssen. In dem Schrank dahinten sind alle Ermittlungsakten, und ich muss nach Phillis' Namen suchen." Das hörte sich logisch und nicht sonderlich kompliziert an.

Vermutlich hätte Ben das auch alleine geschafft, dachte Laura, deren Nervosität sich zum Glück etwas gelegt hatte.

„Bist du bereit, Fotos zu machen?", wollte Ben von ihr wissen, während er besagten Schrank öffnete.

Laura hatte bereits ihr Handy gezückt, um die Dokumente abzufotografieren, wie sie es vorher besprochen hatten. Ben hielt in der einen Hand eine Taschenlampe, mit der anderen durchsuchte er mit flinken Bewegungen die Akten, die alphabetisch sortiert waren.

Nur Augenblicke später zog Ben einen Hängeordner heraus, der mit *Phillis Lichter* beschriftet war. In dem Ordner befanden sich lediglich ein paar Blätter. Dafür, dass dies das Beweismaterial für einen Todesfall in dem Ort sein sollte, waren es auffällig wenige Dokumente. In kürzester Zeit hatte Ben alle Blätter beleuchtet und Laura diese abfotografiert.

„Hier stehen die Namen der Sanitäter, die vor Ort waren", sagte er zu Laura und deutete auf eine Stelle auf dem Papier. Niemals hätte Laura dies gefunden.

„Lopez hat mir genau erklärt, wonach ich suchen muss", erläuterte Ben sein Wissen.

„Und er meinte, dass der Notruf im Polizeirevier nicht angenommen worden sei, weshalb der Krankenwagen aus Santanyí kommen musste. Irgendjemand wollte sichergehen, dass Phillis nicht mehr gerettet werden kann."

„Wie furchtbar ..." Laura wollte immer noch nicht wahrhaben, dass Phillis einem Verbrechen zum Opfer gefallen war. Ihr wäre lieber gewesen, dass sie überängstlich reagierte und sich all ihre Vermutungen als falsch herausstellten.

„Das war es erst mal. Wenn etwas fehlt, können wir nochmal herkommen", verkündete Ben allen Ernstes.

„Bitte nicht!" Laura war dies genug Aufregung gewesen.

Nachdem Ben die Akten wieder im Schrank verstaut hatte und sie sicher waren, alles so zu hinterlassen, wie sie es vorgefunden hatten, machten sie sich schnell aus dem Staub.

Wieder auf der Straße angekommen und in sicherer Entfernung, umarmten sich die beiden Einbrecher erleichtert.

„Ob wir damit weiterkommen?", grübelte Laura.

„Zumindest können wir nun den Sanitätern einen Besuch abstatten."

„Sollen wir das gleich morgen früh machen?"

„Oder jetzt", schlug Ben vor, „der eine von ihnen wohnt in Fingueras, wie ich auf dem Dokument gesehen habe, und es ist noch nicht zu spät."

Als Laura und Ben beim *La Paella* vorbeikamen, entdeckte ihre Mutter sie sofort und winkte ihnen zu.

„Warum trägst du denn einen Regenmantel?", wollte sie irritiert von ihrer Tochter wissen.

„Das erkläre ich dir ein anderes Mal", konnte Laura weitere Fragen abwenden, während sie den Mantel auszog und über einen Stuhl am Nachbartisch hängte.

Die Runde auf der Terrasse des *La Paellas* hatte sich um ein paar Gäste erweitert. Vorbildlich stellte sich Ben ihren Eltern vor. Laura registrierte zufrieden, dass er vor allem ihrer Mutter zu gefallen schien. Ganz verzückt blickte sie ihn an. „Ein schönes Restaurant haben Sie!"

Laura war klar, dass jeder von seinen zweifarbigen Augen fasziniert sein musste.

Mit einer kleinen Notlüge, dass sie im Hotel nach dem Rechten sehen müsse, konnte sie sich kurz darauf der geselligen Runde entziehen. Ben behauptete etwas Ähnliches und so trafen sie sich wenig später auf der Straße wieder. Der Sanitäter namens Javier, den Ben natürlich kannte, wie fast jeden Bewohner im Dorf, wohnte nur ein paar Straßen weiter.

„Sollen wir das wirklich machen?", drückte Laura erneut ihre Zweifel aus, während sie durch die etwas verschlafen wirkende Stadt gingen.

„Möchtest du die Wahrheit erfahren oder nicht?", fragte Ben, der an diesem Abend außergewöhnlich entschlossen wirkte.

Das Haus von Javier hatten sie in wenigen Minuten erreicht. Ben öffnete ohne jegliches Zögern das Gartentor. Während sie durch den Vorgarten marschierten, blickte Laura sich um. Das typisch mallorquinische Haus, das etwas in die Jahre gekommen war, schien sich im Umbau zu befinden. Zumindest stand ein Bagger im Garten und es lagen einige Holzlatten herum. Es sah so aus, als würde eine neue Terrasse gebaut.

„Interessant", murmelte Ben, während er energisch an die Haustür klopfte.

Von innen hörte man Musik und spielende Kinder. Der Mann, der kurz darauf die Tür öffnete, wirkte überrascht über den Besuch.

„Hola, Ben", grüßte er und blickte zu Laura, die Ben ihm vorstellte.

Laura ärgerte sich, dass sie nichts von dem verstand, was gesprochen wurde. Wie es aussah, hatte Ben darum gebeten, eintreten zu können, denn nach kurzem Zögern machte Javier einen Schritt zur Seite, um sie hereinzulassen. Seinem Gesichtsausdruck nach zu schließen, war ihm dies alles andere als recht.

In dem Moment erschienen seine Frau und die beiden Kinder im Vorschulalter und blickten sie neugierig an. Javiers Frau war um einiges gastfreundlicher und bot ihnen etwas zu trinken an, was Ben dankend ablehnte.

Dies war das Einzige, was Laura von der Konversation verstand.

Anscheinend hatte Ben darum gebeten, mit Javier alleine sprechen zu können, der sie darauf in die Küche bat und die Tür hinter ihnen schloss.

Laura war froh, Bens Hilfe zu haben, nicht nur, weil er fließend Katalanisch sprach. Zuerst schien er sich mit generellen Fragen an die Thematik heranzutasten, doch schon bald entstand eine hitzige Diskussion zwischen den beiden.

Immer wieder nahm Javier eine abwehrende Haltung ein, indem er beide Hände nach oben hob und anschließend etwas erklärte. Es war interessant, die ganze Unterhaltung nur anhand der Körpersprache zu deuten. Sichtbar ging Javier von einer trotzigen, fast aufmüpfigen Haltung zu einer abwehrenden und schließlich erklärenden Haltung über.

Das Gespräch dauerte etwa zehn Minuten und am Ende konnte Laura erkennen, dass Javier nichts mehr preisgeben wollte. Mehrmals schüttelte er den Kopf und verschränkte die Arme vor seinem Oberkörper wie ein dickköpfiges Kind.

Ben sah ein, dass es keinen Sinn machte, weiter zu diskutieren, und verabschiedete sich nicht gerade überschwänglich. Offensichtlich hatte ihm nicht gefallen, was er von Javier erfahren hatte.

„Was hat er gesagt?", konnte sich Laura nicht zurückhalten, nachdem sie das Haus verlassen hatten, obwohl klar war, dass Ben ihr alles gleich berichten würde.

„Es ist unfassbar, Laura", sagte Ben, als sie außer Sichtweite waren, „ich glaube, du hast mit all deinen Vermutungen recht."

„Wie meinst du das?"

„Ich bin mir sicher, dass beide Sanitäter geschmiert wurden."

„Im Ernst?"

„Ja, Javier gönnt sich seit ein paar Wochen eine Auszeit, angeblich, um sich um seine Familie zu kümmern. Auch möchte er die Zeit für den Umbau seines Hauses nutzen, wie er sagt, wobei fraglich ist, woher er das Geld dazu hat. Du hast selbst gesehen, dass es ein groß angelegter Umbau ist. Niemals hat er in seinen jungen Jahren so viel Geld als Sanitäter zur Seite gelegt, wenn du mich fragst. Doch noch auffälliger ist, was sein Kollege seit dem Tod von Phillis treibt."

„Was denn?", Laura konnte nicht fassen, was sie da zu hören bekam.

„Sein Kollege hat seinen Job als Sanitäter an den Nagel gehängt und vor drei Wochen eine Bar in Palma aufgemacht. Auch er scheint zum gleichen Zeitpunkt an viel Geld gekommen zu sein. Ein komischer Zufall, findest du nicht? Zwar bestreitet Javier, Geld angenommen zu haben, aber vermutlich hast auch du anhand seiner Körpersprache erkennen können, dass er lügt und ein schlechtes Gewissen hat."

„Das stimmt! Das war offensichtlich", pflichtete Laura ihm bei. Was Ben von Javier erfahren hatte, war ungeheuerlich.

„Hat er denn gesagt, was sich an dem Unglückstag ereignete?"

„Ja, fast auswendig gelernt wiederholte er ein paar Mal, dass er an der Stelle eintraf und nichts mehr machen konnte. Er behauptet, Phillis sei durch den Hangrutsch ums Leben gekommen."

„Und jetzt?"

„Gute Frage."

„Wer hat Phillis eigentlich geborgen?"

„Das habe ich ihn auch gefragt. Javier meinte, er, sein Kollege, Garcia und Sergio Martinez, mit dem du ja schon gesprochen hast."

„Da werden wir wohl von keinem die Wahrheit erfahren. Wie sollen wir da jemals einen Schuldigen finden?", wollte Laura frustriert wissen.

„Da muss ich erstmal drüber nachdenken", antwortete Ben ebenfalls niedergeschlagen.

Als sie wieder vor dem *La Paella* ankamen, fügte er noch an: „So viel Geld, wie die Hotelbetreiber für die

Bestechungen bereits ausgegeben haben, kann ich mir vorstellen, dass sie bald das Angebot an dich erhöhen."
Nun fasste er sie an beiden Schultern und sah ihr in die Augen, während er sagte: „Laura, mittlerweile könnte ich es fast verstehen, wenn du das Kaufangebot annimmst. Es erscheint so viel einfacher, als sich auf einen Kampf mit diesen Schwerverbrechern einzulassen. Es tut mir leid, dass du da hineingeraten bist."
„Ben, ich würde auch ein höheres Angebot nicht annehmen. Jetzt erst recht nicht, wo ich weiß, dass sie den Tod von Phillis verschuldet haben. Ich werde kämpfen, um die Wahrheit zu erfahren, und ich danke dir für deine Hilfe."
Zu gerne hätte Laura ihn zum Abschied umarmt, hielt sich jedoch zurück, da sie die Blicke ihrer Eltern auf sich gerichtet spürte. Somit beließ sie es bei einem Lächeln und gesellte sich zu der Runde.
Wenn ihre Eltern nur wüssten, was ihr auf dem Herzen lag und in dem Ort vor sich ging ...

Kapitel 41

Ben sollte recht behalten.
Am nächsten Tag lag tatsächlich wieder Post der Firma Immo Mallorquina im Briefkasten. Irritiert stellte Laura fest, dass das Schreiben über keine Briefmarke verfügte, was bedeutete, dass vermutlich Arturo den Umschlag persönlich abgegeben hatte. Ein Umstand, der ihr Gänsehaut bereitete.
Sie nahm den Brief mit in ihre Wohnung, um ihn in Ruhe zu lesen. Wie von Ben vorhergesagt, hatte die Immobilienfirma ihr Angebot fast verdoppelt. 750.000 Euro wurden ihr mittlerweile für das Anwesen geboten. Zugegeben, ein verlockender Preis, wobei Laura trotzdem keine Sekunde darüber nachdachte, das Hotel zu verkaufen. Je mehr sie über die Machenschaften der

Hotelbetreiber erfuhr, umso weniger wollte sie diesen ihr Anwesen überlassen.

Mittlerweile war ihr klar, dass diese über Leichen gehen würden, beziehungsweise dies schon getan hatten. Laura war sich sicher, dass die Führungsriege des *Interhotels* etwas mit dem Tod von Phillis Lichter zu tun hatte.

Lauras Vorsatz ging sogar noch weiter: Sie musste alles tun, um diesen Verbrechern das Handwerk zu legen. In den nächsten Tagen würde ihr zwar wenig Zeit für weitere Nachforschungen bleiben, aber bereits jetzt war ihr klar, dass sie jede freie Minute dazu nutzen musste, um den Mord an Phillis aufzuklären.

In der vergangenen Nacht hatte sie lange wach gelegen und überlegt, ob sie ihre Eltern und Alex einweihen sollte, sich jedoch dagegen entschieden. Dafür war es noch zu früh. Sie wusste noch nicht genug und hatte zu wenig Beweismittel, um ihre Vermutung zu stützen.

Außerdem hatte sie ihre Eltern gerade erst auf ihre Seite gezogen und davon überzeugt, dass es vielleicht gar keine so schlechte Idee war, das Hotel zu behalten. Würde sie ihnen nun sagen, dass Tante Phillis einem Verbrechen zum Opfer gefallen war, wären sie von der ganzen Sache sicherlich nicht mehr so begeistert.

Beim Frühstück hatte sich Laura nichts anmerken lassen. Sogar Alex gegenüber war sie einigermaßen nett gewesen. Ihren Vorschlag, sich heute Palma anzuschauen, hatten die drei mit Begeisterung angenommen und waren kurz darauf aufgebrochen. Laura brauchte etwas Zeit für sich, um nachzudenken.

Sie nahm sich einen Notizblock und setzte sich mit Olivias hausgemachter Limonade in das Restaurant, das um diese Zeit menschenleer war. Sie wollte sich einige Notizen machen und ihre Gedanken sortieren.

Tatsächlich würde sie Alex noch einmal darum bitten müssen, Arturo anzurufen, um ihm zu sagen, von jeglichen weiteren Angeboten abzulassen. Offensichtlich hatte er seine Drohung vom vorherigen Tag nicht ernst genommen, ganz im Gegenteil hatte er es wohl als Aufforderung verstanden, ein höheres Angebot zu machen.

Als Laura an ihrem Fensterplatz saß und auf das Meer hinausblickte, dachte sie einmal mehr, was für ein Glück sie hatte, dass es sie an dieses besondere Plätzchen verschlagen hatte.

Kurzerhand klappte sie das Notizheft auf, um zu notieren, welche möglichen Feinde Phillis gehabt hatte. Sie hatte darüber bereits mit Olivia gesprochen, wollte nun aber konkrete Namen notieren. Als Erstes vermerkte sie die Namen der drei Geschäftsführer des Interhotels: Pablo und Manolo Cortez und Raul Castro. Es war völlig offensichtlich, dass einer von ihnen oder sogar alle drei etwas damit zu tun hatten.

Doch wer konnte noch etwas gegen Phillis gehabt haben? *Vielleicht die Exfrau von Pepe?* kam es ihr in den Sinn. Doch da Olivia meinte, dass ihre Beziehung bereits vorher nicht mehr intakt gewesen war, verwarf sie diesen Gedanken wieder.

Einen Moment war sie abgelenkt, da sie Luna und Juan den Weg entlangkommen sah. Freudig alberten diese herum und schienen sie gar nicht zu bemerken. Im gewohnten Abstand folgte Olivias Mutter. Es war schön, die Kinder stets so fröhlich zu sehen.

Während sie den dreien hinterherblickte, schoss ihr ein Gedanke durch den Kopf. Fast war es, als würde es ihr wie Schuppen von den Augen fallen.

Laura nahm den Stift und notierte unter die drei Namen auf ihrer Liste einen weiteren:

Olivias Exmann! Seinen Namen kannte sie nicht. Dem musste sie sofort nachgehen!

Laura stand so hastig auf, dass der Stuhl, auf dem sie gesessen hatte, mit einem lauten Scheppern umfiel. Mit schnellen Schritten hastete sie in die Küche, wo Olivia das Abendessen vorbereitete.

„Ist etwas passiert? Du siehst aus, als hättest du einen Geist gesehen", begrüßte diese sie.

Laura beschloss, nicht gleich mit ihrer Vermutung herauszurücken, um Olivia nicht aus der Fassung zu bringen. „Nein, alles okay. Ich muss nur ein paar Sachen organisieren. Gerade habe ich deine Familie zum Strand gehen sehen."

„Das könnten sie in jeder freien Minute machen. Sie lieben das Meer", sagte Olivia lächelnd und schaute nur kurz von dem großen Topf auf, in dem sie etwas rührte, das wie immer köstlich roch.

„Wohnt dein Exmann eigentlich noch in Fingueras?", versuchte sich Laura langsam heranzutasten.

„Ja. Alessio wohnt hier, etwas außerhalb in der Carrera Pizarro. Da laufen wir uns zum Glück nicht so oft über den Weg. Warum fragst du das?"

„Ach, das hat mich nur so interessiert. Wie lief das damals eigentlich ab. Hat er akzeptiert, dass du bei Phillis wohnst und er seine Kinder nicht mehr sehen kann?"

„Nein, das war ein langer Kampf. Phillis hat mir damals sehr geholfen und ihm mit einem Anwalt gedroht, sollte er den Kindern noch einmal zu nahe kommen. Ein paar Mal hat er es danach noch probiert, doch bald war Ruhe. Ich vermute, dass er eine neue Familie hat. Das hoffe ich zumindest."

Laura konnte Olivia ansehen, dass sie mit dem Thema seit Längerem abgeschlossen hatte. Wie hatte sie es damals formuliert?

„Phillis hat uns das Leben gerettet", meinte Olivia erneut, als hätte sie Lauras Gedanken lesen können.

„Sie war zur richtigen Zeit am richtigen Ort", bestätigte Laura und umarmte Olivia. Kurz darauf machte sie sich mit der Ausrede, Besorgungen in der Stadt machen zu wollen, auf den Weg. Sie wollte Alessio Sanchez einen Besuch abstatten.

Laura war von sich selbst überrascht, als sie sich völlig selbstverständlich in ihren Wagen setzte, um in die Carrera Pizarro zu fahren. Irgendetwas sagte ihr, dass sie das Richtige tat. Sollte ihr die Situation zu brenzlig werden, würde sie einfach wieder umdrehen.

Kapitel 42

Keine zehn Minuten später fuhr Laura durch besagte Straße und schaute sich um. Sie ärgerte sich, nicht die genaue Adresse zu kennen, doch das wäre Olivia sicherlich komisch vorgekommen, wenn sie nach der Hausnummer gefragt hätte. Sie musste mit den Informationen, die sie hatte, auskommen. Immerhin war es eine recht kurze Straße, in der auf jeder Seite nur etwa fünf Häuser standen.

Kurzerhand ließ sie ihren Wagen am Ende der Straße stehen und machte sich zu Fuß auf den Weg. Kurz darauf sah sie eine ältere Dame durch ein Gartentor kommen und beschloss, diese um Hilfe zu bitten. In der Straße kannten sich bestimmt alle Nachbarn.

„Buenos días!", begrüßte Laura sie freundlich, „Alessio Sanchez?"

Die Frau schien sich über Lauras Begrüßung zu freuen und begann zu reden wie ein Wasserfall. Zwar verstand Laura nichts von dem, was sie sagte, aber die Unbekannte deutete mehrmals auf ein Haus auf der gegenüberliegenden Straßenseite. Das war alles, was Laura an Information benötigte.

Sie bedankte sich bei der Frau, die wohl gerne ihren Monolog fortgesetzt hätte, und machte sich auf den Weg. Ohne lange zu überlegen, trat sie durch das Gartentor und klopfte kurz darauf energisch an die Haustür.

Im Nachhinein konnte Laura nicht sagen, was sie dazu bewegt hatte, alleine hierher zu kommen, vor allem, da sie die Sprache nicht beherrschte. Ein Umstand, der sie immer mehr ärgerte. Vermutlich wollte sie ein Gesicht zu dem ominösen Alessio Sanchez haben und hoffte natürlich auf weitere Hinweise. Auch bei Javier am Abend zuvor hatte sie allein in seiner Mimik erkennen können, dass er nicht die Wahrheit sagte. Auf etwas Ähnliches hoffte sie hier.

Noch bevor sich die Tür öffnete, wurde Laura klar, dass sie etwas übereilt gehandelt hatte. Warum hatte sie nicht Ben um Hilfe gebeten, mitzukommen? Er hätte alles übersetzen können.

Kurzerhand schickte sie Ben eine Textnachricht, in die sie nur die Adresse schrieb mit dem kurzen Vermerk „nächste Spur".

Gerade als sie auf Absenden gedrückt hatte, öffnete sich die Tür, und ein äußerst grimmig aussehender Mann stand vor ihr. Das musste er sein!
„Alessio Sanchez?"
„Sí!", kam es kurz zurück.
Er war es tatsächlich! Doch nun war Laura bereits mit ihren Spanischkenntnissen am Ende. Konnte sie sich einfach umdrehen und wieder gehen. Zumindest hatte sie ihn nun einmal vor Augen gehabt.
Alessio Sanchez sah genauso aus, wie sie ihn sich vorgestellt hatte. Er war groß gewachsen, dünn, hatte dunkle, leicht schüttere Haare und eine unreine, etwas narbige Haut. Wenn man in ihm einen Schwerverbrecher sehen wollte, konnte man dies ohne viel Fantasie mit Leichtigkeit.
Allerdings musste Laura zugeben, dass er trotz seiner finsteren Erscheinung nicht unattraktiv war, vor fünfzehn Jahren, als Olivia sich in ihn verliebt hatte, war er vermutlich recht anziehend gewesen.
Er hatte strahlend grüne Augen und markante Gesichtszüge. Wahrscheinlich hatte ihre Freundin gerade die harsche Seite an ihm anziehend gefunden.
Die beiden blickten sich fragend an, bis eine ältere Frau hinter ihm erschien, die ihn anwies, Laura hineinzubitten. So, wie die Frau mit ihm redete, musste es seine Mutter sein. Fast musste Laura schmunzeln, dass sich ein so

hartgesottener Mann noch von seiner Mama zurechtweisen ließ.

Brav öffnete Alessio hierauf die Tür und ließ Laura eintreten. Seine Mutter deutete ihr an, sich auf das Sofa im Wohnzimmer zu setzen, und verließ den Raum. Laura vermutete, dass sie etwas zu trinken holen wollte

Während Laura sich hinsetzte, blieb Alessio stehen und blickte sie durchdringend an. Eine Weile schwiegen sie sich nur an.

„Ich bin Laura", stellte sie sich dann äußerst langsam sprechend vor.

Sie war eine Idiotin, allein hergekommen zu sein. Wenn nicht seine Mutter anwesend wäre, würde sie sich wahrscheinlich in die Hose machen vor Angst.

„Ich weiß, wer Sie sind", gab Alessio in gebrochenem Deutsch zurück.

„Woher?"

„Jeder kennt Sie im Ort. Was wollen Sie?"

„Ich möchte ...", begann Laura, als in dem Moment ihr Blick auf die Garderobe fiel, die sich direkt neben der Haustür befand. Voller Entsetzen sah sie, dass dort eine schwarze Sweatshirtjacke und eine schwarze Baseballkappe hingen, die sie nur zu gut kannte. Dies waren genau die Sachen, die der Mann in Schwarz immer trug.

Augenblicklich wurde ihr klar, dass sie dem Mann in Schwarz gegenüberstand! Und somit vermutlich dem Mörder von Phillis!

„Du bist der Mann in Schwarz!", konnte sie sich nicht zurückhalten und war aufgesprungen. Außer sich deutete sie auf die Kleidungsstücke an der Garderobe.

In dem Moment erschien seine Mutter wieder, die ein Tablett mit Wassergläsern trug und sich offensichtlich freute, Besuch zu haben. Erschrocken schaute sie zwischen Laura und ihrem Sohn hin und her. Während sie das Tablett auf dem Wohnzimmertisch abstellte, klopfte es an die Haustür.

Laura hätte vor Erleichterung losheulen können, als kurz darauf Ben das Wohnzimmer betrat.

„Ben, er ist der Mann in Schwarz, von dem ich dir schon so oft erzählt habe! Er beobachtet das Hotel die ganze Zeit. Er muss der Mörder von Phillis sein!", rief sie ihm aufgebracht entgegen.

Laura konnte Bens Gesichtsausdruck entnehmen, dass er die Lage sofort erfasst hatte. Ben begrüßte alle Anwesenden, bevor er begann, eindringlich auf Alessio einzureden.

Dieser bedeutete seiner Mutter, den Raum zu verlassen, und sah aus, als wäre er bereit zu reden. Zumindest bat er die beiden, Platz zu nehmen, und setzte sich ihnen gegenüber.

Wie am vorherigen Abend folgte eine hitzige Diskussion, der Laura nur anhand der Körpersprache folgen konnte. Manchmal konnte sie ihren oder Olivias Namen verstehen. Bereits nach wenigen Sätzen wirkte Alessio eher zurückhaltend und nahm eine fast bettelnde Haltung ein.

Als eine Gesprächspause entstand, weihte Ben Laura ein: „Alessio sagt, er habe mit dem Verbrechen nichts zu tun. Er wollte nur in der Nähe seiner Kinder sein, das beschwört er. Er meint, dass es ihm das Herz breche, seine Kinder nicht sehen zu dürfen. Er habe seine Fehler von damals eingesehen und bereue zutiefst, wie er Olivia behandelt hat. Auch weiß er, dass sie ihm nicht verzeihen wird. Aber er fleht dich an, ein gutes Wort für ihn einzulegen, damit er seine Kinder vielleicht ab und zu wiedersehen kann."

Damit hatte Laura nicht gerechnet. Wie es aussah, hatte Olivias Ex wirklich nichts mit der Straftat zu tun. Wenn sie sich recht erinnerte, waren tatsächlich meistens Luna und Juan in der Nähe gewesen, wenn sie den Mann in Schwarz gesehen hatte. Wie neulich, als sie ihn in der Bucht erblickt hatte, als die Kinder mit ihrer Oma zum Strand gingen. Oder als sie ihn bemerkt hatte, als sie mit Ben aus Palma zurückkam und die Kinder auf dem Heimweg von der Schule gewesen waren. Es konnte tatsächlich sein, dass Alessio nur seine Tochter und seinen Sohn sehen wollte. Die Kinder erkannten ihn natürlich nicht, da sie bei der Trennung noch zu klein gewesen waren.

Während Laura in Gedanken die letzten Wochen rekapitulierte, wann sie den Mann in Schwarz bemerkt hatte, unterhielten sich Ben und Alessio weiter. Nun erfolgte dies sogar in einer normalen Lautstärke und wirkte wie ein Gespräch unter Erwachsenen. Es war offensichtlich, dass auch Ben seinem Gegenüber die Geschichte abnahm.

„Wollte er ins Hotel einbrechen?", fragte Laura dazwischen, was von Ben übersetzt und von Alessio vehement abgestritten wurde.

„Er meint, dass er früher ein ziemlicher Hitzkopf gewesen sei, heute aber nicht mehr. Sein Verhalten von damals tut ihm leid und er bereut, Olivia und seine Kinder aus seinem Leben vertrieben zu haben", dolmetschte Ben kurz darauf.

Da ihr Gegenüber kurz davor war, in Tränen auszubrechen, glaubten sie ihm jedes Wort.

„Er hatte vor ein paar Jahren einen Arbeitsunfall auf der Baustelle, weswegen er Frührentner ist und sehr viel Zeit für seine Kinder hätte. Er würde Olivia gerne beweisen, dass er sich geändert hat."

Laura verspürte Mitleid mit Alessio, der sein früheres Verhalten offensichtlich zu bereuen schien. Doch warum erzählte er ihnen dies alles? Sie waren doch wegen etwas ganz anderem hier.

„Er meint, wenn du ein gutes Wort für ihn bei Olivia einlegen würdest, könnte er uns weiterhelfen."

Daher weht also der Wind, dachte Laura und war gespannt, was er vorschlagen würde.

„Er hat mir erzählt, er sei an besagtem Abend bei dem Unwetter in der Nähe des Hotels gewesen und habe etwas beobachtet, dass wichtig für uns sein könnte."

„Sag ihm, er soll weiterreden. Ich werde auf jeden Fall bei Olivia ein gutes Wort für ihn einlegen", entschied Laura hastig, die kaum erwarten konnte, was Alessio zu berichten hatte.

Alessio redete weiter und Ben übersetzte anschließend für Laura: „An besagtem Abend hat er die Cortez-Brüder in der Nähe deines Anwesens gesehen. Sie hätten mit einem kleinen Lieferwagen in der Nähe der Einfahrt des Hotels geparkt, und dann wäre Manolo ausgestiegen."

Man konnte Alessio ansehen, dass es ihm schwerfiel, weiterzuerzählen.

„Er macht sich Vorwürfe. Die beiden Brüder hatten ihn ein paar Wochen zuvor in seiner Lieblingskneipe abgepasst, um ihm ein Angebot zu machen. Er kennt die beiden schon lange, ging mit dem Jüngeren, Pablo, in die Schule. Daher wussten sie über sein Problem mit Olivia Bescheid. Die beiden behaupteten, ihm helfen zu wollen, seine Kinder wiederzusehen, wenn er ihnen von den Gepflogenheiten rund um das Hotel berichten würde. Dazu gehörten auch typische Verhaltensweisen von Phillis Lichter, zum Beispiel, wann sie immer spazieren ging."

Laura hielt die Luft an. Sie spürte, dass sie der Lösung des Rätsels ganz nah waren.

„Mittlerweile weiß er, dass sie diese Information nutzten, um Phillis das Leben schwer zu machen und schlussendlich den Hang hinabzustoßen. Das Unwetter war das perfekte Alibi für sie, meint er."

„Würde er das auch vor der Polizei aussagen?", wollte Laura aufgeregt wissen.

Als Alessio diese Fragen nach längerem Zögern mit einem Kopfnicken beantwortete, fiel Laura ein Stein vom Herzen. Hierauf bestätigte er eine weitere Vermutung von ihr.

„Er meint, wir sollen nicht zur Polizei in Fingueras gehen, da Sergio Martinez auch ein Verbrecher sei."

„Wie ich es mir dachte", bestätigte Laura, die nicht glauben konnte, was sie da gerade gehört hatte.

Hierauf verabschiedeten sie sich von Alessio und Laura versprach ihm, sich wieder bei ihm zu melden, sobald sie mit Olivia gesprochen hatte.

Kapitel 43

Nachdem Ben und Laura auf die Straße getreten waren, umarmten sie sich kurz. Wieder viel zu kurz für Lauras Geschmack, aber sie war glücklich, Ben nach dem kleinen Missverständnis wegen Alex wieder als Freund und Unterstützer zählen zu können. Das hatte sie im Grunde die ganze Zeit tun können. Überhaupt fühlte sie sich, als wären sie dem Rätsel nun auf den Grund gestoßen.

Wie es aussah, waren die Brüder Pablo und Manolo Cortez für den Tod von Phillis verantwortlich. Fraglich war noch, ob der dritte Geschäftsführer etwas damit zu tun hatte. Doch das musste die Polizei herausfinden.

„Ich habe genug Zeit, um dich nach Santanyí zu begleiten", meinte Ben, während sie zu ihren Autos gingen, „auch sind meine Eltern noch da und könnten mit den Vorbereitungen in der Küche beginnen."

Nachdem Ben seine Mutter angerufen und ihr eine Kurzversion von dem geschildert hatte, was sie gerade erfahren hatten, setzten sie sich gemeinsam in seinen Wagen, um nach Santanyí zu fahren.
Es war wieder ein wunderschöner Tag auf der Insel mit frühlingshaften Temperaturen, während in Deutschland nach wie vor Winterwetter herrschte. Laura nahm sich fest vor, ein paar Stunden am Strand zu genießen, wenn sie den Gang zur Polizei hinter sich hatten.
„Hoffentlich nimmt uns die Polizei in Santanyí ernst ...", drückte Laura ihre Bedenken aus.
„Davon gehe ich aus. Das Problem in Fingueras ist, dass es ehemals drei, mittlerweile nur noch zwei Polizisten gibt, von denen der Chef offensichtlich selbst ein halber Krimineller und bestechlich ist. Santanyí hat immerhin fünfzehntausend Einwohner und somit auch ein größeres Polizeirevier. Da werden wir schon den richtigen Ansprechpartner finden."
Bens Worte beruhigten Laura ein wenig, aber sie war auf alles gefasst.
Etwa eine halbe Stunde später wusste Laura, dass ihre Bedenken unbegründet waren. Tatsächlich nahm man sie bei dieser Polizeistation ernst und mehr noch: Als die Dame am Empfang hörte, worum es ging, wurde ihnen gleich ein Besprechungsraum zur Verfügung gestellt, wo sie sich mit drei Beamten unterhielten. Jedes Detail

wollten sie wissen und alles wurde mitgeschrieben. Ben spielte wie immer den Dolmetscher.

„Jetzt kriegen wir Sergio Martinez endlich dran!", triumphierte die Polizeibeamtin, und schien bereits ihre Messer zu schärfen. „Wir vermuten schon länger, dass Martinez korrupte Geschäfte betreibt, hatten aber nie Beweise. Auch die Versetzung von Lopez Garcia nach Pollença war mehr als fragwürdig, konnte von uns aber nicht verhindert werden. Der Polizeichef einer kleinen Stadt hat viel Macht, aber das wird nun bald vorbei sein!"

Ihre Worte waren Musik in Lauras Ohren. Tatsächlich hatte sie das Gefühl, etwas Wichtiges im Ort verändern zu können.

Das Gespräch mit der Polizei dauerte mehr als zwei Stunden und Ben konnte froh sein, dass er seine Eltern eingespannt hatte, sonst hätte an diesem Abend vermutlich das Restaurant geschlossen bleiben müssen.

Als sie beim La Paella ankamen, machte sich Ben sofort auf den Weg in die Küche, um nach dem Rechten zu sehen.

„Das sollten wir feiern. Was möchtest du trinken?", fragte er sie dann und stand wieder in der Küchentür vor ihr, ähnlich wie am Abend zuvor. Lauras Herz begann schneller zu schlagen, als sie näher trat.

„Wie wäre es mit Sangria? Euer Hausrezept ist köstlich", sagte sie und stand nur noch einen Schritt von ihm entfernt.

„Gerne", antwortete er und blickte ihr tief in die Augen. Diese Augen, in denen sie geradezu versinken konnte. Hierauf zog er sie liebevoll an sich und gab ihr einen ersten Kuss, erst zurückhaltend, dann jedoch innig und leidenschaftlich. Ben konnte definitiv noch besser küssen, als er aussah.

Zögernd ließen sie voneinander ab, wobei beide das Gefühl hatten, ewig so weitermachen zu können.

„Warum hast du damit so lange gewartet?", neckte ihn Laura.

„Das frage ich mich auch, aber es war alles so kompliziert …"

Laura sah ihm an, dass er noch etwas von ihr wissen wollte.

„Frag mich ruhig", ermutigte sie ihn.

„Wirst du das Hotel nun verkaufen, wenn die Schuldigen hinter Gittern sind?"

„Nein, das werde ich nicht. Ich habe mich in Land und Leute verliebt und möchte hierbleiben", antwortete Laura selbstsicher und fügte noch lächelnd an: „Vor allem ein starrköpfiger Restaurantbesitzer hat es mir angetan."

Erneut nahm Ben sie in die Arme und drückte sie fest an sich. An diesem Tag war einiges passiert, nun spürte

Laura vor allem eines: Sie war ganz und gar auf Mallorca angekommen!

Kapitel 44

Mittlerweile war es November und die Saison auf der balearischen Insel fast beendet, obwohl im kleinen Hotel am Meer noch einige Gäste waren. Laura hatte den Namen beibehalten, der ihr zu Beginn spontan eingefallen war.

„Das kleine Hotel am Meer" blieb genauso, wie Phillis es immer geführt hatte. Nichts würde sich ändern, außer dass nun der Pool in Betrieb war und auch die restlichen fünf Gästezimmer genutzt wurden.

Genauso, wie Phillis es sich gewünscht hat, dachte Laura, während sie auf das türkisgrüne Wasser ihrer geliebten Bucht blickte und den warmen Sand unter ihren Füßen spürte. Noch nie in ihrem Leben war Laura so glücklich gewesen. Gerade hatte sie ihre morgendlichen Yogaübungen beendet und streichelte Emma, die wie so oft neben ihr saß. Sie liebte die Hündin fast genauso wie ihr Herrchen, das gerade seine täglichen Runden im Meer absolvierte.

Kurz darauf trat Ben zu ihr und umarmte sie zärtlich.

„Du bist noch ganz nass", schimpfte Laura im Scherz und gab ihm einen Kuss auf den Mund. Sie liebte es, wenn sie das Salz auf seiner Haut schmecken konnte. Gemeinsam ließen sie sich auf das Badetuch fallen und blickten in den Himmel. Das Wetter hatte sich geändert und man konnte spüren, dass es Winter wurde, der auf der Insel meist mit heftigen Regenstürmen einherging.

„Ich war noch nie so glücklich", sprach Laura nach einer Weile ihren Gedanken aus.

„Ich dachte immer, ich wäre glücklich, doch erst seitdem ich dich kenne, weiß ich, was Glück überhaupt bedeutet", meinte Ben und zog sie liebevoll an sich.

Ben war Laura in den letzten Monaten eine große Hilfe gewesen. Mehr noch: Er war ihr Freund, Partner, Ratgeber und ihre Stütze in schweren Zeiten.

Nachdem sie vor gut sechs Monaten das Gespräch mit der Polizei in Santanyí geführt hatten, ging alles sehr schnell. Von dem Polizeichef Sergio Martinez und den

Gebrüdern Cortez war keine Spur mehr im Ort; die drei saßen vermutlich hinter Gittern.

Der Bürgermeister von Fingueras hatte sich eingeschaltet und Laura und Ben bei einer groß angelegten Feier am Strand etwas Ähnliches wie eine Tapferkeitsmedaille verliehen. Auch sorgte er dafür, dass Lopez Garcia aus Pollença wieder in ihren Ort zurückversetzt wurde, um das Polizeirevier zu leiten.

Der dritte Geschäftsführer des *Interhotels*, Raul Castro, schien von den Machenschaften der Brüder tatsächlich nichts gewusst zu haben und konnte seine Unschuld beweisen. Er war mehr als entsetzt, als er von den Straftaten seiner Geschäftspartner hörte und bot Laura sogleich ein Gespräch an. Er hatte keinerlei Interesse daran, das kleine Hotel am Meer zu übernehmen. Gemeinsam beredeten sie einige Dinge, um nicht gegeneinander, sondern miteinander zu arbeiten. Beispielsweise war die Aufteilung der Bucht nun gerecht und für jeden zufriedenstellend geregelt. Laura mochte Raul sogar und sah in ihm keinen Konkurrenten und schon gar keine Gefahr.

Positiv hatte sich auch das Verhältnis zu ihren Eltern, vor allem zu ihrer Mutter, verändert. Laura konnte sich noch gut an den Abend erinnern, als sie ihnen die ganze Wahrheit sagte. Es fiel ihr eine große Last von der Seele, weil sie ihnen endlich all die Probleme schildern konnte, die sie seit dem Anwaltstermin in Heidelberg gehabt hatte. Beide versprachen ihr ihre volle Unterstützung und vor allem ihre Mutter setzte dies mit einer herzzerreißenden Fürsorge um. Mehrmals hatte sie sie schon alleine besucht, um ihr unter die Arme zu greifen. Nach einer etwas schwierigen Phase waren sie richtig gute Freundinnen geworden.

Alex hatte zum Glück kapiert, dass es keinen Sinn mehr machte, weiterhin um Lauras Zuneigung zu buhlen. Vor allem, nachdem er sie mit Ben zusammen gesehen hatte. An dem Wochenende verabschiedeten sie sich wie Freunde und Laura hatte seitdem nichts mehr von ihm gehört.

Sogar das Verhältnis zwischen Olivia und ihrem Exmann Alessio hatte sich zum Positiven gewandelt. Viele Stunden redete Laura mit Engelszungen auf sie ein, bevor sie ihrem Ex eine weitere Chance gab. Beiden war klar, dass es nur um die Kinder ging, und das erste Zusammentreffen von Alessio und seinen Kindern fiel äußerst emotional aus. Luna und Juan vergötterten ihren Vater bald, der sich alle Mühe gab, stets im besten Licht zu erscheinen.

Mittlerweile durfte er sie einmal die Woche sehen, allerdings nach wie vor nur in der Begleitung von Olivias Mutter. Ganz traute Olivia ihm noch nicht, dafür hatte er damals zu viel zerstört. Es würde eine Weile dauern, bis

sie ihm vertrauen würde, aber sie waren auf einem guten Weg.
Im Grunde war Laura bereits klar gewesen, dass sie das Hotel behalten wollte, als sie ihren ersten Schritt über die Schwelle gesetzt hatte. Die Umstände hätten nicht unpassender sein können, doch irgendetwas hatte ihr immer suggeriert, dass dies der Platz war, an dem sie glücklich sein würde.

Gerade mal vier Wochen nach Beginn ihrer neuen Arbeitsstelle bat sie um ein Gespräch mit ihrem Chef.
„Ich habe schon vermutet, dass Ihnen Ihre Arbeit zu langweilig erscheint, aber leider handhaben wir das so. Jeder muss mit den einfachsten Aufgaben anfangen und sich hocharbeiten. Was haben Sie nun vor?"
Ehrlich gesagt, fand Laura ihren Vorgesetzten bei ihrem Kündigungsgespräch zum ersten Mal sympathisch. Als sie ihm erzählte, dass sie ein Hotel auf Mallorca geerbt hätte, reagierte er begeistert.
„Das ist meine Lieblingsinsel. Ich werde Sie dort besuchen kommen!", erklärte er zum Abschied. Tatsächlich hatte er dies vor ein paar Wochen wahrgemacht und hatte mit seiner Familie die Herbstferien bei ihr verbracht.

„Sollen wir los?", unterbrach Ben ihre Gedanken.

„Ich könnte den ganzen Tag hier mit dir liegen ...", gab Laura zu und seufzte.
Es war herrlich, an einem der schönsten Plätze der Welt zu leben. Laura wusste noch nicht, wann sie es Ben sagen sollte, aber seit einigen Tagen spürte sie eine Veränderung. Sie hatte es schon mehrmals im Internet recherchiert und war sich fast sicher. Die morgendliche Übelkeit konnte nur einen Grund haben.
„Was wäre eigentlich, wenn ich schwanger wäre?", gab sie sich einen Ruck. Beide wussten, dass es genug Situationen gegeben hatte, bei denen sie nicht aufgepasst hatten.
„Das wäre das Schönste, was mir passieren könnte!", erwiderte Ben und küsste sie zärtlich.
Laura konnte ihre gemeinsame Zukunft auf der Insel kaum abwarten.

Ende

Das kleine Hotel am Meer

Liebe Leserinnen und Leser,

ich hoffe, euch hat der Liebesroman um „das kleine Hotel am Meer" gefallen. Wenn dem so ist, würde ich mich über eine nette Rezension sehr freuen!
Lasst mich gerne wissen, ob es euch interessiert, wie es mit Laura und Ben weitergeht. Feedback und Ideen sind immer herzlich willkommen unter der Emailadresse:
hannahhopeauthor@gmail.com

Viele Grüße
eure Hannah

Das kleine Hotel am Meer

ÜBER DIE AUTORIN

Hannah Hope ist eine Deutschamerikanerin, die ihre deutsche Heimat genauso liebt wie die Westküste der USA. Die letzten zehn Jahre verbrachte sie mit ihrer Familie, Katzen und Hühnern überwiegend im nördlichen Kalifornien.

Hannah Hope ist das Pseudonym einer Journalistin und promovierten Betriebswirtin, die es genießt, dem hektischen Leben zu entfliehen und Geschichten zu Papier zu bringen. Unter dem Namen Mimi J. Poppersen ist sie Amazon-Bestseller-Autorin im Genre humorvolle Belletristik.

Printed in Poland
by Amazon Fulfillment
Poland Sp. z o.o., Wrocław